suhrkamp taschenbuch 4761

AF185702

Was ist das, der Osten, dieses »Reich der Wunder«, das Andrzej Stasiuk immer wieder magisch anzieht? Dieses Kontinuum, dessen Erschütterungen von Kamtschatka bis an die Elbe zu spüren sind. Ostpolen, die Heimat, aus der seine Eltern vertrieben wurden? Der Osten namens Sowjetkommunismus, dessen Präsenz die Gesellschaft, in der er aufwuchs, kontaminiert hatte? Osten – so könnte eine Quintessenz des Buches lauten – ist keine Himmelsrichtung, sondern die Verheißung einer Dimension jenseits der vom Grauen der Vergangenheit unterminierten europäischen Landschaften.

Andrzej Stasiuk, 1960 geboren, lebt seit 1986 in den Beskiden und bereist seit Jahren den europäischen Südosten, neuerdings auch Russland, die Mongolei und den Pamir. Sein vielfach ausgezeichnetes Werk erscheint in fast 30 Ländern.

Renate Schmidgall, 1955 geboren, übersetzt aus dem Polnischen neben Andrzej Stasiuk u. a. auch Paweł Huelle, Zbigniew Herbert und Wisława Szymborska. Für ihre Arbeit wurde sie mehrfach ausgezeichnet. Sie lebt in Darmstadt.

Zuletzt sind von Andrzej Stasiuk erschienen: *Hinter der Blechwand* (st 4405), *Kurzes Buch über das Sterben* (st 4421) und *Der Stich im Herzen. Geschichten vom Fernweh* (st 4577).

Andrzej Stasiuk

Der Osten

Roman

Aus dem Polnischen von
Renate Schmidgall

Suhrkamp

Die Originalausgabe erschien 2015 unter dem Titel
Wschód
im Verlag Czarne, Wołowiec.

Die Übersetzung wurde vom Literarischen Colloquium Berlin
mit einem Stipendium des Deutschen Übersetzerfonds
im EÜK Straelen gefördert.

2. Auflage 2021

Erste Auflage 2017
suhrkamp taschenbuch 4761
© Suhrkamp Verlag Berlin 2016
© Andrzej Stasiuk 2015
Suhrkamp Taschenbuch Verlag
Druck und Bindung: CPI books GmbH, Leck
Umschlagbild: Jens Blume
Umschlaggestaltung: Regina Göllner und Hermann Michels
Printed in Germany
ISBN 978-3-518-46761-9

Der Osten

Für A.

Letzten Sommer kaufte Jerry die Einrichtung eines LPG-Ladens. Alles: Ladentische, Regale, irgendwelche Vitrinen und eine altertümliche Waage mit Schalen und einem Zeiger, der hinter Glas wandert. Wir packten die kommunistischen Antiquitäten auf die Tenne eines hundertjährigen Lemkenhauses. Die Ladentische und die Regale musste man ein Stück abschneiden. So groß waren sie. Fünfzig Jahre lang hatten sie an derselben Stelle gestanden, und niemand hatte sie angerührt. 1983, am ruthenischen Osterfest, habe ich sie zum ersten Mal gesehen, da stellte ich mich zum ersten Mal in die Schlange, und später stand ich immer wieder da, bis zum Schluss, die ganze Zeit in diesem vertrauten Geruch. Was war das? Süßigkeiten, Zimt, Marmelade, Vanillezucker, Räucherspeck, die Ausdünstung leerer Bierflaschen, Zigarettenrauch, die Körper der wartenden Menschen? Alles zusammen. Die Ware traf dienstags und freitags ein. Man musste sehr früh da sein und anstehen, um etwas zu bekommen. Die Ökonomie des Mangels. Der Laden gehörte zur LPG und bediente eigentlich nur ihre Mitarbeiter. Der Verkäufer war der Chef des Landwirtschaftsbetriebs. Die Mehrzahl der LPG-Arbeiter brauchte in der Regel kein Bargeld. Der Chef hatte ein dickes Heft, in dem er die Einkäufe namentlich auflistete, am Zahltag zog er die Summe dann vom Lohn ab. Manche Arbeiter bekamen wahrscheinlich nie Geld zu Gesicht. Sie arbeiteten und bekamen dafür einfach

Essen, Seife, Bier. Die Schlange der fügsamen Frauen hatte etwas Feudales. Schweigend standen sie da oder redeten leise. Zwei, drei, vier Stunden. Zeit gab es damals mehr als genug. Die Waren brachte ein beigefarbener Żuk. Man sah ihn schon aus zwei Kilometern Entfernung. Neben der alten orthodoxen Kirche tauchte er auf und zog eine große Staubwolke hinter sich her, danach fuhr er bergab, verschwand für zwei Minuten und erschien dann wieder auf der letzten, einen halben Kilometer langen Geraden.

Ich stand am Ende der Frauenschlange und fühlte mich in dieser kollektivistischen und zugleich patriarchalischen Welt wie ein Dahergelaufener. Der Chef stand in dunkelblauem Kittel und weißem Helm hinter dem Ladentisch. Er wies mit dem Finger mal auf die eine, dann auf die andere Kundin und sprach sie an. Die Reihenfolge in der Schlange hatte keinerlei Bedeutung. Diejenigen, auf die er zeigte, bekamen etwas. Es ist mir nie gelungen, das Prinzip dieser Auswahl zu enträtseln. Belohnte der Chef vielleicht die besten Arbeiterinnen? Waren es vielleicht diejenigen, die es am weitesten nach Hause hatten? Oder zeigte er einfach seine absolute Macht, die er in Wirklichkeit über dieses Volk ausübte? Die Leute waren sein Eigentum. Sie konnten nicht fortgehen. Die Tycowa hatte neun Kinder. Um Brot zu holen, kam sie mit einem Sack, in einem Drillichanzug, direkt von den Schafen oder Pferden. Gebückt trug sie den Sack über die Schwelle, als schleppte sie einen Sack Kartoffeln. Die Gesindehäuser standen auf der Anhöhe, sie musste mit ihrem Bündel bergauf. Es hieß, sie bekomme mehr Kindergeld als Lohn. Die Kiesstraße lief mitten durch die Siedlung, und außer dem Żuk fuhren dort nur hin und wieder mit

Holz beladene Lastwagen, der Förster mit seinem UAZ und die Patrouillen der Grenzschützer. Ein Auto hatte niemand. Der Bus hielt sechs Kilometer entfernt. Mit neun Kindern konnte man wahrhaftig nicht fortgehen. Außerdem wartete auch niemand. Ich stand am Ende der Frauenschlange und fühlte mich wie ein Dahergelaufener.

Aber irgendwoher kannte ich das alles. Die Kopftücher, die gedämpften Stimmen, das Warten. Die Zeit, die man unter Fremden verbringen musste. Aus den Jahren 1973, 1974, aus einem anderen Laden. Dieser andere war gemauert und stand mitten in einem normalen Dorf. Über einige Stufen betrat man einen hellen Innenraum mit einer großen Fensterfront. Auch dort musste man früher kommen und warten. Zeit. Eine unglaubliche Menge geschenkte Zeit. Niemandes Zeit. Angefüllt mit Gerüchen, Formen, Lauten. Zum Beispiel das Klirren der leeren Flaschen in dem Drahtkorb für fünfundzwanzig Stück. Oder der Moment, wo der Lieferwagen schon angehalten hat, in der Luft aber noch Staub und Benzingeruch hängen; der Typ in dem schmutzigen weißen Kittel öffnet die hintere Tür, und der Duft von frischem Brot strömt heraus. 1972, 1973 – alle Lieferwagen hatten damals Benzinmotoren, und der Geruch von Treibstoff mit niedriger Oktanzahl, der Geruch von Freiheit, Geheimnis und Verlangen, mischte sich mit dem Geruch von Süßigkeiten, Zimt, Orangeade und Zigaretten. Dort stand ich damals auch zwischen alten Frauen. Sie saßen auf dem Sims dieser langen Fensterfront. Eingemummt hockten sie da wie Vögel. Zwitschernd und gackernd. Die Verkäuferin kam hinter der Theke hervor und setzte sich zu ihnen. Ich

horchte und verstand nichts. Sie redeten in vertrauten Satz-
fetzen. Von alten, durch und durch bekannten Ereignissen,
die sich seit Urzeiten wiederholten. Leben, Tod, Menschen,
Wetter, Arbeit. Sie redeten in einem singenden Tonfall. Statt
zu verstehen, reimte ich mir etwas zusammen. Allein die
Laute reichten aus. Die Helden kannte ich nicht. Ich war ein
schüchterner Junge aus der Stadt und wollte unsichtbar sein.
Jedenfalls bis zu dem Zeitpunkt, wo der Lieferwagen vorfahren würde. Ich kümmerte mich nie um die Reihenfolge, und
so stand ich, obwohl noch viele nach mir kamen, immer am
Ende der Schlange. Es sei denn, die Frauen erkannten, »von
wem« ich war, erbarmten sich und ließen mich irgendwo in
die Mitte oder schubsten mich vorwärts. Ich wollte nur Brot.
Nur nach Brot schickte man mich, denn ich war zwölf und
ein begriffsstutziger Junge aus der Stadt.

Der Laden befand sich in der Nähe einer Kreuzung. Links
fuhr man in den Landkreis, rechts zur Kirche, und gleich dahinter, auf dem hohen Ufer des Flusses, brach die Straße ab.
Zwischen dem Laden und der Kirche lag das Dorfzentrum.
Direkt an der Kreuzung stand eine Remise. Aus rohen, al-
tersgeschwärzten Brettern. Darin fanden Vergnügungen
statt. Dann leuchtete die Remise wie ein Lampion. Durch
die Ritzen drang Licht. Den Feuerwehrwagen fuhr man heraus, um Platz zum Tanzen zu machen. Ja. In diesen Stunden
verließ mich meine Schüchternheit, denn man konnte sich
im Dunkeln verstecken. Am Rande des Lichtkreises lauern
und schauen. Das grüne Zwielicht des Sommers und Schreie
im Dunkeln. Sie schlugen sich bis aufs Blut, bis zum Umfal-
len. All das erfuhr ich am nächsten Tag aus den Gesprächen
der Frauen. Tante und Großmutter wussten, wer wen ver-

prügelt hatte und welche Verletzungen es gab. Liebe und Gewalt. In der Dunkelheit war es heiß wie in einem Pferdestall. Und das alles keine hundert Schritte von der Kirche entfernt. Ich konnte den Blick nicht losreißen von denen, die sich in der Finsternis verloren.

Und jetzt packten wir die Tische und Regale des Ladens auf die Tenne dieser hundertjährigen Lemkenkate, die durch ein Wunder überlebt hatte in einem Dorf, aus dem alle anderen Häuser verschwunden waren. Vergangen, verfallen, in Rauch aufgelöst, vierundsechzig Bauernhäuser. Fünfzehn Meter lang, gedrungen, mit steilen und hohen Dächern, unter denen man für den ganzen Winter das Heu für Rinder und Schafe unterbringen konnte. Wie umgedrehte Schiffsrümpfe, an denen sich die Bordwand entlang helle Linien von Lehmmörtel ziehen, der die mit schwarzem Petroleum getränkten Tannenbalken verbindet. Von vierundsechzig hatte eines überlebt, und jetzt stopften wir diese kommunistischen Überbleibsel hinein. Obwohl es gerecht gewesen wäre, sie zu verbrennen und die Asche in alle vier Winde über die Niedrigen Beskiden zu verstreuen. Das hätten wir tun sollen. Genauso wie es mit den vierundsechzig Häusern und all den Resten des alten Rutheniens vom Bug und San bis nach Szlachtowa und zum Fluss Grajcarek gemacht worden war. Aber nein. Wir luden sie aus. Holz und Sperrholz waren fettig von der Berührung der Hände und der Dinge, vollgesogen mit Gerüchen und schwer. Das Leben war in sie eingedrungen und erstarrt. Die Schichten des Lebens: Die Zeit der Lemken, der Kommunismus und jetzt wir, schwitzend unter der Last.

Alle Dorfläden jener Zeit rochen so ähnlich. 1968, 1969, in einem anderen Dorf, ging man ebenfalls über eine Treppe in den Laden. Es war Abend, zusammen mit dem Geruch strömte aus dem schmalen Innenraum Licht. Golden, mit dem Duft von Vanille und Orangeade gemischt. An mehr kann ich mich nicht erinnern: über die steile Treppe nach links, ein enger Raum und Schluss. Nur der Geruch und das Licht. Vor dem Laden ein Rasen und Reste von Backsteinpfosten, Überbleibsel der Gebäude des ehemaligen Gutshofs. Diese Wörter schwebten in der Luft, in Gesprächen: Gutshof, Herrenhof, vom Hof, auf dem Hof ... Etwas Fremdes lag darin und etwas Bedrohliches. Schon allein das Wort »Hof« dröhnte, es klang tief und dumpf. Fast wie »Tod«. Das Dorf lebte in der Erinnerung an die Leibeigenschaft und war sich dessen gar nicht bewusst. Der »Hof« war wie ein Wachturm, ein Fort an der Grenze, zur Abschreckung errichtet. Die Leute gingen immer noch »auf den Hof« arbeiten, obwohl die Volksmacht ihnen 1945 oder 1946 diese kargen Flecken als Eigentum überlassen hatte. Durch das Dorf führte eine sandige Straße. Ich kann mich nicht erinnern, dort jemals ein Auto gesehen zu haben. Die Hühner hinterließen angewärmte Kuhlen. Hier und da konnte man einen spantrockenen Kuhfladen finden. Aber Autos fuhren nicht. 1968 gab es dort einfach keine. Der Verkehr gelangte bis zum Laden und kehrte dann um. Es waren Lastwagen der Marke Star oder Lublin mit Planen aus Zeltstoff. Sie brachten im Morgengrauen die Arbeiter zu den Warschauer Fabriken und nachmittags wieder nach Hause. In der Wileńska fuhren sie ab. Man saß auf Brettern, die quer über die Pritsche gelegt waren. Über eine Leiter aus Stahlstangen stieg man ein. Ich glaube, es kostete nichts. Dreißig Kilometer. Man musste sich krampfhaft festhalten, um nicht rauszufliegen. Ringsum saßen nur Männer. Wenn ich alte Chroniken anschaue, kann ich sie wiedererkennen. Helme, die Hemden am Hals aufgeknöpft, graue, kantige Anzüge. Die Filme sind schwarzweiß, so wird auch das Gedächtnis monochrom. Die Gesichter glänzen von grauem Schweiß, und auch der Zigarettenrauch ist grau. Manchmal ließen sie mich, obwohl ich ein Kind war, an der hinteren Bordwand sitzen. Ich schaute, wie die Stadt sich entfernte und kleiner wurde. Wir fuhren wahrscheinlich durch die Świerczewskiego, dann durch die Generalska. Drewnica, Marki, Pustelnik, Struga. Die Stadt verschwand. Sie verwandelte sich in ein Städtchen. Wurde einstöckig. Sie fiel zur Erde ab, um sich schließlich in ein Dorf zu verwandeln, das sich bis an den Rand der Landkarte zog. So stellte ich mir das vor: Östlich von Warschau lagen nur noch Dörfer oder Städte, die nur vervielfachte Dörfer waren. Die Häuser hatten ein oder zwei Stockwerke, aber es waren eher übereinandergestapelte Bauernkaten. Wie Stadthäuser sahen sie nicht aus. Sie waren aus Holz, braun angestrichen. Wie der Fußboden im Haus der Großeltern, wie der Fußboden im Haus des Onkels. Holz, Ölfarbe und ein leichtes Knarren. Immer betrat man etwas Altes, von Geruch Gesättigtes. Die Dunkelheit roch, das Halbdunkel roch, und erst wenn das Licht anging, erstarb der Geruch, weil Formen erschienen. Aber diese Räume trennten uns nie so sehr vom Rest der Welt wie die Häuser in richtigen Städten.

1986 zog ich in ein Holzhaus in der Einöde. Nachts kam die Dunkelheit einfach herein. Sie drang nicht nur durch die Fensterscheiben, sondern auch durch das alte, trockene Holz der Balken, durch die mit Moos und Lehm gefüllten Fugen. Und mit der Dunkelheit all die Laute, die ich vorher nicht gekannt hatte. Ich lag im Finstern und horchte. Zwar beschlich mich die Angst, aber stärker als die Angst war die Neugier, also lauschte ich bis in die Morgenstunden. Mäuse und Siebenschläfer auf dem Speicher, Insekten im Holz, das Knirschen des Gebälks unter dem Druck des Windes oder der Wärme. Nachtvögel, Tiere im Wald, das Wasser im Fluss und schließlich die eigene Phantasie. Ringsum gab es niemanden. Dafür hatte ich Friedhöfe, mehr als genug. Mindestens fünf im Umkreis eines nicht allzu langen Spaziergangs. Ich dachte an Geister, die Geister der Menschen, die Geister der Häuser, die Geister der Tiere, die Geister der Soldaten. All das waberte um das Haus, rieb sich an den Wänden. Ich war der einzige Mensch in der Umgebung, also kamen alle zu mir. So stellte ich es mir vor. Deshalb konnte ich manchmal bis zum Morgengrauen nicht einschlafen. Die Sonne ging hinter einem dunklen Hang auf und kletterte höher. Sie schien auf diese menschenleere Gegend. Auf Gräber und Kreuze am Wegrand. Auf die Sockel der Häuser, die aus flachen Steinen mit Lehmmörtel zusammengefügt waren. Auf die Skelette der Kirchenkuppeln. Auf die Überreste. Als hätte die Landschaft mit der absoluten, monumentalen Gleichgültigkeit der Natur eines Tages einfach alles von sich abgeschüttelt. Natürlich war es ganz anders gewesen. Es hatte Schreie und Lauferei gegeben, die Leute wurden aus ihren Hütten geschleppt, es wurde geflucht, geschlagen. Soldaten in Uniform, aber in Wirklichkeit der Sicherheitsdienst in Feldausrüstung, es waren Truppen des Corps für

Innere Sicherheit, die dem Innenministerium unterstanden. Also nicht die Natur, sondern die Politik, Klassenhass, nationalistischer Hass und der Segen des Kannibalen im Kreml. Von Anfang an wurde ich von der Vision einer nicht endenden Kette von Fuhrwerken heimgesucht, die das Volk zur Bahnstation in Zagórzany brachten. Haus um Haus, Familie um Familie, Dorf um Dorf. Auf den Wagen ihr Hab und Gut (nur ein paar Stunden zum Packen), kleine Kinder und Alte. Die anderen gingen zu Fuß und führten das Vieh. Auf den Anwesen blieben Hühner, Hunde und Katzen zurück. Die Dörfer müssen seltsam ausgesehen haben im Sommer 1947: im Wind quietschende Türen, auf den Fußböden herumliegende Geräte, offen stehende Schubladen, verstreutes Getreide, Flaum in der Luft. Stille herrschte, aus keinem Schornstein stieg Rauch. Interessant zu wissen, ob zuerst die Füchse aus dem Wald kamen, um ungehindert die Hühnerställe zu plündern, oder ob es Diebe aus polnischen Dörfern und Städten waren. Die Schlange der Fuhrwerke ließ mir also keine Ruhe, bis zu dem Augenblick im Jahr 1992 oder 1993, als ich Platonow las: »Nach dem Wort des Aktivisten bückten sich die Kulaken und begannen das Floß stoßend in die Flussaue zu bewegen. Shatschew aber kroch dem Kulakentum hinterher, um ihm ein verlässliches Ablegen mit dem Strom und ins Meer zu sichern und sich stärker darin zu beruhigen, dass der Sozialismus kommen, dass Nastja ihn zu ihrer Brautmitgift erhalten und er, Shatschew, vorher zugrunde gehen wird als altersmüdes Vorurteil. Nachdem er die Kulaken in die Ferne liquidiert hatte, war Shatschew nicht beruhigt, es wurde ihm sogar schwerer, wenn er auch nicht wusste wovon. Er beobachtete lange, wie das Floß systematisch davonschwamm über den strömenden verschneiten Fluss, wie der Abendwind das dunkle, tote Wasser bewegte, das sich zwischen den erkalteten Landflächen in seinen fernen Abgrund ergoss, und ihm wurde sehnsüchtig und wehmütig in der Brust. Die Schicht der traurigen Monstren wird ja nicht gebraucht vom Sozialismus, und man wird sie bald ebenso liquidieren in die ferne Stille.«

Und doch hatte es etwas mit Natur zu tun, mit Tektonik, denn es war ein Schauer, der von Kamtschatka bis an die Elbe lief. Wenn sich etwas über zehntausend Kilometer Länge erstreckt, ist es nicht ausschließlich ein historischer Prozess. Die Erschütterung, die hier Häuser und Menschen wegfegte, war nur ein fernes Echo jener Tektonik, aber Spuren der Katastrophe konnte ich jeden Tag sehen, und jede Nacht horchte ich auf die Geister. Das schien mir ganz natürlich, und ich dachte, es würde immer so bleiben. Die LPG verharrte in ihrem Dämmerzustand, brummte hin und wieder, kratzte sich im Schlaf, wo es sie juckte, wie ein großes, graues Tier. Ringsum erstreckte sich eine grüne Wüste. Der Wald ging in Täler über. Junge Eschen sprengten die Reste der Fundamente. Die Brunnen wuchsen mit Gras zu und verwandelten sich in tiefe, kalte Fallen. Die alten Straßen löschte das Wasser aus, und die Pfeiler der ehemaligen Brücken glichen immer mehr Steilhängen, ausgewaschen von den Strömungen der Flüsse. Im Frühjahr, bevor das Gras gewachsen war, konnte man die steinernen Gewölbe von Kellern und deutliche Umrisse von Häusern erkennen. Man konnte den ganzen Tag im Freien verbringen und niemandem begegnen, nur Gräbern und Überresten.

Eines Nachts im Oktober 1987 oder 1988 aß ich dreißig hal-luzinogene Pilze und ging Richtung Górna Radocyna bis zur tschechoslowakischen Grenze. Nach einer Stunde stand das Dorf von den Toten auf. In den Fenstern der Häuser brann-ten Lichter: ein goldener, weicher Schein. Aus den offenen Toren der Ställe strömte der Geruch von Heu und Tieren. Eimer schepperten am Brunnen, menschliche Stimmen rie-fen einander, Hunde bellten, jemand ging an mir vorbei, und ich spürte seine Wärme. Obwohl es Nacht war, sah ich das vom Wetter gebeizte Holz der Wände, die Latten der Zäu-ne, und es kam mir vor, als sähe ich das Weiß der nach dem abendlichen Melken umgeschütteten Milch, als sähe ich, wie sie in einem weichen Strahl von einem Gefäß ins andere floss. Auch wenn ich etwas nicht wahrnehmen konnte, so wusste ich doch, dass es da war, dass es in der Dunkelheit steck-te, schon seit Jahrhunderten gleich, vom Vater auf den Sohn weitergegeben, jede Geste, jedes Ding, gut oder schlecht, an seinem Platz. In jener Mondnacht im Oktober ging ich das Tal hinauf, in Richtung der Karpaten-Wasserscheide, das Dorf lebte ringsum sein früheres, unverändertes Leben, und ich war wie ein Geist. Niemand sah mich, obwohl ich hier und da stehen blieb; vielleicht witterten mich nur die Hunde und zerrten mit doppelter Kraft an ihren Ketten.

Nachts ging ich oft durch die LPG. Doch nie hatte ich eine Vision oder verspürte das Bedürfnis, mir etwas vorzustellen. Alles schien damals offensichtlich. Das Kollektive hatte das Individuelle aufgefressen. Hatte es aufgefressen und lag jetzt stöhnend in der Finsternis und verdaute. Es hatte die Kir-chen und die Häuser gefressen und ein paar Steine übriggelassen. Die großen Scheunen und Ställe, die ich im Dunkeln passierte, waren aus Gotteshäusern und Bauernkaten gebaut. Dort, wo wir die Ladentische und Regale ausluden, lagen schon Balken, die Jerry ein paar Jahre zuvor von einer verfallenen Kolchose gekauft hatte. Auf einigen davon waren Daten, dreiarmige Kreuze und Sonnensymbole eingeritzt. Und jetzt lagen sie in einem hundertjährigen Bauernhaus, vor der Geschichte gerettet – zuerst vor dem anrückenden Kommunismus, dann vor dem anrückenden Kapitalismus. Jedenfalls hatte ich keine Visionen von der Vergangenheit, wenn ich nachts durch die Kolchose ging. Alles war deutlich wie die Gegenwart. Sie waren in nacktes Land gekommen, in Niemandsland, und hatten ihre eigene Welt aufgebaut, die sich bald darauf als totale Niemandswelt herausstellen sollte. 1983 oder 1984 waren sie für mich ein exotischer Stamm, ein neues, nur aus Erzählungen bekanntes Volk. Stundenlang saß ich vor dem Laden und trank Märzenbier aus der Brauerei in Grybów. Ich schaute ihnen zu und lauschte. Sie waren zwischen Pferde- und Schafställen beschäftigt, zwischen dem einstöckigen Lagerhaus aus rotem Backstein in schlesischem Stil, der Schmiede, den Häusern und dem Laden, wie auf einem großen Familiengehöft. So sah es tatsächlich aus. Typen in Drillichanzügen setzten sich auf eine Bank, tranken ihr Märzen und redeten über Maschinen, darüber, wie viel Hektar zu mähen waren, über vergangene Ereignisse, an denen sie gemeinsam teilgenommen hatten und die sie fast so stark miteinander verbanden, wie Verwandtschaft verbindet. Sie waren einfach eine neue Familie. Ein Stamm auf einer kollektivierten Insel. Sie waren die Verkörperung des Kommunismus, ja, sie waren der Kommunismus selbst. Am selben Ort zur selben Zeit versammelt, waren sie für ein Experiment bestimmt.

Eines Nachts im Winter ging ich an dunklen Ställen und Scheunen vorbei. Es war Frost, der Wind kam von Osten. Auf einem abschüssigen Platz an der Straße standen vier Traktoren. Ihre Motoren liefen auf niedrigen Touren. Tuck-tuck, tuck-tuck, tuck-tuck ... Sie hatten zu schwache Batterien, um bei diesem Frost morgens anzuspringen, deshalb schalteten sie sie gar nicht erst aus. Ich passierte das Lager aus rotem Backstein, die große, aus alten Bauernhäusern zusammengesetzte Scheune, ich begann den Weg zum Pass hochzusteigen in der Gewissheit, dass dieses Experiment größer war als das ganze Geschwätz über Gleichheit, über die gerechte Verteilung der Güter, darüber, dass jedem zusteht, was er braucht, dass man den Reichen nehmen und den Armen geben, dass man das Geraubte rauben sollte. Hier ging es um mehr, hier ging es um die völlige Ungültigkeitserklärung der Materie, um ihre Überwindung – nie wieder sollte sie Bedeutung bekommen, ein für alle Mal wollte man sie loswerden. Deshalb war dieser Versuch größer als die Geschichte und schon sehr nahe an der Geologie.

Im Jahr 2006 fuhr ich zum ersten Mal nach Russland, weil ich das Land sehen wollte, in dessen Schatten meine Kindheit und Jugend vergangen waren. Auch wollte ich die geistige Heimat meiner LPG sehen. Nach einer dreizehnstündigen Reise stieg ich auf dem Flughafen von Irkutsk aus. Der Flug von Moskau hätte fünf Stunden dauern sollen, aber aus unerfindlichen Gründen landeten wir am Morgen statt in Irkutsk in Bratsk, wo man uns aussteigen ließ. Grauer Regen fiel auf grauen Beton. Ein Flughafenbus kam angefahren: ein verglastes Fahrerhaus mit Sitzen auf dem Chassis eines SIL. In der Ferne dunkelgrüner Wald. Zement, altes Blech und das Militärgrün nasser Bäume im Licht des Morgengrauens. Dort in Bratsk spürte ich vom ersten Augenblick an, dass ich bekam, was ich erwartet hatte, obwohl ich nie gedacht hätte, dass es wirklich existiert. Die Startbahn glänzte wie ein toter Fisch. Später, als ich vor das Glasgebäude des Terminals trat, sah ich, dass ringsum nichts war. Das heißt, es gab eine breite Landstraße, irgendwelche Gebäude, einen Platz mit parkenden Autos, aber all das existierte kaum. Die Leute fuhren mit Bussen hierher, stiegen aus den Autos, kamen irgendwo aus der Tiefe, aus dem Innern dieses unsichtbaren Restes. Die Stadt lag an einem großen Stausee. Die Angara wurde durch einen Damm gestaut, und das Wasser floss in die Taiga. Ich sehe das jetzt auf der Karte, denn damals bewegte ich mich keinen Schritt vom Flughafen weg. Das Papierrechteck ist grün, und ziemlich genau in der Mitte liegt dieser Stausee. Wie ein Klecks aus hellblauer Tinte. Weiter oben auf der Karte gibt es eigentlich nichts mehr außer Grün. Die schwarzen Krümel markieren *otdelnyje strojenija*, einzelne Gebäude. Hundert Kilometer und dann ein Haus, fünfzig Kilometer und das nächste, und so über zweitausend Kilometer bis zum Ufer des Nördlichen Eismeers. Aber dort auf dem Flughafen hatte ich davon noch keine Ahnung. Ich spazierte umher und sah mir die Russen an. Sie müssen mich auf den ersten Blick erkannt haben. So wie ich mühelos ein paar westliche Touristen aus unserem Flugzeug in der Menge ausmachte. Nervös schritten sie durch die Halle und versuchten herauszufinden, warum wir hier und nicht in Irkutsk gelandet waren. Die Russen machten sich auf den Sitzen breit und warteten einfach. Und ich spazierte umher, weil ich die Augen nicht von Bratsk lassen konnte, von dem Beton, von den Russen. Vom schmutzigen Glas der Halle, von irgendwelchen Holzschränkchen, einer grünen Tür aus Sperrholz und dem Fußboden aus Terrazzo. Ich hatte sechstausend Kilometer und mehr als dreißig Jahre hinter mir gelassen. Der Flughafen in Bratsk war wie der Bahnhof Warszawa Stadion, von dem die Busse Richtung Węgrów, Sokołow und Siemiatycze fuhren. Und auch die Menschen glichen denen von damals. Doch zugleich spürte ich, dass ich hier am Rande des bewohnten Landes spazierte und dass jenseits davon nur noch Geographie war. In dem engen Kiosk gossen sie heißes Wasser in Plastikbecher und warfen Teebeutel hinein. Man konnte die Becher nicht halten, und man konnte sie nirgends abstellen. An den drei Tischen in einer dunklen Ecke dösten Menschen.

Es ist Mitte Dezember, endlich fällt Schnee. Im Winter wird alles leiser. Das Vergangene tritt deutlich hervor. Der Geruch von Kohlenrauch und das Geräusch der Blechschippen in der Morgenstille vor vierzig Jahren in Praga. Auch damals wurde es still, wenn es schneite. Und dann dieses metallische Geräusch auf den Bürgersteigen. Oder das dumpfe Scharren der Schaufeln aus Sperrholz. Farbige Plastikgeräte gab es damals nicht. Keine grünen, roten, blauen und gelben Schippen, mit Aluminium beschlagen. Nur von der Feuchtigkeit braun gewordenes Sperrholz und schwärzliches Metall. Monochrome Materie. Die weißen geometrischen Flächen der Dächer und der graue Rauch in der unbewegten Luft, der direkt in den Himmel wanderte. Um halb acht ging ich los zur Schule, und ich hatte keine Ahnung, dass es in der Welt Kommunismus gab. Der Weg führte durch einen Akazienhain. Dann musste man den Bahndamm hochklettern und die Gleise überqueren. Ich wusste nicht einmal, dass es Sozialismus gab. Zu Hause redeten wir nicht über solche Dinge; das, woran wir alle teilnahmen, war einfach das Leben und nichts weiter.

Meine Mutter hat die Russen 1944 gesehen. Sie waren Marinesoldaten und vertäuten ihre Kanonenboote im Schwemmland des Bug. Der Fluss änderte oft seinen Lauf. Grünes Wasser stand in toten Nebenarmen, dann zog es sich zurück, und es blieben Sümpfe. Die Kanonenboote und Pontons legten vermutlich in der Hauptströmung an, nicht weit von den Gebäuden des Gehöftes. Die Marinesoldaten trugen gestreifte Hemden. Wie die von der Aurora, vom Panzerkreuzer Potjomkin oder die in Kronstadt. Aber sie brachten keinen Aufruhr, keine Revolution. Großvater machte Geschäfte mit ihnen. Er brachte ihnen Wodka oder Selbstgebrannten und bekam Armeekonserven und Zucker. Im Wald lagen deutsche Leichen. Die Leute verachteten die Russen. Vielleicht nicht gerade die Matrosen, aber die ausgemergelten Infanteriesoldaten, die die Hühner zusammen mit dem Gefieder kochten. Dutzende Male habe ich diese Geschichten gehört: die Hühner mit den Federn, am Arm drei Uhren, die Gewehre an Schnüren. So hatte meine Mutter die Ankunft der Revolution in Erinnerung. So hatten alle sie in Erinnerung. In Städten und Dörfern. In Wort und Schrift. Die Hühner mit den Federn, die Schnüre, die Uhren. Das Verlangen nach

Hühnern und Uhren kam aus der Tiefe Eurasiens, aus dem Abgrund der Tundra und der Steppe. Das war kein Marx, der die Welt verbessern wollte, das war ein auf den Hund gekommener Temüdschin auf der Jagd nach Geflügel und Zeitmessern. In den Dörfern aus grauem Holz, in den strohgedeckten Hütten, zwischen den sandigen Beeten lauerte die Angst vor dem Wilden, dem Massenhaften und Gierigen, das heranziehen und Strohdächer, Holzhäuser und sandige Erde – alles nicht viel besser als mongolische Jurten – ausrauben und in Rauch verwandeln würde. Aber es konnte nicht aus den Städten kommen mit ihren gemauerten Häusern, Läden, Kirchen, sondern nur irgendwo vom Ende des Raums her, aus einer Gegend, wo den Menschen ein Fell wächst und sie nachts zum roten Mond heulen. Irgendwo dort musste es aufgebrochen und zuerst auf vier Füßen durch die Steppe getrabt sein, um sich erst später, je näher es unseren zivilisierten Siedlungen kam, allmählich aufzurichten und schließlich auf zwei Beinen zu stehen und die Hände frei zu haben, um Hühner zu fangen und Uhren anzulegen. Am Abend in den Dörfern drehten sie an den Dochten der Lampen und horchten auf das Dröhnen der Artillerie im Osten. Die Erde bebte, als stürmten alle Pferde Asiens samt den Kamelen heran. Schließlich löschten sie die Lichter und hielten das Ohr an den Fußboden. Die Klügeren gruben in der Erde Verstecke für Hühner und Uhren. Manche überlegten, ob sie nicht zusammen mit den Deutschen abziehen sollten. Doch das Geräusch aus dem Osten war wie das Knurren des Tiers in der Apokalypse des Johannes, und alle wussten, dass der Deutsche mit seinen blitzenden Schäften, die von allen so bewundert wurden, nirgendwo auf der Erde Unterschlupf fände.

Aber später, als ich schon auf der Welt war, habe ich nie gehört, dass bei uns jemand über den Kommunismus oder über die Russen gesprochen hätte. Da herrschte geopolitische Stille. Es gab nichts zu diskutieren. Sowohl Mutter als auch Vater hatten ihre Dörfer verlassen im Zuge der großen Wanderung der Verdammten dieser Erde. Sie waren aus der Sklaverei geführt worden. Aus dem Reich des Sandes, des Mistes und des Hungers. Aus dem Territorium der Verachtung. Von Ost nach West. Mutter dreißig Kilometer, Vater hundertzwanzig. Denn das Leben war anderswo. Von Ost nach West. Aus dem bäurischen Dorf in die herrschaftliche Stadt. Um das Sklavenerbe zu vergessen, um Schuhe zu tragen. In den Westen, in die Hauptstadt, die von der patriotischen Auflehnung in ein Skelett verwandelt worden war, das man wieder mit menschlichem Fleisch füllen musste. Die Aufständischen, Hitler und der Kommunismus hatten ihnen erlaubt, die Hauptstadt einzunehmen. Doch bis ins Zentrum kamen sie nicht. Sie hielten in den Vororten an, wie die Mehrzahl der plebejischen Eroberer. Aber darüber sprach man nicht. Was sollte man dazu sagen. Plünderung als historische Gerechtigkeit.

Ich wache morgens auf und höre das Klopfen von Vogelschnäbeln. Der auf der Veranda hängende Speck ist gefroren. Kohlmeisen, Blaumeisen und Dompfaffen versuchen ein Stück des versteinerten Fettes abzuhacken. Die Luft ist gläsern und unbewegt. Die Holzkonstruktion des Hauses überträgt die leisesten Laute. Graublaues Morgenlicht erfüllt das Zimmer. Es ist das gleiche Licht wie in der Kindheit, an Sonntagen oder in den Ferien, wenn man länger im

Bett blieb und allein war mit den Phantasien über alle zukünftigen Welten. Im Bett war es schläfrig und warm, aber es genügte, die Hand hinauszustrecken, um die helle, blaue Kälte zu spüren.

Vor ein paar Tagen bin ich oberhalb der LPG in Schneewehen stecken geblieben. Die Straße schlängelt sich an dieser Stelle in Kurven hoch und verläuft dann in einem flachen Abschnitt einen Kilometer lang über den Pass. Der Wind treibt den Schnee von den nackten Wiesen, und die weißen Zungen versperren die Durchfahrt. Man muss ein Stück zurück, Anlauf nehmen und dann immer weiter in die schütteren, trügerischen Felder vorstoßen in der Hoffnung, dass man es beim soundsovielten Mal schafft, auf die andere Seite zu gelangen. Aber ich habe es nicht geschafft. Das Auto blieb mit dem Fahrgestell hängen, die Räder drehten sich hilflos. Ich hatte keine Schaufel, keine Ketten dabei, nichts. Es war minus zwanzig Grad und windig. Von allen Seiten wehten blendende, beißende Schwaden heran. Und das war erst der Anfang des Winters.

Vor zwanzig Jahren wanderte ich hier jede Woche mit dem Rucksack in den Laden, um in dieser seltsamen, weder feudalen noch sozial gerechten Schlange zu stehen. Im Dezember und im Januar setzte auf dem Rückweg die Dämmerung ein. Ich hielt auf dem Pass an und blickte hinunter. In den Pferdeställen wurden die Lichter angezündet, das abendliche Ritual begann. Senkrecht stieg der Rauch aus den Schornsteinen auf. Der Himmel im Westen brannte wie ein goldener Spiegel. Wie eine Arche lag die Siedlung in der grenzenlosen Finsternis. Hunde bellten. Aus der angelehnten Tür eines Stalls dampfte es. Die Schafe lagen im Halbdunkel und kauten. Die Menschen rochen genauso wie die Tiere und gebaren genauso ihre Nachkommen. Einhundertfünfzig Zloty pro Kind. In den Häusern rings um den Stall, in genau demselben Geruch. Gleich hinter der Wand begann die Dunkelheit und zog sich kilometerweit. Aber drinnen war es warm und roch nach Mist und Heu wie in Bethlehem. Sie sollten als neue Könige geboren werden und die Erde bis in die fernsten Winkel bevölkern.

Ich hielt auf dem Pass an, warf den Rucksack ab, schaute und spürte das Schaukeln von dunklem Wasser. Sie fütterten und tränkten dort die Tiere, dann aßen und tranken sie selbst und legten sich früh schlafen, beruhigt, dass man ein Bündnis mit ihnen geschlossen hatte, als sie mit ihren Söhnen, ihren Frauen und den Frauen der Söhne auf das Schiff gingen. So war es 1986. Im Laden gab es Speck, Leberwurst, Marmelade in Fünf-Kilo-Dosen, Nudeln, Reis, Zucker, Tee und am Tag der Lieferung auch Brot und Märzenbier. Nie fehlte es jemandem an etwas. So war es versprochen worden. Die Tycowa trug ihren Sack mit Brotlaiben auf dem Rücken. Sie überquerte die Straße, stieg die Anhöhe hinauf und ging ins Haus. Sie schnitt das Brot in Scheiben, schmierte sie, stellte den Teller hin und rief die Kinder. Aus allen Winkeln kamen sie aus dem Halbdunkel und umringten den Tisch. An den nackten Wänden standen ein paar Geräte. In der Ecke ein eiserner Herd. Darin brannte Feuer, und es war warm.

Von Ulan-Ude nach Tschita waren es fünfhundertsiebenundfünfzig Kilometer. Wir fuhren tagsüber, mit einem elektrischen Zug ohne Abteile. Sieben oder acht Stunden. Hin und wieder hielten wir an Stellen, wo die endlose grüne Decke für einen Moment barst und erdfarbene Gebäude daraus hervorwuchsen. Nacktes Holz, Eternit, Zäune. Oder eine Art Kleinstadt. Es erinnerte ein bisschen an Ostpolen, an das ferne Podlasie, aber verdünnt mit dieser Endlosigkeit. Aus den Orten kamen Leute und stiegen zu. Sie waren seltsam gekleidet. Vor allem die jungen Männer. Farbenfroh und kunterbunt, alle unterschiedlich. Für die dortigen Verhältnisse sahen sie wie exotische Vögel aus. Aber sicher war das Secondhand oder billiger Chinakram. Alles nicht recht zusammenpassend, wie zufällig gefunden. Mit Aufschriften, Aufnähern und Parolen der globalen virtuellen Welt. Sie stiegen ein und stellten sich in den Übergang zwischen den Waggons, weil sie gleich wieder aussteigen wollten. Nach fünfzig, nach hundert Kilometern. Diese Gesichter kannte ich. Ich hatte sie aus den sowjetischen Filmen meiner Kindheit in Erinnerung. Sie hatten sich überhaupt nicht verändert. Nur dass sie jetzt farbig und damals schwarzweiß waren. Damals in kantigen Jacken und Helmen, jetzt wie die Engel einer postmodernen Ikonosphäre. An Zäunen entlang, durch Kartoffelfelder gingen sie unter dem sibirischen Himmel, in prolligen Pluderhosen und Pullis, die mit den Emblemen der globalen Community gestempelt waren. Bis zu den Knöcheln im Sand, in chinesischen Reeboks. Altes Holz, Sand und dann gleich diese postmoderne Welt der Fakes. Nichts dazwischen. Vielleicht gab es dazwischen wirklich nichts? Nach dem Kommunismus gähnte das Vakuum, die Leere, deshalb konnte der ganze Müll, der Chinakram, dieses Wunder des neuen Egalitarismus sich aufblähen und ausdehnen, ohne auf irgendwelchen Widerstand zu stoßen. Auch ich hatte eine Sonnenbrille der Firma Okey in der Tasche – in Irkutsk von einem Chinesen gekauft, für hundert Rubel, das heißt, nicht viel mehr als zehn Zloty. Ich konnte den Blick nicht von den Jungs im Übergang lassen. Sie sahen aus, als hätten sie die Klamotten im Dunkeln angezogen. Gelb mit Lila. Rosa mit Blau. Zu groß. Wie von jemand anderem.

Sie sind vom Balkan gekommen, um die hiesigen Täler zu besiedeln. Bevor sie ihre Kirchen und Dörfer bauten, hatten sie Tausende von Kilometern zurückgelegt. Ich habe mir diese Wanderung oft vorgestellt. Irgendwo im Dinarischen Gebirge brachen sie auf, durchquerten das Donautal und gelangten in die Karpaten. Eine Mischung aus dakischem, illyrischem und thrakischem Blut, in die Berge verjagt von Slawen, die aus dem Norden heranzogen. Auf der Suche nach Weiden trieben sie ihre Schafe, Hammel und Rinder vor sich her. Dorthin, wo es Gras gab. In Fellen, stinkend wie ihr Vieh, ohne sich die Haare zu schneiden. Sie verständigten sich mit einem Latein, das voller Erinnerungen an ihre alten, ausgestorbenen Sprachen war. Sie sind »aus der Hefe der Barbaren, dem Bodensatz der großen Invasionen hervorgegangen, aus jenen Horden, die nicht die Kraft hatten, ihre Wanderung nach dem Westen fortzusetzen, und längs der Karpathen und der Donau zusammenbrachen, um dort liegenzubleiben und einzuschlafen, eine Masse von Deserteuren an den Grenzen des Imperiums, ein mit einem Hauch von Latinität geschminktes Gesindel«. So wollte es ihr Nachfahre Emil Cioran wissen. Aber ich liebte es, mir vorzustellen, wie sie ins Innere des Kontinents wanderten. Immer weiter fort von den warmen Winden des Mittelmeers. Eine tausend Jahre währende, langsame Wanderung. Morlaken, Aromunen, Walachen. Vergessene oder ausgestorbene Stämme, die sich im Laufe der Jahrhunderte auf der Flucht vor Slawen, Tataren oder Türken in immer höhere Berge zurückziehen, so dass sich kaum jemand an sie erinnert. Alte Römer in Hütten, mit Mokassins, an Regentagen mit Schafsmist beschmiert, wenn sie ihre Herden unter freiem Himmel melken mussten. Ewig unausgeschlafen, denn in den Karpaten gab es damals mehr Wölfe und Bären als Menschen, also mussten sie Feuer anzünden und Wache halten. Tausend Jahre hat es gedauert, bis sie hierhergekommen sind, ohne Erinnerung an den zurückgelegten Weg. Ohne Erinnerung an Rom, Illyrien und Dakien. In den Tälern zusammengedrängt, Zaun an Zaun, Hütte an Hütte, im Schatten von Holzkirchen, die in der Form den gemauerten Kirchen der Katholiken ähnelten. Unterwegs sogen sie das Slawentum auf und russifizierten sich, führten die Völker, an denen sie vorbeikamen, in Versuchung, sich mit ihnen auf die Wanderschaft zu begeben. Die Karpaten waren damals fast menschenleer. Nachts war es dunkel und am Tag öde und leer. Milch, Käse, manchmal Fleisch und irgendwelches Fladenbrot. Ich stelle mir all das vor, damit es nicht untergeht. Die Täler der ausgesiedelten Dörfer überwächst der Wald. Die Reste der Steine verschlingt die Erde. Sie verschwinden einfach in ihrem Innern, und die Erde überwuchert sie wie ein lebendiger Körper. Sechzig Jahre reichten aus, um fast jede Spur zu verwischen. Feuerschein am Himmel, Schutt und Asche, Brandgeruch. Endlos ziehen Gespanne und Menschen nach Norden, zu Bahnstationen und Lagern im Freien. »Wir konnten weder Hunde und Katzen noch Hühner mitnehmen. Noch heute sehe ich den angebundenen Hund und höre sein Heulen.« Die Armee passt auf, dass die Menschenschlange ihrer Bestimmung entgegenkriecht. Auf Fotografien, die Jan Gerhard hinterlassen hat, tragen die Soldaten Maschinenpistolen, Pepeschas, meistens Karabiner. Im Hintergrund Flammen. Es ist heiß, die Jungs haben die Ärmel aufgekrempelt und die Uniformen aufgeknöpft. Im Mai 1947 begann die letzte Etappe der tausend Jahre zuvor auf dem Balkan begonnenen Wanderung.

Das erste Mal war ich im Frühjahr 1983 hier. Ich kam mit dem Bus aus Jasło und stieg in dem ehemaligen Dorf Rozstajne aus, von dem nur der Name und eine gemauerte Kapelle in der Nähe der Brücke geblieben ist. Es war warm. Neben der Kapelle blühten Osterglocken. Der Bus fuhr weg. Es wurde vollkommen still. Ich ging los, die Wisłoka entlang. Auf der alten Straße lag an manchen Stellen noch Asphalt. Hier gab es nichts, doch die Landschaft wirkte irgendwie geordnet. Das Tal war weit und flach, die Straße schnurgerade. Nach zwei Kilometern brach die Geometrie plötzlich ab, die Reste des Asphalts verschwanden, und die Straße schlängelte sich in der ursprünglichen Form des Geländes weiter. Aber rechts, auf einem grasigen Hügel, war das regelmäßige, rechteckige Netz früherer Raine zu erkennen. An der Straße standen mehrere Steinkreuze. Ein Stück weiter die heilige Familie. Beim Jesuskind war das Gesicht abgebröckelt. Der Steintrakt führte tief in die Vergangenheit. Dazwischen die kaum sichtbaren Zeichen des Verlassenen. Später lernte ich, woran man sie erkennen konnte: rechteckige Häuschen, Umrisse von Fundamenten, kuppelförmige Kellergewölbe, trügerische Vertiefungen an Stellen, wo sich früher Brunnen befunden hatten, Gruppen von verwilderten Pflaumen- und Apfelbäumen. Zu Anfang hatte diese Poetik der Entvölkerung für mich einen sentimentalen Geschmack. Es waren einfach Ruinen, Erinnerungen an Vergangenes, Resultat der Gleichgültigkeit der Zeit oder des Schicksals. Erst mit den Jahren begriff ich, dass in diesen verlassenen Tälern, in Radocyna, in Lipna, in Regietów, eine Tektonik wirkte, deren Epizentrum ganz woanders lag.

Wir stellten die Ladentische und Regale also auf die Balken der auseinandergenommenen LPG-Scheunen. Die Balken hatten wir fast zwanzig Jahre zuvor, als der Kommunismus seinen Besitz verscherbelte, fast für umsonst erstanden. In jenen Tagen kamen die Bauern mit Traktoren angefahren und luden das Gerümpel der Kolchosen auf ihre Anhänger: Reste von Maschinen, Werkzeug, Teile verschiedener Geräte, Kabelrollen, Blechfässer, Gummischläuche, die ganze Masse des Kollektivismus, die der Individualismus noch zu etwas gebrauchen konnte. Es sah wie Raub oder Plünderung aus, aber da hatte nur die historische Gerechtigkeit ihre Meinung geändert. Es muss wirklich billig gewesen sein, denn die Landwirte kamen von weit her, über die Berge, aus anderen Woiwodschaften. Danach fuhren sie wieder nach Hause, und das Echo in den verlassenen Tälern trug dröhnende, blecherne Geräusche. In jenen Sommertagen des Jahres 1992 oder 1993 kaufte ich Teile einer großen schwarzen Scheune, die am Ende der Bebauung stand, dort, wo sich die Straße auf den Pass hochzuschrauben begann. Das Gebäude war fast ideal würfelförmig und hatte ein kaum angedeutetes Satteldach. Ein drei Stock hohes Skelett mit einer einzigen Verschalung. Jahrzehntelang hatten sie darin Heu gelagert. Die Konstruktion war aus Balken von auseinandergenommenen Bauernhäusern errichtet. Vor allem Pfetten und Träger eigneten sich dafür, weil sie lang waren und gut erhalten und einen quadratischen Grundriss hatten. Die Häuser und Kirchen der Lemken überlebten in den Gebäuden der LPG. Des Lebens und der Heiligkeit beraubt, abgestorben, sogen sie sich mit dem Geruch von Mist, faulendem Stroh und Feuchtigkeit voll. Man konnte ein Dorf nehmen und daraus eine Art Anti-Dorf bauen. Man konnte eine Kirche nehmen und daraus eine Art Antikirche bauen. Balken für Balken, Sparren für Sparren, Brett für Brett wurde ein Schiff zusammengesetzt, und das Volk stieg ein, um sicher durch die Fluten ans andere Ufer der Zeit zu gelangen, wo es keine Geschichte, keine Tränen, keine Verachtung, keine Reichen und Armen geben würde. Ein Schiff aus geglättetem Holz, von innen und außen mit Harz eingerieben. Einer nach dem anderen gingen sie an Bord, zusammen mit den Tieren. Auch die Tycowa ging, in ihren verschwitzten Gummistiefeln, mit ihrem Sack voller Brotlaibe für neun Kinder. Unter der Last gebeugt, in Drillichzeug, mit faltigem Gesicht. Ihr folgte Szymek, der Mann mit nur einem Lungenflügel. Und ihm Józek, der sich mit Wasser aus einer Pfütze vergiftet hat. Und hinter ihnen kamen die anderen, alles, was sie besaßen, mit sich tragend wie die Tycowa ihr Brot. Den Rest sollten sie noch bekommen, um die Zeit zu überstehen, bis alles Fleisch ausgerottet wäre und sie endlich die ganze Erde gewinnen würden. »Alles von der LPG, aus Eisen, das Haus war von der LPG, auch die Schemel sind von der LPG, und ein Schränkchen hatten wir – das steht bis heute auf dem Dachboden; in der Speisekammer waren Regale, mit einem Vorhang aus Leinen verhängt, und dort hatte ich Geschirr, Töpfe, alles in diesem Schränkchen. Den Tisch hat mein Mann in der LPG aus Brettern gemacht«, so reden sie heute. Man muss nur fragen. Sie setzen sich, falten die Hände im Schoß und reden, den Blick auf diese Dinge geheftet.

Tschita. Ständig denke ich an diese Stadt. Vor anderthalb Jahren gingen wir auf der Suche nach dem Restaurant Shemtschushyna durch die Uliza Amurskaja. Im Reiseführer stand: gute Pelmeni, gute Bliny und nicht teuer. Der Reiseführer war 2007 erschienen, aber das Restaurant war inzwischen eine Ruine. Verstaubte Fensterscheiben, zerbröselter Beton und ein Blechschild. Wir gingen weiter. Die dreistöckigen Häuser an der Straße stammten wahrscheinlich von Ende der zwanziger, Anfang der dreißiger Jahre und sahen nach ganz anständigem Modernismus aus. Doch hier, im Fernen Osten, fielen sie schon kurz nach der Erbauung der Vereinsamung anheim. Der fernöstlichen wie auch der ideologischen Vereinsamung, denn es stellte sich schnell heraus, dass der Modernismus dem Sozrealismus weichen musste. Und so zog sich ringsum Tausende von Kilometern die Steppe hin, und hier diese Architektur. Das konnte nicht gutgehen, deshalb hatten die Häuser hier die Krätze.

Ringsum wuchsen Pappeln und Unkraut. Die Bäume sahen erbärmlich aus, sie hatten in dem kurzen kontinentalen Sommer einfach keine Zeit, sich richtig zu entwickeln.

Wir gingen weiter in Richtung Peripherie, wo gewöhnliche Wohnblocks standen. Sie waren genauso vergammelt. Auf dem Dach des einen schuppte sich ein großer Schriftzug: MOLOKO, Milch. Von dem Drahtskelett fielen Kunststoff oder Sperrholz ab. Ich stellte mir vor, dass auf anderen Dächern Schriftzüge wie BROT, FLEISCH, KÄSE aufgesteckt waren, und so in ganz Russland und weiter im Norden, in der nackten Tundra, auf dem Gebiet des Dauerfrostbodens, die nächsten: KAFFEE, AUTO, PENICILLIN, SEIFE. Ich stellte mir vor, dass im ganzen Land, von Moskau bis Kamtschatka, gestanzte und geschweißte Wörter aus Blech standen, Wörter aus Laminat, aus Epoxidharz, aus Drahtglas, aus Eisenstangen, aus Sperrholz, aus Beton, aus Holz, aus schwarzem Gummi, aus Aluminium, aus Fiberglas, aus Resten, Wort um Wort, damit die Menschen alles hatten, damit sie es lesen konnten – weil die Welt ihnen endlich wieder gehören sollte. Damit sie alle Namen nennen konnten, so wie am Anfang, als der Stammvater allen Geschöpfen Namen gab. Ja, in Tschita stand MOLOKO, mitten in der Bebauung der Peripherie, wo abwechselnd Frost und Hitze den Beton zersetzten und hinter den letzten Gebäuden die Steppe begann, die ins Nichts führte, zu Knochen und Hügelgräbern. Irgendwo trat ein Paar aus dem Schatten. Die Frau hielt sich im Hintergrund, der Mann trug einen Helm, hatte einen Goldzahn und ein Gesicht, das von Schlauheit und Leiden gezeichnet war. Die Augen hatte ihm für immer der Alkohol verschleiert. »Warum macht die Miliz nichts gegen die Chinesen? Warum nehmen die uns die Arbeit weg, und die Miliz schaut zu? Ringsum nur Chinesen. Warum werden die Volksmassen von Transbaikalien von den chinesischen Kapitalisten unterdrückt? Der gelbe ökonomische Imperialismus verurteilt das rote Proletariat zum Untergang.« So sprach er zu uns und suchte Trost, Verständnis und Unterstützung. Er sagte, den Chinesen sei alles erlaubt, während die Proletarier von Transbaikalien nicht einmal in Ruhe auf einer Bank sitzen und etwas trinken könnten, weil dann sofort die Polizei erscheint, die von Peking am Gängelband geführt wird. Er hatte recht. Die Chinesen waren überall. Auf dem Bahnhof von Tschita hatten sie einen eigenen Wartesaal. Fußboden und Bänke waren mit Waren übersät. Es war schwer vorstellbar, dass Menschen solche Lasten tragen konnten. Der Saal sah aus wie eine Karawanenstation, in der momentan die Kamele fehlten. Die Chinesen waren hager, sehnig, sie trugen bequeme Kleidung. Die russischen Polizisten passten auf, dass sie ihr Revier nicht verließen. Doch ihre Macht war zerbrechlich und vorübergehend: Auf großen Bildschirmen lief die Olympiade in Peking, wie ein Memento für Tschita, für Russland und den Rest der Welt. Die chinesischen Kulis aßen ihre Suppen aus Plastikbechern und schauten sich ihre Heimat an.

Unser neuer Bekannter mit dem Goldzahn fühlte sich verraten. Die Revolution starb vor seinen Augen. Wir verließen ihn. Er sah uns nach, bis seine Gefährtin ihn schließlich am Arm zog, und sie gingen Richtung Stadtzentrum. So war das.

Ein Stück weiter stand auf einem Platz zwischen den Wohnblocks eine kleine Holzkirche. Am Eingang saß ein behinderter Junge. Aber er bettelte nicht, wie es vor der Kirche üblich ist, sondern sabberte und schaute ins Leere. In dem Gotteshaus war ein Dekabristen-Museum. Hierher hatte man nach dem misslungenen Aufstand Fürst Sergej Wolkonski und einige andere verbannt. Der Fürst verleugnete mit den Jahren seine Kaste und wurde zum Bauern. Er trug einen Kaftan, eine Mütze aus Schaffell, und er fuhr mit dem Pferdefuhrwerk. Russisch musste er erst lernen, anfangs behalf er sich in den Gesprächen mit den leibeigenen Muschiks mit Französisch. Vor den Dekabristen war niemand auf die Idee gekommen, den Imperator zu töten, auf diese Weise das Volk zu befreien und ihm die geraubte Menschlichkeit wiederzugeben. Der Tod des Zaren sollte ein Sakrament darstellen, vielleicht eine Art Taufe. Im Blut des Zaren sollte das Volk sich reinwaschen von der Gefangenschaft, von dem viehischen Dasein. Natürlich waren auch vorher Zaren umgebracht worden, aber nur um den Nachfolgern die Wartezeit zu verkürzen. Es gelang den Dekabristen jedoch nicht, und Wolkonski, der durch ein Wunder dem Strang entkam, hatte hier sein Museum. Das Volk lag noch genauso in Ketten wie zu seiner Zeit. Jahrzehntelang hatte es die in der Steppe, der Wüste und der Tundra aufgestellten Namen gelesen. Jetzt nahmen die Chinesen ihm Arbeit und Luft weg. Im Tausch dafür brachten sie billige bunte Kleider mit Aufschriften und goldene Plastikuhren mit Batterien für vierzig Rubel das Stück.

Mein Vater erinnert sich, dass 1946 oder 1947 auf der Straße hinter dem Dorf ein Flugzeug landete. Eine Po-2, genannt Nebelkrähe. Ob sie einen roten Stern oder ein weiß-rotes Schachbrettmuster hatte, ist unbekannt. Die Jagd auf Partisanen war noch immer im Gang. Aber Vater wusste nicht, auf welche genau. Er hatte nur in Erinnerung, dass sie nachts

kamen und an die Fenster klopften, dass man sie hereinlassen, ihnen zu essen und ein Nachtquartier geben musste. Er war damals zehn Jahre alt. Der Obstgarten um das
Haus war gerade erst angepflanzt worden, also mussten sich
die Partisanen über das offene Feld nähern. Vielleicht vom
Cholerafriedhof her? Oder von weiter östlich, von den ver-
streuten Häusern der Kolonie, denn dort, hinter ihnen,
kam nur noch Wald. Der Hund muss gebellt haben, wenn
er auf dem Hof war. Wenn nicht, dann wirkte in der ab-
soluten Stille jener Zeit, als es noch keine Elektrizität gab,
das nächtliche Klopfen ans Fenster wie ein eiskalter Schauer.
Sie lebten wie Tiere, die in die Dunkelheit horchen. All die
Jahre, mit bis zum Äußersten angespanntem Gehör. Jede
Nacht. In der Erwartung von Schritten und Stimmen. Vor
Angst erstarrt, dass sie kommen könnten. Deutsche, Russen,
Banditen, Schmuggler. Ganz in der Nähe der Bug und die
Grenze zwischen den Sowjets und Hitlerdeutschland. Die
Deutschen standen in alten Obstgärten unter Tarnnetzen
und schauten mit dem Fernrohr ans andere Ufer. Dort, in
der sandigen, baumlosen Ebene, begann das Vaterland des
Weltproletariats. Die Leute im Dorf sagten, die Deutschen
seien gepflegt und ehrlich gewesen. Sie bezahlten für Eier
und Hühner. Das nächste Getto war zwanzig Kilometer entfernt. Treblinka mehr als dreißig, etwas weiter im Norden.
Das Dorf hatte nur eine geringe Vorstellung von diesen Vorboten der Moderne. Die gepflegten Deutschen spazierten
zwischen den strohgedeckten Holzhäusern und beobachteten heimlich die Mädchen, die hinter die Scheune gingen.
Die Hühner scharrten im Mist. Sonntags läutete die Glocke
in der – vor kurzem noch unierten – Kirche. Hier herrschten

noch die alten Zeiten. Für manche mag das wie eine Safari gewesen sein. Für viele wie ein Ausflug an den Rand der Zivilisation. Die Ebene jenseits des Flusses sah wie die Steppe aus. Im Osten, Richtung Drohiczyn, wo das andere Ufer sich auftürmte, gossen die Roten große Bunker aus Beton. In der Nacht ließen Schmuggler Boote ins Wasser. Oder sie gingen, wenn im Sommer das Wasser fiel, über die Furt, wateten und schwammen von einer Sandbank zur nächsten. Sie wanderten in beide Richtungen und hefteten mit dem Faden des Schmuggels Faschismus und Kommunismus zusammen.

Die Übrigen saßen nachts in ihren Häusern und horchten auf Schritte im Hof. Es kamen Zivilisierte, es kamen Wilde, es kamen die Rechten und die Linken, Internationalisten und Patrioten, aber bei jedem Geräusch am Fenster, bei jedem Pochen an der Tür liefen ihnen eisige Schauer über den Rücken, und der Atem stockte. Selbst wenn mit letzter Kraft Juden aus dem Getto in Sokołów an die Scheibe klopften.

Es war ein Reich der Geister. Meine Großmutter sah sie hin und wieder und erzählte von ihnen. In den sechziger, in den siebziger Jahren. Solange ich denken kann. Ethnographen fuhren in diese Gegend, um die letzten Erzählungen vom Unsichtbaren zu hören, das von Zeit zu Zeit sichtbar wird. Ende September sind die sanften, nicht sehr hohen Hügel in Nebel gehüllt. Die Luft ist silbern und feucht. Es ist einsam und still. Die Menschen sterben, und an ihrer Stelle erscheint niemand Neues. Die Häuser verrotten. Einige, an die ich mich aus der Kindheit erinnere, sind schon spurlos verschwunden. Diejenigen, die damals in der Nacht wie Geister auftauchten, kamen eben hierher, in die Kolonie, wo die Gehöfte weit voneinander entfernt lagen. Wie Gespenster kamen sie. Aus einer anderen Welt. Denn es war wirklich schwer zu begreifen, was sie dazu brachte, durch Kälte und Hunger zu irren. Sie kamen aus einem Abgrund, schmutzig, getränkt mit Blut, eigenem und fremdem. In der Küche setzten sie sich an den Tisch. Großmutter bediente sie. Niemand fragte sie etwas, denn sie waren tot. Sie stanken nach plötzlichem Tod. Obwohl sie aßen, gewannen sie ihre Kraft nicht wieder. Später legten sie sich Seite an Seite nieder und stellten einen Wächter auf, aber man blieb sowieso wach, zwischen Leichen konnte man nicht einschlafen. Wenn man das Gesicht nicht kannte, war man nicht imstande zu sagen, ob es sich um Rechte oder Linke oder auch »Private« handelte. Aber alle, mit Ausnahme der »Privaten«, kamen im Interesse meiner Großeltern. Sie wollten sie vor den anderen schützen. Nur die Juden und die »Privaten« sagten einfach, sie hätten Hunger. Sogar die Deutschen, die tagsüber kamen, behaupteten, erst jetzt beginne hier das wirkliche Leben, mit Klos, Eugenik und Blechdächern.

Der Krieg dauerte zehn, elf Jahre. Elf Jahre ohne Schlaf.

Und dann war da der Laden, vor dem ein beiger Żuk vorfuhr. Ich trat ein und stellte mich zu den Frauen. Auf den Regalen lag nicht viel. Die Verpackungen hatten die Farbe des Papiers. Grau, weiß, braun mit einer Aufschrift in verblasster Farbe. Kisiel, Pudding, Zucker, Salz. Die Zigaretten der Marke Start hatten etwas Orangerotes auf der Packung. Der Innenraum des Ladens war hell und roh. Heute würde man sagen leer. Doch zu jener Zeit war das ganz normal und natürlich. Ich war zwölf, und alles war in Papier verpackt. Nur die Nudeln vielleicht in einer Pappschachtel. So waren die Waren kaum getrennt vom Rest der Welt. Es musste nur regnen, und alles weichte auf, es genügte eine unachtsame Bewegung, und es rieselte heraus und vermischte sich mit allem anderen. Das Auto kam, und die Männer, die vor dem Laden Bier tranken, halfen beim Hineintragen der Drahtkörbe. Die golden schimmernden Brotlaibe machten den Raum noch heller. Sie waren rund und wogen gut ein Kilo. Ich ging durch das Dorf zurück und roch die Gehöfte: die Tiere, den Holzrauch, das in den Pfannen erhitzte Fett. Dann bog ich rechts ab, der Asphalt endete, und der graue Sand begann. Am Weg stand eine Windmühle, mit ewig unbewegten Flügeln. Ich trug die zwei Brotlaibe, die der Kommunismus zugeteilt hatte. In dem hellen, asketischen Laden blieb nie etwas übrig. Hinter der Windmühle brach die Bebauung ab. In der Ferne konnte man die Kronen hoher Pappeln sehen. Sie standen verstreut und verbargen die einzelnen Höfe der Kolonie.

Eines Tages stöberte ich in der Kredenz meines Onkels. An langen Sommertagen war ich manchmal allein im Haus. Wenn es ganz still war, wurde alles fremd. Ich horchte auf die eigenen Schritte und das Knarren der angelehnten Tür. Dann fühlte ich mich wie ein Dieb. Ich schlich mich in Ecken, die ich gut kannte. Die Kredenz war weiß. Sie hatte drei bis zum Rand gefüllte, schwere Schubladen. Gummis, Metallplättchen, für immer erloschene Taschenlampen mit farbigen Gläsern, Reste irgendwelcher Apparate, separat davon Besteck und Einsätze zum Herstellen von Wurst oder Spritzgebäck, dann eine Schere, Wetzsteine, Klammern, Zinn und

Kolophonium, schwarzes Schuhwachs und Klebstoff, Uhr-bänder, flache Batterien, Vergrößerungsgläser, Waschblau, orangerote Ventile, eine Zange, Kronenverkorker und Kor-kenzieher, eine echte Robinsonade – die Autarkie eines Hau-ses im Grenzgebiet. Und unter alldem stieß ich auf ein fla-ches rotes Schächtelchen. Darin war ein Orden. Vielleicht ein Verdienstkreuz oder ein »Held der Arbeit«. Und gleich daneben ein ebenfalls roter Parteiausweis. Ich war elf oder zwölf, stand über den herausgezogenen Schubladen der wei-ßen Kredenz und dachte: Mein Onkel ist Kommunist. Auf dem Foto war er jünger. Ich stöberte in seinen Sachen, und er arbeitete währenddessen wahrscheinlich auf dem Feld, trieb die Kühe von der Weide oder durchmaß mit seinen kleinen, energischen Schritten das Dorf, auf dem Weg zu seinen zahlreichen, nur ihm bekannten Geschäften. In die-sem Jahr oder ein Jahr später wurde Mao ernsthaft krank, ein jäher Alterungsprozess setzte ein. Seine Konkubine wurde schwanger, aber niemand glaubte, dass der fast achtzigjäh-rige erblindende und lispelnde Greis der Vater sein konnte.

Was für eine Qual, sagt sie morgens. Sie schlurft und stöhnt. Sie öffnet die Tür und lässt das Morgenlicht herein. Was denn, frage ich. Dass du immer fahren musst, erwidert sie. Ich mache das gern, sage ich. Sie – nie im Leben, und jetzt schon gar nicht. Niemals, nirgendwohin. Einmal ins Sanatorium, vor etwa vierzig Jahren. Vierzig? Mehr. Und dreimal den Sohn besuchen. Das ist alles. Jetzt nur noch zehn Schritte hin und zehn zurück, mit diesem Schlurfen. Als würde der Körper sich am Ende geschlagen geben aus Angst vor dem Unbekannten. Als hätte die Angst sie am Ende zerfressen. Schlurfend bewegt sie sich, schlapp-schlapp. Das ist ja furchtbar, sagt sie, mit dieser Fahrerei. Wie viele Kilometer sind das denn? Vierhundert, antworte ich. Gar nicht so viel. Morgen Gdańsk, dann Poznań. Jesus, sagt sie, dreht sich um, geht vom Morgenlicht wieder ins Zimmer zurück. Sie geht in die Küche, die mit den Jahren irgendwie klein geworden ist. Auch sie selbst ist kleiner geworden. Ich folge ihr und atme den reglosen Geruch des Hauses ein. Ich bin zu groß, um mich hier frei bewegen zu können. Deshalb sitze ich lieber auf der Veranda und betrachte den Garten, die Bäume, die hier wachsen, seit ich denken kann. Ich bin zu groß, um mich drinnen und in diesem seit Jahren erstarrten Geruch frei bewegen zu können. Ich mache mir Kaffee und gehe hinaus ins Licht des Morgens. Sie folgt mir. Ich höre das Schlapp-schlapp-schlapp. Sie sagt, ich solle Hausschuhe anziehen, damit ich mich nicht erkälte. Ich antworte, dass ich das nicht mag, dass ich es nie mochte und nie welche hatte. So wie ich es schon immer mochte zu fahren und immer gefahren bin. Sie guckt auf meine nackten Füße, und ich sehe, wie sie sich schüttelt. Sie ist ratlos. Sie kann nur sagen, ich solle nicht barfuß gehen und nicht so viel fahren. Nicht in der Nacht, nicht wenn es kalt ist und überhaupt. Nur das kann sie noch für mich tun. Hinter mir hertrippeln, wenn ich komme, und immer wieder sagen, dass ich mich erkälten werde. Mehr nicht. In einen Pullover eingemummt, mitten im August. Zehn Schritte hin und zehn Schritte zurück. Hin und her. Es gelingt ihr einfach nicht, in mein Leben zu gelangen. Nur die Hausschuhe, und ob es im Auto, wenn ich fahre, auch warm genug ist. Das hat keinen Sinn, sage ich, das wird sich nicht mehr ändern. Es sei denn, ich werde so alt wie du, dann fange ich an zu frieren und mich zu fürchten, und ich werde mich einmummen und nicht mehr aus dem Haus gehen. Sie hört gar nicht zu. Sie setzt sich in die Sonne. Die Veranda geht nach Osten. Von Anfang an wollte sie nicht hier wohnen. Sie wollte lieber in die Innenstadt, in irgendeinen Betonbau, im soundsovielten Stock. Immer hat sie das gesagt. Das weiß ich noch. Damals bin ich rausgegangen und durch die herbstlichen Felder gestreift. Weiden, Wasser, das in den Senken stand, Oktobergeruch. Das ferne Echo der Stadt. Sie wollte in diesen Ameisenhaufen. Wand an Wand mit anderen. Damit man nur die Heizung aufdrehen muss, damit man nicht diesen Koks braucht, diesen strengen Geruch, der aus dem Keller kommt, damit man nicht auf den Ofen aufpassen muss. Vielleicht war ihr schon damals kalt. Und sie fürchtete sich vor den

Wegen, die durch das Gestrüpp zum Laden und zum Bus führten. In ihrem Heimatdorf standen die Häuser schließlich eines neben dem anderen. Zaun an Zaun. Und hier kam gleich das Gebüsch, und dann der Wald. Man flüchtet ja nicht aus dem Dorf, um im Gestrüpp zu wohnen und am Abend zu horchen. Zu Anfang gab es nicht einmal einen Zaun. Und dort, auf dem Land, da war einer. Und keine Fremden. Nur die Zigeuner am Fluss, zweimal im Jahr. Wie einst die Tataren. Das musste man einfach abwarten, aushalten, man musste die Hühner einsperren, die Wäsche abziehen und die Töpfe vom Zaun nehmen. Zweimal im Jahr auf den sandigen Weiden am Fluss. Jetzt tritt sie ihren kleinen Pfad zwischen Küche, Zimmer und Veranda aus. Wie auf ihrem Hof damals, der ringsum von Gebäuden, Nachbarn und Zäunen umgeben war, so dass kein Zigeuner durchschlüpfen konnte. Hier sind nur Fremde. Und es werden immer mehr. Sie bauen immer größere Häuser. Morgens stehen sie beim Bahnübergang im Stau. Sanft wie Lämmer stehen sie da in immer größeren Autos. Aber das sieht sie zum Glück nicht mehr, weil sie ihren Pfad nur innerhalb ihres Lebens austritt. Das kapitalistische Kanonenfutter sieht sie nicht. Sie selbst war einst Kanonenfutter für den Kommunismus. Vor fünfzig Jahren. Entführung und Enterbung. Wie die Motten zum Licht. Von einer Unfreiheit in die andere. Aus dem Nichts dieser lattenumzäunten Scheunen in den Abgrund der Stadt. Von der Wüste in die Wildnis. Aus der Vergangenheit direkt in die Zukunft, ohne jede Gegenwart, in der man sich hätte verbergen, in der man hätte wohnen können. Von Zeit zu Zeit fuhren wir dorthin. Ich war drei Jahre alt, saß im Staub des Hofs und knetete Entenkot mit Sand. Das war wie Plastilin. Ich wollte mit nichts anderem spielen. Die Kraft der ursprünglichen Materie. Sand. Rauch. Dung. Das hatte man ihnen weggenommen. Sie mussten sich verkleiden, sie mussten vorgeben, jemand anders zu sein. Und wer? All diejenigen, die es nicht mehr gab. All die Toten. Die Verhungerten, die Erschossenen, die in den Kellern der Stadt Verschütteten, die in den Kanälen Ertrunkenen, die in den Öfen Verbrannten. Die sollten sie ersetzen. Und diejenigen, die überlebt hatten, sich aber nicht eigneten, weil sie herrschaftliche Flausen im Kopf hatten. Sie nahmen also die Plätze der Toten ein. Vielleicht war ihr deshalb ein Leben lang kalt? Sie wickelt sich in einen Schal, bedeckt die Nieren, mummt sich ein. Sie fragt, ob ich es warm habe im Auto. Ich sage ja. Ich sage, lass uns dorthin fahren, in das Dorf, zu den Überbleibseln, die allmählich vom kriechenden Pilz der Stadt verschlungen werden. Aber sie lehnt ab. Dort ist niemand mehr. Alles, was sie braucht, bewahrt sie im Gedächtnis. Die ehemaligen Lebenden und die Toten. Ich sage ihr, ich kann es im Auto so warm machen, wie ich will. Ich sage, im Sommer kann ich es kühl machen. Und wenn ich müde bin, kann ich mir sogar Kaffee machen. Ich würde sie gern mitnehmen, aber das kommt eher nicht in Frage. Einsteigen, aussteigen, die Gelenke bewegen, Halt an fremden Orten. Ich möchte sie mitnehmen, aber das ist utopisch. Sie spricht zu ihrer eigenen Erinnerung. Nur ich brauche noch Bilder und mache mich immer wieder auf den Weg. Wozu die ganze Fahrerei, sagt sie, und wahrscheinlich hat sie recht. Wahrscheinlich wird sich irgendwann herausstellen, dass sie mit ihrem Zuhausebleiben recht hatte, mit ihrer Vorsicht, mit diesem Stillsitzen wie das Kaninchen vor der Schlange. Mit ihrer

Angst vor der Weite. In die Kirche waren es sieben Kilometer durch den Kiefernwald. Sie gingen neben dem Wagen, im tiefen Sand. Bis zu den Knöcheln, die Schuhe in der Hand. Wie die Juden durch die Wüste. In ihr allsonntägliches gelobtes Land, um zwölf Uhr mittags. Durch den trockenen Wald, durch den Sand, über diesen armseligen Boden, durch Staub und Wind. Man musste das Pferd schonen, daher setzte man sich erst gegen Schluss, auf einigermaßen hartem Grund, in den Wagen. Mein Großvater führte wie Moses sein Volk und war wie Moses unbeugsam in seiner Wanderung. Aus Ägypten, aus der Gefangenschaft. Jeden Sonntag. Das ganze Leben lang. Das Quietschen des Wagens, Pferdeschweiß, Sand. Alle Jubeljahre legte man auf die Bank aus rohem Holz eine zusammengelegte Decke, eine rötliche Pferdedecke. Abgekapselt in der alten Zeit, deren kreisförmiger Weg in die Ewigkeit führte. Sieben Kilometer in die eine und sieben Kilometer in die andere Richtung. Nordöstlich von Warschau. Und jetzt zehn Schritte zum Küchenfenster, das nach Westen geht, und zehn Schritte zurück auf die Veranda, um für einen Moment in der Sonne zu sitzen. Ein Stück weiter der Zaun und die Bäume, auf die ich früher geklettert bin. Es ist ein seltsames Gefühl, sie immer noch an diesem Ort anzutreffen. Als gehörte sie zu dieser alten, unveränderlichen Welt. Obwohl sie diese ja verlassen hat. Wie all die Vertriebenen jener Jahre, von deren Körpern und Blut sich der Kommunismus nährte. Ich erinnere mich an den ersten Heiligabend, als wir zu Hause aus einer Schüssel aßen. Hier stand der Barszcz, hier die Kartoffeln, da der Kohl. Wir aßen mit Löffeln. In der Stadt. Einsam wie Emigranten. Wir tappten im Dunkeln. Wir mussten die anderen beobachten.

Wie fremd muss sie sich gefühlt haben, wie fremd müssen sich alle gefühlt haben. Das ganze Volk. So ist es bis heute. Als wäre es von irgendwo geflohen und hätte nie Unterschlupf gefunden. Immer unterwegs, als würde es gejagt, als wäre es auf der Flucht. Es gibt hundertzwanzig Zeitungen, in denen steht, wie man sich verkleiden muss, um sich nicht zu unterscheiden, um sich nicht zu schämen. Um die Schande der Herkunft von Gott-weiß-wo wegzuwischen. Ich schaue ihr zu, wie sie sich mit kleinen, schlurfenden Schritten im Inneren ihres Schicksals bewegt. Im Inneren dieses Hauses, das sie schützen, das an die verlorenen Häuser erinnern sollte, sie aber zu Gefangenen machte. Ich habe Angst vor all denen, sagt sie. Vor wem, frage ich. Na, vor all denen, die hierherkommen. Hier kommt doch niemand her. Na, vor all diesen Asiaten. Aber du gehst doch gar nicht raus, sage ich. Auch wenn ich nicht rausgehe, habe ich Angst, antwortet sie. Ich habe keine Ahnung, wann sie zum letzten Mal dort gewesen sein könnte. In diesem heruntergekommenen Viertel zwischen dem Stadion und der Ulica Targowa. Vom Bahnhof fahren die Busse nach Osten ab. Die Fahrer fluchen und manövrieren, ständig rutscht ihnen das Herz in die Hose. Hintenherum, zwischen den Ständen, Buden, Stapeln und Haufen durch, mitten durch die Kundschaft dieses bunten Billigkrams. Afrika und Asien. Wachsame Typen inspizieren ununterbrochen die Menschenmenge. Hier geht es behutsam zu, hier gibt es diese Händler nicht. Dort ist niemand zu Hause. Wenn sie wirklich dorthin käme, würde sie vor Angst sterben. So wie diese Leute, die alle zittern; jeder von ihnen wäre lieber unsichtbar. Der Bus nach Osten, nach Nordosten, so wie vor vierzig Jahren. Aber damals war es dort leer. Nur eine Stunde oder eine halbe vor Abfahrt des blauen Jelcz sammelte sich auf den kleinen Betoninseln eine Menschenmenge. Ringsum war es leer, nur dieses Gedränge an der Tür, um sich hineinzuquetschen. Der Bus, in dem es ganz dunkel war von dem Gewimmel, fuhr los, und wieder war es draußen leer und still bis zur nächsten Fahrt Richtung Sokołów, Siemiatycze oder Międzyrzec. Die Fahrpläne waren mit schwarzer Ölfarbe säuberlich auf kleine gelbe Tafeln gepinselt. Unweit stand ein Kiosk, an dem es gebratene Blutwurst, Würstchen und Bier gab. Jetzt brutzeln die Vietnamesen dort etwas, in den engen Winkeln zwischen den Ständen. Es raucht, riecht nach Gebratenem und Gewürzen. Sie hat keine Ahnung, wie es dort ist, aber irgendwie stellt sie sich den Ort wohl vor, an dem wir vor vierzig Jahren mit dem blauen Jelcz losfuhren. All die Asiaten und Dunkelhäutigen mit ihren Waren, ihrem Sprachgewirr, ihrer Fremdheit, vor der sie von weitem schaudert, schieben sich wie ein halb transparentes Bild zwischen sie und jene Tage, als wir mit dem Fiberkoffer auf den Bus warteten. Um uns herum standen Händlerinnen, die in ihre Dörfer zurückfuhren. Auch wir kehrten zurück. Für zwei Wochen, für einen Monat, für die Sommerferien, zu den Feiertagen, zur Kirchweih. Ins vorhergehende Leben. In der Ferne rollten gelb-blaue Züge über den hohen Bahndamm. Sie transportierten Arbeiter, ihre Körper, aus den dörflichen Triften entführt, vom Vergangenen ins Zukünftige. Sie verbreiteten einen säuerlichen Geruch. Von der Fabrik bekamen sie karierte Hemden, die sie dann täglich trugen. Das Flanell saugte sich mit Schweiß voll. Kanonenfutter. Fleisch für die Stadt. Ganze Züge, aus Tłuszcz, aus Nasielsk. Die Zukunft nährte sich von Fleisch.

So ist es immer. In den Krieg, zur Revolution, zum Systemwechsel werden mit Zügen Körper aus der Peripherie transportiert. Dann werden sie mit neuer, billiger Kleidung versorgt. Da gibt es Schuhe für zwanzig Zloty, sagt sie. Es wird immer mehr Dinge für zwanzig Zloty geben, antworte ich. Ich brauche nichts mehr, sagt sie ganz ruhig und lächelt sogar ein wenig. Denkst du, es wird noch billiger, fragt sie. Bestimmt, sage ich. 1968 – glaube ich – besaß sie ein Fläschchen Kölnisch Wasser. Es hieß Weißer Flieder. Wenn wir in die Kirche oder zu Besuch bei Verwandten gingen, spritzte sie ein bisschen auf den Mantelkragen. Dann nahm sie einen Tropfen auf den Finger und berührte meinen Kopf, die Schläfen, die Stirn. Als würde sie mich salben, fit machen für die Moderne, in die wir gleich hinausgehen würden, in deren Bauch, in deren unersättlichem Inneren wir uns mit Hilfe der roten Busse und Straßenbahnen bewegen würden, nach Wola, nach Praga, nach Bródno. Ein paar leichte Berührungen, eine Art Kreuzzeichen, damit niemand unsere barbarische Herkunft erkennt. Unseren Tiergeruch. Das Fläschchen war schlank, hatte ein schwarzes Etikett und eine goldene Aufschrift. So ähnlich. Sieben fünfzig oder so. Man kaufte es ganz normal am Kiosk. Ein paar Tropfen, bevor man in die Welt hinausging. So machten es alle. Im Flur, verstohlen, unsicher. Eine ganze Stadt von Heiden, ein ganzes Land von Barbaren. Die einen in Furcht vor den anderen. In Angst, man könnte sich verraten, das uralte Stroh könnte aus den Schuhen herauskommen. Sich-Verstellen. Spielen. Sich-Verkleiden. Sie hatte einen Mantel mit einem Kragen aus schwarzem Pelz. Der Pelz war sehr weich und roch nach diesem weißen Flieder, und er war echt, denn unter dem weichen Fell konnte man das steife, schlecht gegerbte Leder spüren. Auf alten Fotos sehe ich sie in diesem Mäntelchen. Sie lächelt ins Objektiv. Die Bildchen haben ein winziges Format, vielleicht fünf mal sieben Zentimeter, und gezackte Ränder als Verzierung. Wir stehen vor dem Holzhaus, es muss Spätherbst sein, an den Bäumen sind keine Blätter, aber nirgends ist Schnee zu sehen. Der Himmel ist bewölkt. Vielleicht ist Allerheiligen, und wir sind gekommen, weil hier die Toten liegen. In der Stadt liegt noch niemand, da gibt es noch keinen Ort, also kommen wir jedes Jahr zu dem abgelegenen, sandigen Friedhof. Ich betrachte das Foto und sehe die Kälte jener Jahre. Kein Auto, die eisigen Busse, das Warten in einem windigen Kaff. Aber ihr ist nicht kalt. Sie blickt ins Objektiv und lächelt schüchtern. Auf dem Kopf ein Tuch. Die Grablichter waren damals aus dickem Glas. Grün, rot, weiß. Danach konnte man sie als Gläser benutzen, aber ich denke nicht, dass das jemand getan hat. Es sei denn die Totengräber. Sie kommt auf die Veranda und fragt, ob ich Suppe wolle. Nein, sage ich, es ist noch früh, Kaffee genügt. Iss lieber was, sagt sie. Ja, antworte ich, aber nicht jetzt. Du musst doch was essen, sagt sie. Darauf ich: Die Leute sind nicht mehr so hungrig wie früher. Sie überhört es und sagt: Ich mach sie dir warm. Ich stöhne, wie du willst, aber sie wird kalt werden. Sie trippelt zu ihren Töpfen auf dem Gasherd. Wer weiß, vielleicht sehnt sie sich nach der Zeit, als die Leute am Tisch saßen, um sich satt zu essen. Zur selben Zeit, am selben Tisch. Wenn es warm war, kreiste ein Schwarm Fliegen in der Sommerküche. Der Tisch stand am einzigen Fenster. Für mich waren Ferien, aber die anderen kamen wirklich hungrig herein. Sie aßen still, ohne Gerede, das ein Privileg der Satten war und der tierischen Tätigkeit den Schein von etwas Höherem verleihen sollte. Zwischen Fliegen, wortlos. Ich war in Ferien, aber ich hatte den Verdacht, dass genau so das Leben aussah. Gegen Ende der Ferien kehrte ich nach Hause zurück, und in dem kühlen Zimmer am runden Tisch hatte ich den Eindruck, dass wir alle etwas spielten. Nur die Stille war die gleiche. Das ist sie auch jetzt noch. Wenn ich aufwache, höre ich das Radio in ihrem Zimmer. Sonst nichts. Irgendwo in der Ferne fährt ein Zug vorbei. So wird es viele Stunden lang sein. In dem kühlen, stillen Haus, das einst ganz abseits stand. Gleich hinter der Gartentür begannen die Wäldchen, die Weiden, auf denen Hasen herumsprangen. Zwischen dem Gestrüpp stand schwarzes, durchsichtiges Wasser. Ich ging am Morgen hinaus und wanderte vor mich hin. Es war Herbst und roch kühl, neblig und feucht. All die Häuser gab es nicht. Die Stadt war noch nicht bis hierher gekrochen. Durchnässt kam ich zurück und musste mich umziehen, bevor ich in die Schule ging. Durch die Wand horche ich auf das Radio und die Züge. Jetzt fahren sie schnell, und es gibt um ein Vielfaches mehr. Die Stadt kriecht von allen Seiten heran. Im Haus ist es still und kühl wie früher, aber aus der Ferne nähert sich schon der Lärm. Auch sie hört ihn. Durch die Mauern, durch die Reste der Wäldchen, durch die Luft. Sie sucht die früheren, vereinzelten Geräusche, die sie noch in Erinnerung hat. Jedes deutete damals auf etwas Bekanntes hin. Die heutigen bedeuten nichts mehr. Deshalb schaltet sie gleich nach dem Aufwachen ihre Radios ein. Eines hat sie am Bett, das zweite in der Küche. Radio Maria, Radio Joseph, Radio Alle Heiligen. Sie steht auf und trippelt zwischen ihren Sendern hin und her. Das ist besser als der nicht zu benennende Lärm der Welt. Auch zivile Programme hört sie. Ich komme zu Besuch, und sie sagt mir, wo was über mich gesendet wurde. Manchmal habe ich den Eindruck, sie hört alles. Sie erzählt mir, was die Linken sagen, was die Rechten. Darüber will ich nicht reden, und sie macht ein enttäuschtes Gesicht. Ich sage: Mama, bitte. Aber sie hat ein gutes Herz und lässt diese zwielichtigen Gestalten ins Haus. Einen Zigeuner würde sie nicht hereinlassen, einen Asiaten auch nicht, aber die lässt sie. Immer wenn sie davon anfängt, sage ich: Mama, bitte. Ich möchte, dass sie von früher erzählt. Mit der Gegenwart werde ich allein fertig. Ich komme dorthin und horche auf die Stille in dem Haus, das einst abgelegen stand. Morgens erwache ich in dem kühlen Zimmer und denke darüber nach, wie es uns hierher verschlagen hat. Sie, ihn, mich, meine Schwestern. Ich komme und bringe Unruhe in ihr Leben. Ich steige um. Ich mache Rast auf halbem Weg, schlafe mich aus. Ich lasse das Auto dort und fahre zum Flughafen, um in irgendein Scheißkaff zu fahren, von dem sie noch nie gehört hat. Sie will bis zum Schluss mein Glück: Es soll mir gutgehen, und ich soll wie die anderen sein. Mein Junge, ich möchte, dass du in den Westen fährst, sagt sie. Mama, wieso soll ich in den Westen fahren? Ich, aus dieser Ebene am Bug? Aus diesem Sand, in den die Blitze einschlagen? Aus diesen Schlaglöchern mit stehendem, grünem Wasser? Mama, wohin schickst du mich? Willst du einen Verräter aus mir machen? Ein Kuckuckskind? Du bist doch klug, aber du redest wie all die Zicken in den Zeitungen, im Fernsehen: Er mag den Westen nicht, er ist antiwestlich, dieser Mistkerl, und dann spielt er noch den Wilden, damit sie ihm dort zuhören. Er verachtet unsere junge liberale Demokratie, er hätte hier lieber den Dreck und die Tatarei, unsere sozialen und intellektuellen Errungenschaften, unsere zivilisatorischen Anstrengungen und postmodernistischen Projekte schätzt er gering, weil er nur den Siff im Sinn hat, den Verfall, dass man alte Reifen verbrennt und überall das Vieh hinscheißt, die Befreiung der verdammten Minderheiten interessiert ihn nicht, weil er einfach ein Schwein ist, das sich im Schlamm der Vergangenheit suhlt und im Dreck der Rückständigkeit wühlt. Und dafür nimmt er auch noch Geld. Mama, du bist eine kluge Frau, erlaube deinem Sohn bitte, dorthin zu reisen, wo sein Instinkt und sein Herz ihn hinführen. Seine Welt hat keine Himmelsrichtungen. Weißt du noch, als ich sechs Jahre alt war, ging ich aufs Geratewohl aus dem Haus, ich irrte durch die Sümpfe und kam schmutzig und glücklich zurück. Überlass die Himmelsrichtungen den Zicken von den Zeitungen. Sie müssen in der Tyrannei der Himmelsrichtungen leben. In der Angst vor dem Osten und im Verlangen nach dem Westen. Sie wissen nur, was sie irgendwo gelesen haben, Mama, oder was ihnen jemand gesagt hat. Ich bin nur selten hier, und du kommst mir mit dem Westen. Der westlichste Ort, an dem du je gewesen bist, ist Płoty in Westpommern, weil ich dort im Gefängnis saß. Hast du nicht genug von diesem Westen? Bei deinem Besuch hast du selbst gesagt, dass alle Wächter wie Gestapomänner aussehen. Du hast gewusst, was du sagst. Aber ich möchte dich daran erinnern, dass die Gestapo aus dem Westen zu uns kam und deine Mutter, meine Großmutter, erschießen wollte, an der Holzwand des Hauses. Nur hat sie es sich gnädigerweise anders überlegt und die P38 aus unerfindlichen Gründen wieder weggesteckt. Aus dem Osten dagegen kamen russische Soldaten in gestreiften Unterhemden über den Bug und haben mit deinem Vater, das heißt meinem Großvater, Geschäfte gemacht, mit Zucker und Selbstgebranntem, und bei der Gelegenheit Hühner geklaut. So unterhalten wir uns, wenn ich wieder einmal unterwegs dort vorbeikomme, wenn ich umsteige, kurz Halt mache auf der Durchreise und ihr zuschaue, wie sie am Herd herumtrippelt, bei ihren Töpfen und Pfannen, in denen sie seit Jahren das Gleiche brutzelt; es genügt, dass ich einen Bissen schmecke, und schon bin ich um Jahrzehnte zurückversetzt, versinke in der Erinnerung, kehre zu den Anfängen zurück, kehre in den Osten zurück, obwohl ich ihn nie verlassen habe, denn nur Dummköpfe können glauben, das wahre Leben sei anderswo. Aber das wahre Leben ist immer hier, mittendrin. Manchmal versuchen wir uns zu entfernen, versuchen uns loszureißen, zu fliehen, aber das ist immer eine federnde Spirale, deshalb kommen wir zurück wie der Ball am Gummiband auf der Kirchweih. Es sei denn, wir reißen uns ein Stück lebendiges Fleisch heraus, aber dann sterben wir an Blutverlust, denn es hört nicht auf zu fließen. Schließlich winkt sie ab und sagt resigniert: Ach, wer könnte denn mit dir Schritt halten. Sie hat recht. Ich kann selbst nicht Schritt halten, wie sollte also sie mit ihrem Schlapp-schlapp-schlapp es können, mit ihrem »zieh Hausschuhe an«, weil mir sonst kalt wird wie vor vierzig Jahren, mit ihrem »iss was«, weil ich immer noch wachse. Dabei bin ich es ja, der sie zum Kind machen will, ich möchte, dass sie mir von allem erzählt, was sie aus der fernsten Vergangenheit noch in Erinnerung hat. Von den deutschen Leichen im

Wald, davon, dass Großvater der Kommunismus eigentlich gefiel und nur die Wachsamkeit von Großmutter Julia ihn vor dem Eintritt in die Partei bewahrt hat. Und immer wieder davon, dass die Freiheit mit Kähnen, mit Kuttern, mit Kanonenbooten aus dem Osten kam. Und jedenfalls, dass niemand ohne Grund mit der P38 auf Großmutter Julia zielte oder womit die Gestapo da ausgerüstet war. Und jedenfalls, dass man aufgehört hat, Verachtung für den Westen zu empfinden und jetzt ab und zu ein bisschen den Osten verachten konnte. Diejenigen, die die Hühner gefangen und mit den Federn gekocht haben. Vielleicht war es keine echte Freiheit, aber schließlich war hier auch niemand auf echte Freiheit vorbereitet. Was hätten sie denn damit anfangen sollen? Was kann man denn überhaupt mit Freiheit anfangen, wenn man zwischen Osten und Westen lebt. Nichts kann man damit anfangen. Zwischen Angst und Verachtung hin- und hergerissen. Ich mag es, wenn sie mir davon erzählt. Davon, dass die Deutschen ihren Bruder erschießen wollten, weil er einem sich nähernden Auto nicht auswich. Er war nämlich taubstumm. Aber auch hier haben sie nicht geschossen, weil sich einer fand, der den behinderten Jungen schützte und rettete. Ich möchte, dass sie mir davon erzählt. Wie einmal der Tod kam und einmal die Freiheit, verkleidet in Deutsche und in Russen. An den grünen Fluss, dessen Wasser aus dem Osten fließt. Und nicht, dass ich in den Westen fahren soll. So ist das.

So ist das. Wir sind ein bisschen einsam, wenn wir hier in der Morgensonne sitzen. Das heißt, ich bin es, der sitzt, sie nimmt nur für einen Moment am Rand Platz und springt gleich wieder auf, um im Haus zu verschwinden, dort irgendwas zu entdecken, etwas umzustellen, zurechtzurücken, zu verschieben, damit es genauso dasteht wie vor fünf Jahren, vor zehn Jahren, wie schon immer. Dann kommt sie zurück, wärmt sich ein bisschen in der Sonne, um bald wieder in den Schatten des Hauses zu gehen und mir einen nicht beendeten Satz, einen neuen Vorschlag zu hinterlassen. Die Unruhe habe ich von ihr. Diese Rastlosigkeit. Ich konnte nie auf einem Fleck sitzen. Aber das versuche ich gar nicht erst zu erklären. Deshalb sind wir ein bisschen einsam, wenn wir so dasitzen. Ich schaue sie an und lenke meine Gedanken in ihre Gegend. In meine Gegend. Der Raum ist Vergangenheit. Selbst wenn ich aus Warschau nach Hause fahre, dann nie auf der 7, wie die Vernunft es gebieten würde. Es trägt mich nach Osten, und ich flüchte auf die leere, löchrige 801. Gleich geht die Stadt zu Ende, rechts ist der Fluss, und selbst wenn er sich von der Straße entfernt, spürt man doch, dass er da ist, in diesem sumpfigen Urstromtal, mit dem tausendjährigen Schlamm, dem Röhricht, den Pappeln, groß wie Baobabs. Dort entlang fahre ich also, um nicht die Gangrän zu sehen, die die Vororte und die Seitenstreifen der Hauptstraßen zerfrisst. Diesen grauen Star aus Blech, Plastik und Farben, giftig wie Hornissen. Die »Welt der Zäune und Tore« zum Beispiel oder das »Fingernagelparadies«. Ich weiß, dass mein Land gerade auf diese Art und Weise endlich den Anschluss an die große Welt gefunden hat, das tausendjährige Stroh von den Schuhen abschüttelt, mit der Menschheit Schritt hält, sich kleidet und herausputzt, um zu gefallen, ich weiß es, aber meine Augen bluten von dieser Zerstörung der Landschaft. Deshalb biege ich auf der Suche nach den Resten des Uralten lieber auf die 801 ab, in den Sand, den leuchtenden Staub, den der Wind von den Wiesen am Fluss herantreibt. Das Menschengemachte modert und zerfällt hier ein bisschen. Silikatziegel, graubraunes Holz. Schwarz, weiß, grau. Geduldig Wind und Regen ausgesetzt. Der Zeit, die wie Nebel dasteht. Heute, morgen, übermorgen. Man muss erst irgendwohin fahren oder einen Satelliten abschießen, um zu sehen, wie sie fließt. Denn hier nagt sie nur inwendig, in den Körpern, in den Dingen, im Backstein, im Holz, sie nagt, bis nur noch die Hülle übrig ist. Deshalb wären sie, wenn sie nur gekonnt hätten, von hier fortgezogen, zu den Orten, an denen die Tage fließen wie eine flimmernde Strömung, die all die Wunder auf ihrem Rücken trägt, von denen ihnen die Augen übergehen. So wie du einst weg wolltest aus der Küche voller Fliegen. So spreche ich zu ihr, während ich auf der 801 nach Südosten fahre, in die Tiefe meiner Tage. In den Sand, den Staub und den Holzrauch, an den Ort meiner Geburt. Hinter Dęblin nähert sich die Straße dem Fluss und verläuft auf dem hohen Damm. In Borowa fahre ich zum Wasser hinunter und gehe dann über den Betonpier. Der Fluss ergießt sich ruhig, breit und wild. Silbern und leuchtend wälzt er sich aus der Tiefe der Erde, aus der Tiefe dieses von Neurose befallenen, von Hysterie zerfressenen Landes. Deshalb halte ich hier fast immer an, um die majestätische Melancholie des Flusses zu betrachten, seine Ruhe, seine Gleichgültigkeit. Ich stelle mir vor, dass er aus einem uralten Abgrund kommt, dass er für einen Bruchteil, einen Krümel Zeit durch diese Gegend fließt und dann in der Ferne verschwindet, in einer Zeit, in der wir nicht mehr hier sein werden. Aber wir sind nicht imstande, etwas von ihm zu lernen. Wir stehen da wie der Ochs vorm Berg, wie die Kuh vorm Scheunentor, wir starren auf seine königliche Ruhe, und es dringt nicht zu uns, dass wir nur einen Span, einen Schnipsel von der Ewigkeit abbekommen haben. Das denke ich, bis irgendein Typ im Polonez ankommt, um Sand in den Anhänger zu schaufeln, ein Angler auf dem Fahrrad oder ein junges, romantisches Paar in einem alten, auf Gas umgerüsteten Golf. Dann fahre ich weiter, tiefer ins Land hinein. Die Straße hält sich immer an den Fluss. In Puławy kann man auf einer neuen, verlassenen Brücke auf die andere Seite wechseln und dann über Zwoleń und Lipsko weiterfahren, aber ich halte mich lieber an das Urstromtal. Man muss nur an Kazimierz vorbei, es so schnell wie möglich hinter sich lassen, Opole Lubelskie durchqueren, dann erscheint zur Rechten wieder der Fluss. Und selbst wenn man ihn nicht sieht, so hat doch die über ihm stehende Luft eine andere Färbung, ist schwerer, und man spürt den jahrtausendealten schlammig-fischigen Geruch. Die Straße verläuft zeitweise über einen Buckel, dann sieht man, wie das andere Ufer bis zum Horizont in violetten Streifen flimmert. Später fällt die Straße wieder ab, und die Dörfer ducken sich zwischen Strömung und Steilhang. Flache Wiesen, Bohnen und Erbsen ranken sich an Stangen empor, riesige Pappeln, stehendes Wasser, im Gestrüpp verfaulende Boote. Wie damals, wie vor vierzig Jahren an einem anderen Fluss, in dem Dorf auf sandigem Boden, mit Fischernetzen, die unter den Traufen der Strohdächer trockneten. Die eng geknüpften Maschen rochen nach Fisch. Ich berührte sie und hatte das Gefühl, sie seien leicht klebrig, aber das stimmte nicht. Ich erinnerte mich einfach an die kalten, glitschigen Körper der

Plötzen mit den roten Kiemen, die auf dem Küchentisch lagen und darauf warteten, dass die Frauen sie schaben und der Boden der Sommerküche sich mit den silbrigen Plättchen der Schuppen bedeckt. So ist es gewesen. Und du sagst mir, ich solle in den Westen fahren. Als wolltest du mich von meinem eigenen Schicksal befreien. So wie ihr alle euch befreien wolltet aus jener Zeit, aus jenen Dörfern, aus den Sommerküchen voller Fliegen, Schuppen und Fischinnereien, auf die geduldig die Katzen warteten. So rede ich mit ihr, wenn ich durch dieses Land der Sklaven fahre. Gleich kommt Annopol, und ich biege auf die Brücke ab, um das Weiß der Sandbänke zu sehen, die grünen Ufer und die Wasseroberfläche, die die Wolken spiegelt. Ja. Ich weiß, dass du es gut meinst, aber ich habe nicht die Absicht, vor meinem Schicksal zu fliehen. Ich verspüre nicht die Versuchung, jemand anders zu werden. Weißt du, hier leiden alle an Unfreiheit. Es kommt ihnen vor, als wären sie in ihrer eigenen Bestimmung gefangen. Sie zerren wie wilde Tiere an ihren Schlingen. Ein Fuchs ist angeblich fähig, sich die Pfote abzubeißen, um sich zu befreien. Mit uns ist es genauso. Hinter der Brücke gleich links. Maruszów, Linów, Piotrowice. Alle hauen ab. Aus diesen Dörfern, aus diesen Städtchen. Sie lassen Eternit und Blechdachziegel zurück, verputzten und unverputzten Backstein, Kunststoffplatten, vom Schneiden gequälte Sträucher und Bäume, sie lassen die Vergangenheit, die Landschaft zurück und fliehen. Die Älteren in den Tod, andere nach Kielce, nach Warschau, denn die Stadt nährt sich von billigem Fleisch. Sie fliehen in die Zukunft, auch sie ist fleischfressend. Wie in deiner Jugend. Eine Völkerwanderung. Sein Dorf verlassen, seine Stadt verlassen, sich der

Bestimmung entziehen. Jemand anders werden. Eine Wüste ohne Moses. Ohne gelobtes Land. Der Horizont fern, hell und kalt wie LED-Licht. Ein luziferischer Schein über der Erde. Zawichost. Hinter Winiary eine lange gerade Auffahrt und dann von weit oben der Ausblick nach Osten, auf den Fluss in der Ferne. Ich könnte immer so weiterfahren. Die CDs wechseln. Die Radiosender. Schauen, wie die Landschaft sich öffnet. Immer tiefer in dieses Land hinein. In seine Eingeweide. Tief in seine Einsamkeit. Jetzt, da das Frühjahr beginnt und noch keine Blätter an den Bäumen sind, da alles ringsum so nackt, so wehrlos und so traurig ist. Bevor der Mai beginnt, bevor er barmherzig die Erde bekleidet. Der Schlamm trocknet, und man riecht den Rauch der Feuer. Man riecht den Mist, dessen Ausdünstung in warmen Schwaden über die Felder zieht. Der Rauch und der Mist schleichen sich an den Zäunen entlang in die Städte. Heimtückisch wie Nebel. In das säuberlich Gereinigte, auf Hochglanz Polierte, das ordentlich Gewaschene und Parfümierte. Wie giftiger Tau, der sich auf dem Neuen, Schillernden niederschlägt wie eine goldene Trübung. Deshalb werden die Tiere getötet werden. Sie werden in Fleischfabriken transportiert, aus denen weder Gestank noch Stöhnen dringt. Und Brachland wird es auch nicht mehr geben, damit man kein altes Gras mehr abbrennen kann. Stattdessen wird es endlos wachsen, geschnitten und grün. Weil wir Sklaven sind und wie ein gefangener Fuchs den eigenen Knochen durchbeißen, um uns zu befreien. Dann kommt eine Kreuzung, und normalerweise halte ich mich links, die Straße fällt ab, und rechts erhebt sich die Anhöhe von Sandomierz mit der ganzen Würde und dem Stolz der Jahrhunderte, aber jetzt fahre ich nach links, auf den großen Platz, und parke an einer flachen Blechbaracke. Ich kann mich nicht beherrschen und gehe hinein, weil ich gern zusehe, wie meine Brüder und Schwestern einkaufen. Ich betrete diese mit Ramsch und Schrott vollgestopften Blechbuden und irre zwischen Phantomen, zwischen Spiegelungen und Trugbildern umher. Gleich bin ich verloren, denn alles ist ähnlich, uneindeutig und voll von diesem halbdunklen Glanz, von diesem trügerischen Schein, in dem es unmöglich ist, die echten Formen und Farben der Dinge zu erkennen. Aber ich bin tapfer und lasse keine »Galerie«, kein Einkaufszentrum aus. Wann immer eines am Weg liegt, biege ich ab und parke. Weil ich den Blick nicht losreißen kann. Wie sie herumspazieren und alles anfassen. Wie sie den Geruch von Klebstoff, Imprägniermittel und künstlichem Kautschuk einatmen. Sie gleiten in diesem ewigen Licht dahin wie tote Fische, und ich mit ihnen, glotzend, einsam und traurig. Ein Kind des Mangels und der Reglementierung. Sohn einer Welt des Antikonsums. Wir lebten wie Mönche, und das war gut so. Aber jetzt liebe ich es, zuzusehen, wie die Verdammten dieser Erde endlich aufwachen und nach dem greifen, was ihnen zusteht. Ich schleiche mich an und horche, wenn sie sich beraten. Sie haben einen ernsten Gesichtsausdruck. Kein Lächeln, als würden sie sich gar nicht freuen. Sie schieben Wagen, aus denen es herauspurzelt. Bald ist Ostern. Sachen fallen auf den Boden. Verpacktes leuchtet. Wir haben wie im Kloster gelebt, weißt du noch? Ostern. Der Geruch von Rum, der Geruch von Vanille. In kleinen Glasfläschchen, die an Ampullen mit Arznei erinnerten. Düfte. Sie erfüllten das Haus, in dem es sonst nicht viel gab. Kaum materielles Sein. Warme Luft, die aus der Küche strömte. Eine Aura. Die Kühle des Bettzeugs in den nicht richtig geheizten Zimmern. Das Morgenlicht auf den einfachen Möbeln. So war es. Jetzt ist auch wieder Karwoche, und ich fahre durchs Land: Bircza, Przemyśl, Jarosław. In der Gegend von Oleszyce bricht grünlich die Dämmerung an. Es nieselt. Cieszanów. Ich öffne das Fenster, um die warme, feuchte Luft zu spüren. Alles hat schon zu. Die Häuser, die Läden. Nur im Halbschatten, in irgendwelchen Ecken, auf Bänken sitzen junge Herren. An überdachten Haltestellen, zu fünft, zu siebt, umarmt von der frühen Nacht. Mit Bier, mit Cola, mit Chips. Wie eine Schar Vögel, eng aneinander, wie Spatzenjunge, in bunten Trikots, in Baseballkappen, in Schuhen, weiß wie Kreide in der Dunkelheit. Könige der Nacht im Karpatenvorland. Nur die Kirchen sind offen. Das gelbe Licht kommt durch die angelehnte Tür und erlischt hinter der Schwelle. Sie wachen an den Gebeinen des Juden, der von dem ungläubigen Volk getötet wurde. Seit Jahrhunderten kommen sie um diese Zeit hierher, lamentieren und klagen an. Sie begreifen nichts. Weder die Pfarrer noch die alten Frauen. Statt anzuklagen, sollten sie sich bedanken, dass jemand es für sie getan hat. Dass jemand ihn für sie getötet hat. Sonst hätten sie es ja selbst tun müssen, damit es »vollbracht« sei. Die Priester in den Soutanen, die Bischöfe in Gold mit ihren Stäben, die Frauen vom Land, das fromme Volk, das heute den ganzen Tag auf Knien über den kalten Fußboden rutscht, um die Wunden aus Gips zu küssen, um sich zu erinnern, die Wehmut zu stillen, den Hass zu nähren, sie alle in den dunklen Kleidern, in Kopftüchern, mit Handtaschen, mit den Büchern, in denen alles schwarz auf weiß geschrieben steht, mit zerknüllten Baseballkappen in den Händen, in Jeans, mit knapp bedeckten Nabeln, auf wackligen Absätzen, in grünlichen Anzügen, in schwarzem Leder, ein Taschentuch ausbreitend, um niederzuknien, in Naphthalin, in Parfüm, in Unschuld, sie alle müssten heute rufen, bis sie heiser werden: »Kreuzige, kreuzige ihn!« Aber es ist ihnen gelungen. Die Juden haben alles für sie erledigt. Von Anfang bis Ende. Und sie standen mit aufgesperrtem Maul da und begriffen nichts. Sie begriffen nicht, dass jemand ihnen ausgeholfen hat, weil sie zu feige, zu heuchlerisch, zu kindlich waren, um sich einen echten Gott zu schaffen. Sie haben sich ins gemachte Nest gesetzt, und das konnten sie ihnen nie verzeihen. Solche Gedanken hatte ich, während ich den Blick auf die roten Lichter der mich überholenden Autos heftete. Jeder hat den Kreuzweg, den er verdient. Die 865 zum Beispiel. Płazów, Narol, Kadłubiska. Karfreitag. Ich hätte nach Bełżec abbiegen sollen. Als man dort im Freien die Leichen verbrannte, auf Rosten aus Eisenbahnschienen, setzte sich im Dorf Fett auf den Fensterscheiben ab. Aber jetzt brach die Nacht an, also was tun? Ich hätte vor dem schwarzen Eisentor gestanden und in die Dunkelheit gestarrt. Hätte dort gestanden und auf die Züge gehorcht. Die Luft geschnuppert. Also biege ich doch nach links auf die 17 ab, und gleich kommt Tomaszów. An der Shell-Tankstelle vor der Waschanlage steht eine Autoschlange. Die Jungs schäkern mit den Mädchen. Das Wochenende beginnt. Ich fahre durch mein Land und halte Ausschau nach Kirchen, halte Ausschau nach Zeichen. Ich denke an meine Mutter, daran, wie sie im Radio ihre Messe sucht. Allein im leeren Zimmer. Sie dreht an dem Knopf und trennt die unnötigen Geräusche ab, schiebt den Lärm der Welt weg und findet schließlich den Gottesdienst. So ist es seit Jahren. Vor langer Zeit hat sie mich jeden Sonntagmorgen vor dem Spiegel im Flur hin und her gedreht. Den herausgeputzten, frisch gebügelten, mürrischen Jungen. Ich spürte die eisige Berührung ihres Fingers mit dem Tropfen Kölnisch Wasser. In die Tasche bekam ich ein vier- oder achtmal gefaltetes Tuch. Es war steif und hart vom Bügeln. Wie ein dünnes Brettchen. Man ging etwa eine halbe Stunde. Auf der asphaltierten Straße im Schatten alter Bäume. Im Familienkreis. Später splitterten die Kinder ab und bildeten separate, lebhafte Grüppchen. Die Kirche stand auf einem sandigen Hügel. Man betrat sie über eine breite Treppe aus Zement. Bescheidene, schlanke Neogotik. Drinnen war Platz für etwa hundert Leute. Man konnte sich wahrhaftig als Auserwählter fühlen, aber ich langweilte mich einfach zu Tode. Und jetzt möchte ich, dass das Gefühl von damals wiederkehrt, aber ich weiß, es ist vergeblich. Ich beobachte das gelbliche Licht, das aus der Kirchentür kriecht. In der schwarzen Nacht des Lubliner Gebiets, der schwarzen Nacht des Ostens, mit Bełżec ganz auf ihrem Grund, im Untergrund der Finsternis. Aber ich biege nicht ab, sondern mische mich unter meinesgleichen, um zu schauen, wie sie die Wagen beladen, wie sie die Autos waschen, wie sie Bier kaufen in den erleuchteten Pavillons von Shell, BP und Statoil. Ich wechsle die Sender und lausche den Stimmen meines Vaterlands. Ganz wie sie in ihrem Zimmer. Und auch ich schalte Radio Maryja ein. Es ist fest programmiert. Ich muss nur die Taste drücken. Am besten hört man es auf den Seitenstraßen, auf all den achthundertsoundsoviel, fünfhundertsoundsoviel, vierhundert, dreihundert. Im Herbst und im Frühjahr, wenn keine Blätter an den Bäumen sind. Dann kann man die Häuser und Höfe gut sehen. Die Ecken und Winkel. Man sieht das stille Leben in der zweiten Reihe. Die Gassen menschlicher Tage. Die reinliche, ordnungsliebende Armut, über dem Eingang Plastiklampen, die Messing imitieren. Alles zurechtgestutzt, säuberlich drapiert, ausgenutzt. Hier etwas, dort etwas, in Puppengröße. In Ordnung gehalten mit letzter Kraft. Oder auf neue Art hergerichtet, mit dieser trostlosen Aufdringlichkeit, die die Spuren früherer Tage verwischen soll. Die ungeahnte Neuheit der Neuheiten. Vergangenes, vermischt mit noch nicht Eingetroffenem. Ein Drahtgitter, Hühner und ein betonierter Grillplatz aus Felsen plus Klinkerschornstein. Ich erwische also den Sender aus Toruń und fahre weiter in mein Land hinein. Mit vierzig in der Stunde, und ich schaue, von woher es läutet. Von dort. Unter dem niedrigen Himmel. Hinter dem flachen Horizont läutet es. Es läutet vom Karfreitag her, da sie den Juden aus Gips, aus Plastik beweinen müssen, dabei sollten sie eigentlich einen ordentlichen, einen polnischen Gott, einen aus unserem Fleisch und Blut beweinen. Aus der lechischen Einsamkeit heraus läutet es. Aus dieser Verlassenheit. Aus dem Abgrund der Welt. Sobald das normale Polen anfängt, die Straßen mit drei Ziffern, schalte ich sofort ein. Ich höre die Stimmen der Menschen. Dass sie eine Couch abzugeben haben. Kaum gebraucht, in gutem Zustand. Dass sie Elektriker sind und auf diesem Gebiet kostenlose Hilfe anbieten können. Eine Steckdose reparieren, nachschauen, wenn irgendwo Funken sprühen. Dass nachmittags ein Lieferwagen zur Verfügung steht, wenn jemand etwas transportieren muss – nur fürs Benzin und zur Not auch so. Hier die Telefonnummer. Oder dass der Mann gestorben ist, die Kinder längst weg, nur das jüngste noch da, aber ohne Rollstuhl kann sie sich gar nicht fortbewegen. Nur von der Küche ins Zimmer, zum Fenster, mit dem Blick durch die Gardine und die Blumen, aber weiter nicht, weil niemand da ist, der ihr helfen, sie über die Schwelle und über die drei Stufen tragen könnte, Sonne also nur durch die Scheibe, durchs Fenster. Dann einer, dass er ein-, zweimal die Woche kommen kann und helfen, hier die Telefonnummer. Oder dass eines Tages die Muttergottes kommt, dass sie ganz real erscheint, und dann ändert sich das Leben, die Kraft kommt zurück, und die Last der Tage fällt von den Schultern. Herr, hilf meinem Mann in seinem Kampf mit der Sucht. Und meiner Frau hilf, dass sie nicht so leidet in der Krankheit. Das höre ich. Zwischen den Anwesen oder Gärten, die zur Straße hin aufgeräumt und in den Ecken – »das kann man noch brauchen« – mit Gerümpel vollgestellt sind. Manche Höfe sind von Gras überwachsen, und man sieht nur noch einen niedergetrampelten Pfad zum Tor. Bisweilen schimmert ein regloses Gesicht im Fenster. Katzen erwarten auf Fenstersimsen die Morgensonne. Tomaszów. Stadtrand. Karsamstag. Rote Feuerwehrwagen parken vor der Kirche. Ich finde die 850 und fahre Richtung Hrubieszów. Wenn die katholischen Redakteure zu reden anfangen, schalte ich ab. Sie reden aalglatt, leblos. Völlig anders als all die, die von diesen Häusern aus, von diesen Gemeindepostämtern ihre Witwengroschen schicken. Es ist, als würden sie dafür bezahlen, dass sie manchmal mit bebender Stimme aus der Tiefe der Nacht sprechen dürfen, aus dem Abgrund ihres Karfreitags, ihres Karsamstags. Sie füllen die roten Überweisungen aus und zahlen dafür, dass ihnen jemand zuhört. Jadwiga aus Lubaczów. Stefan aus Oleszyce. Aus dem Nirgendwo. Stumm, abgelegt, abgehängt am Haken der Nichtigkeit. Sie zahlen und dürfen aus der Tiefe ihrer Einsamkeit sprechen, aus der Tiefe ihrer Angst. So fahre ich und spüre in der Luft ringsum ihre Stimmen. Wäre dieses Radio nicht, würde ich sie nicht hören, niemand würde sie hören. *De profundis.* Die Landschaft wogt. Die sanften Rücken der Hügel wandern nach Osten, zur Grenze hin. Abwechselnd hellgrün und braun, getrennt durch die Geometrie der Feldraine. Kleine Flecken Land. Sie werden verschwinden, wenn die letzten Alten sterben und die Jungen weggehen. Manchmal sehe ich sie zusammen in diesen von Leichenlicht erfüllten Läden aus Blech. Großeltern und Enkel. Die Jungen aufgeregt, mit Fieber in den Augen. Die Alten wachsam, vorsichtig, in Kleidern aus alten Zeiten. Unsicher folgen sie den Jungen, die sich wie hypnotisiert bewegen. Die Räume sind fensterlos. Wie Gruften, wie Sektionssäle. So wird es sicherlich enden. Alle kommen dorthin und lassen sich einsperren. Dann erlischt sogar das Leichenlicht, und sie werden gehen, werden kriechen, sie werden mit den Telefonen leuchten, bis die Batterien leer sind. Solche Gedanken hatte ich, als ich über die 850 Richtung Hrubieszów fuhr. Ich kam an Frauen auf Fahrrädern vorbei, die Osterspeisen zur Weihe transportierten. Große ländliche Körbe, mit weißen Servietten bedeckt. Karsamstag. Die Kreuze am Wegrand waren mit farbigen Bändern geschmückt. An einem brannte ein rotes Grablicht. Aber dem Abgrund zum Trotz, der sich in den Grundfesten der Welt auftat, war der Tag riesig und hell. Von der wolhynischen Ebene kam das Licht wie ein Wind. An der Kirche in

Hrubieszów standen ein paar Jungs mit eng anliegenden Klamotten um einen Passat herum. Die Tür wurde immer wieder geöffnet, ein Bass dröhnte. Sie lauschten und drehten an etwas herum. Die Kirche stand auf einer Böschung über der Huczwa. Die Leute waren mit Körben unterwegs, aber das Segnen fand wahrscheinlich im Freien statt, in der Nähe des Glockenturms, und nebenan, beim Heiligen Grab, war es ziemlich leer. Eigentlich nur alte Frauen, kurzum – wie im wirklichen Leben. Auch in den Dörfern wachten ja Großmütter und Tanten bei den Toten, zündeten Kerzen an und flüsterten Gebete. So war es auch hier. In der Kälte, im Halbdunkel, in der Stille. Das Grab war einfach. Nur der Leichnam und Blumen. Oben an der Wand war ein Gemälde aufgehängt. Eine Bibelszene mit Wüste, Felsen und Grabmal, auf das ein dunkelhaariges Volk in weißen Gewändern zustrebte. So soll es angefangen haben – in einem entfernten Land, ohne unsere Beteiligung. Es ist aus tiefer Vergangenheit und Ferne gekommen. An die Huczwa. Und jetzt weinen sie hier. Weil sie ihn getötet haben. Und selbst – nichts. Sie warteten auf das gemachte Nest. Naiv und unschuldig in alle Ewigkeit. Ich setze mich nur einen Moment, gleich geht es weiter. Ich suche die 74. Auf dem Weg komme ich an einer orthodoxen Kirche zwischen hohen Bäumen vorbei. Sie verblasst, bleicht aus. Gleich ist die Stadt zu Ende, sie wird einstöckig, kleine Säulen, Balustraden, Anstrengungen. Ich fahre hinaus, biege zur Orlen-Tankstelle ab, um mir einen doppelten Espresso im Pappbecher zu holen. Gierig trinke ich und verbrenne mich fast, weil ich an diesem trübsten Tag der Welt einen klaren Geist haben möchte. Damit alles, was ich sehe und höre, tief eindringen kann. Damit es mich vollkommen durchdringt. Denn etwas anderes können wir nicht tun. Rechts beginnt eine flache grüne Weide mit Herden von Gänsen. Alles stimmt. Husynne. Blau und gläsern ergießt sich der Bug. Der Fluss der Kindheit – wie eine Ader im Körper. Vielleicht der erste Fluss, den ich im Leben gesehen habe. Denn als wir in Grochów wohnten, muss ich die Weichsel gar nicht gesehen haben. Du hast mich in Kissen gepackt – und ab in den Osten. In diesen Lastwagen mit den eisernen Leitern, in denen die Bauernarbeiter von der Schicht nach Hause fuhren. Und wir zwischen ihnen. Ich in Kissen gepackt, du mit Kopftuch, in dem Mäntelchen mit Pelzkragen. In den Osten. Damit ich wie Antäus die Erde berühren konnte. Mit einem Auto der Marke Lublin oder Star, auf einer Holzbank. Ich habe das Gefühl, dass ich mich bis heute an den Geruch der Körper, der Kleidung, der Abgase von damals erinnere. Tabak, Bier und Benzin. Und jetzt gehe ich, immer wenn ich den Bug sehe, in der Zeit zurück. Ich gewinne an Kraft. Ich denke, ich könnte mich an alles, was geschehen ist, von neuem erinnern, noch stärker. Vielleicht war ich blind wie ein Katzenjunges, und als ich zum ersten Mal die Augen öffnete, floss da der Bug. Ich schaute aus meinen Kissen. Fünf Minuten von dem Holzhaus entfernt. Über den sandigen Berg, und schon begann die trockene Ebene, in der ich einige Jahre später versteinerte Donnerkeile fand. Aber jetzt finde ich eine Abkürzung zur 816, und gleich kommt Horodło. Vor einem niedrigen Haus aus Betonziegeln hängen zwei Feuerwehruniformen. Sie trocknen in Sonne und Wind. Der Sand im Hof ist fast weiß. Ringsum ist niemand, nur diese schwarz-grünen, phosphoreszierenden Kleidungsstücke flattern beunruhigend in der menschenleeren Landschaft. Rechts erscheint wieder der Fluss. Jesus steigt an diesem Tag in die Hölle hinab, aber in Horodło kann ich aus irgendeinem Grund die Kirche nicht finden, also fahre ich weiter nach Norden, und erst in Dubienka treffe ich auf ein Gotteshaus. Weiß, bescheiden steht es etwas abseits, Barock, Neobarock. Drinnen riecht es nach Feuchtigkeit und östlicher Verlassenheit. Im Chor blättert die Orgel ab wie ein weggeworfenes Kinderspielzeug. Es ist leer. Drei Personen. Zwei Feuerwehrleute in den gleichen Uniformen wie die im Wind trocknenden. Sie halten Wacht am Grab, aber irgendwie seltsam. Sicher aus Ehrfurcht stehen sie mit dem Gesicht zur Grabnische und mit dem Rücken zum Rest der Welt, als Wache sind sie daher kaum geeignet. Und wieder eine alte Frau mit Rosenkranz. Langsam rieseln die Perlen durch ihre Finger. Und es ist tatsächlich still wie nach dem Tod, aber aus den Fenstern ergießt sich eine schöne Helligkeit. Die drei zusammen sahen aus wie ein Bild. Ich duckte mich in eine Ecke, um die Komposition nicht zu stören. Schließlich war ich nur auf der Durchfahrt. Braunes Packpapier ahmte Felsen nach, aber die weißen Blumen in den Töpfen sahen echt aus. Sonst nur noch der Leichnam, mehr nicht. Vielleicht hätte er sich so offenbaren sollen mit seinem Leben oder seinem Tod. In der Stille, in der Einsamkeit, in der Leere. Und nicht der meckernden Masse, die, wenn sie sich gesammelt hat, irgendwann ihr »Kreuzige ihn!« zu rufen beginnt. Egal wen. Wie im Radio. Diejenigen, die aus der Tiefe ihrer Einsamkeit sprechen, sagen nie »wir«. Sie rufen aus dem Dunkel ihres Schicksals heraus. Hinter dem Horizont hervor. Unter der Erde hervor, aus ihren vier Wänden heraus. Sie sagen niemals »wir«. Später meldet sich

der Chef mit seiner penetranten Rede, mit seiner schleimi-
gen Zunge, die sich kaum bewegt, aber alles beschmutzt, was
sie berührt. Es gibt nur »sie« und »wir«. Sonst niemanden.
Als hätte Gott nicht Menschengestalt angenommen, sondern sollte nur auf Zuruf erscheinen, um die »Sies« zu trak-
tieren und die »Wirs« über sie zu erheben. Der Bug streckt
seinen grünen Arm entlang der alten Landstraße aus, quer
durch dieses einstöckige Land, das nach Trost dürstet, und
ich höre auf UKW das teuflische, hasserfüllte Geschwätz, das
im Namen der Religion spricht und verkündet, »am Anfang
war das Wort«. Der UKW ist geduldig wie Papier und ver-
sprüht in seiner UKW-Gleichgültigkeit das Gift sicher auch
noch über die Ukraine und Weißrussland. Herr, ich weiß,
dass Du beschäftigt bist, dass Du keine Zeit hast, dass Du
heute die Hölle besuchst, aber ich finde, Du solltest mein
Volk in alle Winde zerstreuen. Du solltest es vertreiben, wie
Du die Krämer aus dem Tempel vertrieben hast. Sie fort-
jagen in die Wüste, damit sie umherirren wie die Juden. Damit sie nicht denken, sie bekämen bei Dir einen Gruppen-
rabatt, Du würdest das kollektiv mit ihnen verhandeln und
ihnen diese Stammesverdienste anrechnen, die sie sich
einbilden, die sie niederschreiben, um dann an sie zu glauben. Damit sie nicht denken, vor Dir seien das Verdienste.
Herr, ich an Deiner Stelle würde sie für Jahrtausende über
die ganze Welt zerstreuen wie das Volk Israel, erst dann würde sich zeigen, wie viel sie wert sind. Wenn sie kein Mazowsze, kein Kieleckie, kein Tannenberg, keinen November, Januar und September hätten, die nach heroisch verbranntem
Fleisch riechen, dann würde es sich zeigen. Wenn sie nichts
hätten. Wenn sie keinen Iwan, keinen Deutschen und keinen

Juden zur Rechtfertigung und auch nicht ihren polnischen Papst für ihren heidnischen Kult hätten, sondern auf hundert Kilometer nur Sand, dann wäre klar, ob sie glauben oder nur ihr eigenes Süppchen kochen. Sand und Ewigkeit. So würde ich es machen. In den Kosmos mit ihnen. Und Tschenstochau würde ich ihnen zerdeppern wie Jericho, wie die Stände der Jerusalemer Taubenhändler. Und wenn du ihnen dann Beine gemacht hast, meinem auserwählten Volk, dann können sie blind und lahm zu dir kommen und müssen nicht auf roten Formularen von ihren Dorfpostämtern mit der gelben Trompete den Räuberhöhlen im Äther ihre letzten Groschen überweisen. Das denke ich, als ich Dubienka hinter mir lasse und die S 12 kreuze, die sich auf der anderen Seite der Grenze in die M 07 verwandelt und bis Kiew geht. Das denke ich und stelle mir vor, wie sie ihre chinesischen oder taiwanesischen Radioapparätchen aus silbernem Plastik einschaltet, das Aluminium imitieren soll. Wie sie dem Trost lauscht. Schlapp-schlapp-schlapp von einem zum anderen. Aber aus den Kästen kommt nur Lärm, sickern nur falsche Zeugnisse. Sie also schlapp-schlapp-schlapp mal hierhin, mal dorthin, auf der Suche nach Ritzen in dem Gewäsch. Sie klappert mit Töpfen und Pfannen. Sie mummt sich ein, denn aus dem Innern der Welt kommt Kälte. Ich sitze neben ihr, aber wir sind einsam. Ich sage: Mama, hör nicht auf die. Aber ich bringe es auch nicht fertig, ihr etwas Tröstliches zu sagen. Ich rufe mir nur immer wieder die Momente im Flur in Erinnerung, wenn sie vor dem Gang in die Kirche schaute, wie ich aussah. Und die kühle Berührung ihres Fingers mit dem Tröpfchen billigem Parfüm. Aber jetzt bringe ich es nicht fertig, einfach zu sagen: Keine Angst, alles wird gut. Weil wir einsam sind, wenn Er in der Hölle ist. Und Er hat uns dem UKW zum Fraß vorgeworfen. Sie, mich, alle. Auf ewig in der Finsternis des Karsamstags.

Jetzt ist es kalt. Wieder November und kalt. Frost und Wind kommen von Osten, und man muss sich einmummen. Keinerlei Schutz. Ab dem Ural ist es nur flach, flach, flach. Keinerlei Hindernisse für das Wetter, keinerlei Hindernisse für Armeen. So hat Napoleon gedacht, so hat Hitler gedacht. Später traten sie wie begossene Pudel den Rückzug an. Dass es etwas so Großes wie diesen flachen Osten geben könnte, das konnten sie sich nicht vorstellen. Welche Strecke du auch zurücklegst, du kommst nicht an. Wie viele du auch losschickst, sie gehen unter. Wenn man in Lublin von der Ulica Grodzka über die Treppe auf den Platz hinuntergeht und der Wind einem von rechts ins Gesicht schlägt, dann ruft man sich all das in Erinnerung. Dieser Wind aus den Hochhaussiedlungen und von weiter her, der Wind aus der Tiefe der Dunkelheit, die hinter Chabarowsk, hinter Wladiwostok beginnt. Ich ziehe alles an, Rollkragenpulli, Fleece, Jacke, setze die Kapuze auf, aber es nützt nichts. Es genügt, dass ich aus der Grodzka heraustrete, und schon spüre ich, dass gleich der Winter beginnt. Dass er dort irgendwo schon zum Sprung ansetzt wie ein Schneeleopard. Ja.

Ich breche auf, und die Bahn neigt sich aus unerfindlichen Gründen immer in jene Richtung. Als wäre dort der Pol, der die Kompassnadel anzieht. Zum Beispiel fuhr ich schon immer lieber nach Krosno als nach Sącz. Krosno schien mir ein Anfang, ein Tor zu sein. Ebenso wie Jasło. Ebenso wie Sanok und ebenso wie das schönste Tor nach Osten, das heißt Przemyśl. Das Tor der Tore. Aber jetzt bin ich nach Lublin gekommen und gehe durch die windigen Straßen. Ich schiebe mich hinter der Ecke hervor und warte geduckt auf den Schlag. Als ich einmal Paris und Kischinjow zur Auswahl hatte, bin ich nach Kischinjow gefahren. Paris, das heißt mein französischer Verleger, hat mir das nie verziehen. In Paris kann man sich einen so eisigen Wind nicht vorstellen. Sie lieben dort den Osten, das heißt Russland, aber solchen Sturmböen würden sie sich nicht aussetzen.

Es weht also ein Wind, als würde der Weltuntergang beginnen. An solche Gedanken haben wir uns in den letzten Jahren gewöhnt. Dass dort nichts ist, dass dort nur Winde entstehen und die Dunkelheit geboren wird. Dass das Leben erst hier beginnt. Deshalb fahre ich aus Trotz gern dorthin. Ich setze mich gern diesem beschleunigten, durchdringenden Frost aus. Von der Grodzka über den Platz auf die andere Seite zwischen die Busse. Natürlich gab es Döner. An einem kalten Abend kann man ihn einwandfrei am Geruch ausmachen. Ein Marokkaner führte den Stand. Ein sehr netter Mensch. Wir fingen ein Gespräch an, und ich fragte, wie er dieses Klima vertrage. Er erwiderte, das Klima, na ja, das sei eben so, aber schlimmer seien die betrunkenen Polen. Er verstehe nicht, warum sie sich so betrinken, sagte er. Ich verstehe es auch nicht, antwortete ich, aber manchmal tue ich das Gleiche. Nur dass ich nicht am Döner-Imbiss randaliere. Später ging ich noch einmal hin, um etwas zu essen. Von der Rybna in die Grodzka und abwärts. Oder direkt in die Lubartowska, aber dort zieht es sofort, weil sie so breit ist.

Einmal, vor langer Zeit, vielleicht Ende der siebziger Jahre, stieg ich bei Tagesanbruch aus einem Lastwagen. Er fuhr nach Białystok, und ich wollte nach Warschau. Sommer, Dämmerung. Vier Uhr vielleicht, warm, im Osten Morgenrot und keine Menschenseele. Ich ging am Schloss vorbei in die Altstadt. Alles schuppte sich und fiel ab. Aus dem Schatten kam ein Geruch nach Feuchtigkeit und Moder. Vielleicht stand irgendwo jemand am Tor, im Halbdunkel, hinausgetrieben vom morgendlichen Delirium, aber ich sah niemanden. Ich war absolut allein und hatte das Gefühl, dass hier etwas geschehen war und dass es niemals rückgängig gemacht werden konnte. Aber eine düstere, ergreifende Schönheit ist mir im Gedächtnis geblieben. Ich kam damals aus den Bieszczady. Aus einem grünen, wunderbaren Landstrich, der aber ebenfalls vom Grauen der Vergangenheit unterminiert ist. Ich kam aus dem Licht der Bieszczady in diesen feuchten, blätternden Schatten von Lublin. Vielleicht spürte ich damals, dass neben der Alltagswirklichkeit parallele Welten verlaufen? Unter ihrer Haut. Inwendig, wie im Körper verborgene Adern, durch die das dunkle Blut früherer Ereignisse fließt. Vergangen, aber nicht vorbei.

Die Grodzka hinunter, aber nicht auf den Platz, sondern über die Brücke zum Schloss. Am besten am Abend, um auf das schwarze Loch dort unten zu starren, auf die dunkle Schlucht mitten in der Stadt. Im Laufe des Tages bevölkert es sich hier, es wimmelt vom trostlosen Handel der Ärmsten. Billiges Zeug in Bündeln zu drei, zu sechs Paar. Zwischen den Bussen, die nach Piaski, nach Krzczonów, nach Bychawa, nach Żółkiewka abfahren, in die neblige Ferne des alten Asphalts mit Pappelreihen an den Seiten. Am Tag ist es ein träges illegales Gewimmel. Jeden Tag ein Warten und Durchhalten. Die Taxifahrer klopfen Karten auf den Kühlerhauben. Karierte Taschen und Plastik, das Leder imitiert. Berge davon. Von diesem Wegwerfzeug, das den Armen Trost spendet. Wenn ein ordentlicher Wind weht, könnte es in den Himmel fliegen wie bei einem wilden Chagall: Unter- und Strumpfhosen, Büstenhalter, Jeans, chemische Spitzen, Flitter, goldener Ramsch, Pumps, Pumas und Streifenhosen, Tigerpelze aus Kohlenwasserstoffen, alles in den Himmel. Bis nur noch der nackte Beton bliebe, das schwarze Pflaster, das dunkle Loch an diesem Ort, der tot ist und an dem niemand jemals wieder etwas von Dauer zustande gebracht hat. Nur dieses Lager, das morgens aufgeschlagen und abends wieder abgebaut wird. Wie Zelte in der eisigen Wüste, in der steinernen Steppe. Denn nur das lässt sich ins Leben zurückrufen – eine traurige Parodie, eine Karikatur der damaligen Stadt, die vom Feuer verschlungen worden ist.

So viele Male bin ich in diese Richtung gefahren, aber ich bin nie angekommen. In Żyrzyn oder in Kurów bog ich rechts ab. Das heißt, ich stieg aus und wartete auf die nächste Mitfahrgelegenheit. Irgendwie ging es immer. Die Autos jener Jahre rochen nach bleihaltigem Benzin mit niedriger Oktanzahl. Dieser Geruch, vermischt mit Sommerhitze und Zigarettenrauch, hatte etwas Narkotisches. Aber wir bogen rechts ab, und Lublin blieb immer in der Ferne wie ein wohlwollender Wächter dieser Gegend. Allein der Name klang zugewandt und warm. Er weckte Assoziationen wie Sommer, Freiheit, Freundlichkeit der Landschaft. Aber wir fuhren nach Kazimierz. Sogar schon im Mai. Statt in die Schule zu gehen, fuhren wir zur Ausfallstraße nach Stara Miłosna, dort trennten sich die Straßen nach Lublin und nach Brest. Mit ein bisschen Glück war man in drei, vier Stunden dort. Einmal fuhr ich nachts mit jemandem. Der Fahrer setzte uns in Puławy ab. Der Himmel wurde bereits hell. Wir gingen zu Fuß weiter. Bei Tagesanbruch betraten wir das Städtchen. Es war warm und still. Nur das Echo unserer Schritte auf dem Marktplatz. Aus einer Bäckerei strömte der Duft von frischem Brot. Vermischt mit dem Morgengrauen, mit der Stille. Wir gingen hin. Der Bäcker freute sich, als er uns sah, obwohl wir lange Haare hatten, abgerissen und staubig waren. Er freute sich, dass jemand so früh aufstand wie er. Er schenkte uns einen Laib Brot. Wir konnten ihn nicht in den Händen halten, mussten ihn in ein Hemd einwickeln. Danach klopften wir bei einem Bauernhof an die Tür, und die Frau erlaubte uns, im Heu zu schlafen. Wir bekamen frische Milch zu unserem frischen Brot. Wir bekamen Bettzeug. Die Sonne ging auf, und wir legten uns hin. Ich war sechzehn oder siebzehn und stellte mir vor, dass genau das der Osten sei – ein Reich der Wunder. Du kommst im Morgengrauen in ein kleines Städtchen, und sie bewirten dich, wie man einen Wanderer bewirten sollte. Essen, Wohlwollen, Schlaf. Und dieses Lublin in der Ferne wie ein Schloss auf einem grünen Hügel, das über die Ruhe der Gegend wacht.

Ich bin mir sicher, dass an jenem Morgen, als ich zum ersten Mal in die Stadt kam, der Himmel im Osten rot war. Die Äxte des Schlosses sahen vor diesem Hintergrund schwarz und bedrohlich aus. Nie zuvor hatte ich gesehen, dass über einer Stadt Todeswerkzeuge thronen. Was im alten Rom seine Bedeutung gehabt hatte, bekam hier einen anderen Sinn. Hier war kein Rom, hier gab es keine Liktorenbündel. Die schwarzen Äxte hingen wie eine Prophezeiung, wie eine Drohung über dem Osten. Ich betrat die Ruine der Altstadt und spürte, dass hier die Zeit stand wie muffige Luft. Als hätte ich die Vergangenheit betreten. Aber damals wusste ich nicht, was hier geschehen war. Ich wählte diese Gegend, weil sie grün und von goldenem Licht durchtränkt war und ich den Eindruck hatte, dass die Hitze hier nie verging. Und dass die Stille umso tiefer wurde, je weiter man in die wogende Landschaft eindrang. Als würde sich ein Wasser oder ein Spiegel auftun und einen Übergang auf die andere Seite freigeben. Ins Reich der Kindheit. An den Bug mit seinem blau gestreifelten anderen Ufer. Die Strömung hinab zu der Stelle, wo der Fluss nach Westen abbiegt und die Grenze verlässt. Dorthin, wo in dem Holzhaus die gelbe Flamme der Petroleumlampe ein Loch in das schwarze Papier der Nacht brannte und sich auf der anderen Seite dieses Lochs unruhige Träume einstellten, die das Gedächtnis nicht bewahrt hat; doch danach habe ich nie etwas Wichtigeres geträumt. Im Morgengrauen stäubte Sonnenpulver auf und legte sich in schräge Linien. Aus dem schattigen Hof drang das Ächzen der Tiere, das Scheppern der Eimer und das Klirren der Kette. Doch ich durfte weiterschlafen, konnte ohne Anstrengung zwischen den warmen Lichtströmen und Geräuschen schweben. Osten.

Und jetzt diese winterliche Kälte im November. Durch die Grodzka gehe ich zum Schloss hinauf, um von oben auf das dunkle Loch mitten in der Stadt zu blicken. Auf die Reste von Feuer, auf den Döner-Imbiss, auf den schwarzen Wind und die unsichtbaren Eisnadeln in diesem Wind aus Dorohusk. Wind aus Sobibór, Wind aus Bełżec. Deshalb kommt man nach Lublin – um in Richtung Sobibór und Bełżec zu schauen und zu wittern wie ein Hund gegen den Wind. Um die Luft zu schnüffeln. Bełżec begannen sie im November zu bauen. An Allerheiligen haben sie angefangen. Der Pfarrer suchte die Arbeiter aus. Die Deutschen befahlen es ihm, und der Pfarrer suchte sie aus, zusammen mit dem Gemeindevorsteher. Sie wussten nur, dass gebaut werden sollte, aber sie wussten nicht was. Globocnik zeigte in der weißen Villa in der Boczna Lubomelska mit dem Finger auf die Karte und sagte: Hier, hier und hier soll gebaut werden. Bełżec wurde an Allerheiligen begonnen. Bis Mitte Dezember standen schon die Auskleidebaracken und eine Kammer. »Nicht weit entfernt von dieser Baracke bauten wir eine dritte, zwölf Meter lang und acht Meter breit. Diese Baracke wurde mit hölzernen Wänden unterteilt in drei Gaskammern, so dass jede Gaskammer vier Meter breit und acht Meter lang war. Die Höhe betrug zwei Meter. Die Innenwände dieser Baracke bestanden aus doppelten Wänden, deren Zwischenraum mit Sand gefüllt war und die mit Pappe und Zinkblechen bis 1,10 Meter Höhe verkleidet waren.« Ganz so, als hätte man ein Haus gebaut. Das Geräusch von Hämmern, das Quietschen von Sägen, der Geruch von Harz in der Herbstluft. Die Menschen gehen auf den Friedhof, um Lichter anzuzünden. »Jede dieser Gaskammern hatte auf der Nordseite eine doppelte Tür, 1,80 m hoch und 1,10 m breit. Sowohl diese Außentüren als auch die Flurtüren waren mit Gummidichtungen abgedichtet. Alle diese Türen konnten nur von außen geöffnet werden. Sie wurden aus 7,5 cm dicken Holzbalken gebaut. Von außen waren sie mit einem Holzbalken verriegelt, der auf zwei Eisenwinkeln gelagert war.« Der Harzgeruch der Späne. Im November. Wie der Bau eines Hauses. Damit man es noch vor dem Frost schafft. Ich war im Winter zum ersten Mal dort. Alles war von nassem Schnee bedeckt. In Tomaszów Lubelski kaufte ich mir an einer Tankstelle einen Kaffee, an der 17, schon bei der Ausfahrt. Während der acht Kilometer trank ich ihn. Ich fuhr an der 865 vorbei, die nach Hause führt, überquerte die Bahngleise und bog links ab auf den Parkplatz. Gleich beim Aussteigen sah ich diesen rot-schwarzen Schriftzug: »Reinigungsmittel Import aus Deutschland.« Er war mit einem Pinsel oder vielleicht mit Spray auf ein einstöckiges Gebäude mit einem großen Schornstein gemalt. Gleich hinter dem Zaun des Lagers. Etwa eine halbe Stunde ging ich umher und wischte den feuchten Schnee von den Inschriften in Polnisch und Hebräisch. Ich stieß auf Orte, die ich kannte: Dukla, Złoczów, Rymanów, Delatyn. Auf Polnisch und auf Hebräisch. Aber man musste den Schnee von den Steinplatten wischen, um die Buchstaben freizulegen. Und die ganze Zeit hatte ich diese Schrift im Rücken, Reinigungsmittel aus Deutschland.

Wie ist das also? Man sagt »Lublin«, und man denkt »Bełżec«? Man sagt »Lublin« und erinnert sich an das Wunder von Kazimierz bei Tagesanbruch? Ist das so verflochten, dass man es nicht entwirren kann? Dass man es durchschneiden müsste, dann aber nichts bliebe, sondern alles auslaufen würde wie Blut aus einem lebenden Körper? Das Dunkle und das Helle? Kette und Schuss? Unschuld der Kindheit und Fluch der Erfahrung? Bist du deshalb hierhergekommen? Du solltest einfach die Stadt beschreiben, aber du verstrickst dich und siehst Bełżec statt zum Beispiel die Kapelle auf dem Schloss, das heißt statt einstiger Glorie und Ruhm?

Ich sehe das eine und das andere, und ich sehe ein Drittes. Ich kaufte mir eine Eintrittskarte und ging. Alle gingen, die ganze Schlange, und drinnen war es eng. Ich wartete ab, bis einige genug gesehen hatten und wieder rauskamen. Enge und Himmel also, und Heiligkeit, mit diesem Licht ganz oben. Wie zu jenen Zeiten, da das Heilige und Himmlische von allen Seiten her drängte. Die Welt war groß und bedrohlich, und man konnte sich in Gottes Vorsehung verstecken, sich in Gottes Gnade hüllen, sich in den goldenen Mantel des Übernatürlichen mummen, das hier, in der Kapelle, warm und weich wurde wie Seide in der Sonne. Damit das Grauen der teuflischen Welt keinen Zutritt hatte. Das Grauen der schrecklichen, bis Chabarowsk und Wladiwostok ausgedehnten Materie, bis an den Rand der Erde, hinter dem die feurige Hölle ist, wo Teufel menschliche Körper verbrennen. Einmal habe ich in Rumänien, in der Bukowina, ein ähnliches Licht in den Bildern gesehen, nur umgekehrt. Dort in Voroneţ, in Humorului, sind an den mittelalterlichen Klöstern die Außenwände bemalt. Sie sind von den Fundamenten bis zur Dachrinne mit einer heiligen Erzählung bedeckt, damit das versammelte Volk Trost und Hoffnung schöpfen kann. So wie hier der Herrscher in Einsamkeit und Stille. Ich hatte Lust, mich in die Mitte zu stellen, die Arme auszubreiten und mich wie ein wirbelnder Derwisch von der Lubliner Erde, vom Fußboden loszureißen und in dem blauen, nebligen Licht dort oben zu verschwinden. Aber das gehörte sich nicht. Ich ging hinaus. Sowohl diese als auch jene, die Lubliner und die Bukowiner Fresken waren von Ikonenglanz erfüllt. Vom Glanz des Ostens. Keine Spur von Schatten in ihnen. Im Himmel gibt es keine Nacht, da gibt es keinen Kosmos, das Licht kommt gleichmäßig aus den Dingen und den Gestalten, die ganze Welt ist einfach Licht. Ein Versprechen, das sich erfüllen wird.

Ich verließ den überhitzten Innenraum. Es wartete schon eine ländliche Gruppe älterer Menschen. Sie gingen hinein wie in eine echte Kirche. Vielleicht wollten sie sogar niederknien, so wie ich mich drehen und davonfliegen wollte. Ich ging ein wenig durch die Säle. Es gab, was es überall gibt: Kleidung, Bilder, alte Karabiner, Scherben. In einem dunklen Saal hatten sie eine Ausstellung über volkstümliche Scheuchen. Rot leuchteten Teufel und Hexen. Und im größten Saal hingen Gemälde. Ich setzte mich für eine Weile vor »Die Aufnahme der Juden in Polen« von Matejko. Wie das so ist bei Matejko: ein Knäuel, ein Strudel von Menschen und Materialien. Farben, Faltenwürfe, Brechungen, Vorhänge und Umhänge. Jede Menge Stoffe bei diesem Maler, Stoffe ohne Ende. Die Juden sehen aus wie Zigeuner auf alten Stichen. Abgerissen oder malerisch – schwer zu sagen. Sie bilden einen gestikulierenden, wilden Haufen. Sie stehen, knien, liegen halb, erheben die Hände zum Himmel, und man weiß nicht, ob sie wirklich in unser Polen wollen oder sich eher die Haare raufen. Władysław Herman betrachtet sie nachdenklich und irgendwie skeptisch. Hereinlassen? Nicht hereinlassen? Auf der einen wie auf der anderen Seite ist Ambivalenz zu spüren. Nun – er hat sie hereingelassen, und die Juden sind gekommen.

Ich trat vor das Tor des Königsschlosses. Es war mitten am helllichten Tag. Durch die Aleja Solidarności und die Aleja Tysiąclecia floss ein Strom von Autos. Auf dem Plac Targowy und auf dem Bahnhof dichtes Gewimmel. Aber die Menschen, die Autos, die traurigen Lädchen, die Taxifahrer, die kahlrasierten Jungs, die an den Haltestellen standen und auf ihr Bychawa, Piaski oder Żółkiewka warteten, all das glitt über die Oberfläche, über einen schwarzen Spiegel wie aus blindem Glas, unter dem der Abgrund lauerte. Sie lebten, gingen umher, verkauften, aber wie zum Schein. Denn das Leben war nie hierher zurückgekehrt. Und die Taxifahrer oder die kahlen Jungs traf keine Schuld. Sie besaßen einfach zu wenig Kraft, um die Leere der Hölle zu überwinden. Niemand besaß genug Kraft.

Am selben Tag, der kalt, aber klar war, stieg ich die Lubartowska hinauf. An der Ecke der Unicka, bei der ehemaligen Jeschiwa, der Talmudschule, kehrte ich um und begann bergab zu gehen. Die rechte Seite. Ich schaute in die Höfe. Dort war es wie damals im Morgengrauen, als ich das erste Mal herkam. Pilz, Feuchtigkeit, graue Mauern, Keller, da faulte, schimmelte es ohne Licht. Kammern, morsche Anbauten, schäbige, ewige Dämmerung. Es sah aus wie Niemandsland. Als wäre ihm damals, im Frühjahr 1942, der Atem ausgegangen, und es würde über Jahrzehnte hinweg ersticken. Vermodern, sich zersetzen. Keine Kraft mehr. Ich ging und schaute. Abschüssige Innenhöfe. Fenster in fremdes Leben.

Blasse Kinder. Herrenlose Hunde. Gebeugt, in Kapuzen, mit diesem wachsamen schnellen Schritt. Eingang für Eingang. Ein graues Fotoplastikon. Keine Erinnerung außer dem vagen Gefühl, dass da etwas anderes war. Dass dies nicht mehr fremd, aber auch noch nicht das Eigene war. Und keine Ahnung, ob es je das Eigene sein würde. Denn wie kann man etwas übernehmen, das verbrannt und verweht worden ist. Es bleiben nur Reste, vom Tod durchtränkte Häuser, von fettem Rauch durchtränkte Dinge. Das Leben kann hier allenfalls glimmen. Wie eine Flamme ohne Sauerstoff.

Auf der Lubartowska, über den Bahnhof, mit Kinderwagen über die Wiese am Fuße des Schlosses spazieren, in Trainingsanzügen laufen. Unterscheidet sich das so sehr vom Tragen der Kleider, die sie hinterlassen haben? Die Hände in die Ärmel schieben, den Körper an die Stelle ihrer Körper im Raum schieben. Wo ist die Grenze zwischen Plünderung, Notwendigkeit und Selbstverständlichkeit? Nicht zu bestimmen. Fremdes, niemandes, meines. »Na und? Hätte es einfach liegenbleiben sollen? Na und? Hätte es einfach rumstehen sollen?« Also sind wir in ihr Leben eingedrungen, ohne ihr Schicksal zu teilen, denn wer hätte das schon gewollt oder gewagt. Wir leben auf einer Brandstätte, wir haben eine verkohlte, eine tote Erinnerung. Eine leere.

Also die Lubartowska hinunter und dann wieder zum Bahnhof. Hin und her. Um die Leute zu betrachten, die den Raum ausfüllen, der nicht auszufüllen ist. Sie frösteln, sie sind still. Sie stehen einzeln. Die jungen manchmal zusammen. Ich schreibe nicht über die Juden. Ich schreibe über uns. Über die, die geblieben sind. Darüber, dass wir den

Raum ausfüllen, aus dem sie verschwunden sind. Dass wir mit unserem Leben die Orte auszufüllen versuchen, an denen sie gelebt haben. Über meine Eltern zum Beispiel, die aus dem Dorf in die Großstadt kommen konnten, weil in dieser Stadt Platz frei geworden war. Und ich konnte dort geboren werden, um später meine naive Ost-Nostalgie zu pflegen, bevor ich begriff, dass der Osten auch ein Grab ist. Je weiter man in diese Richtung geht, desto geringer wird unsere Bedeutung, desto leichter kann man uns loswerden und in Staub oder Eis verwandeln. Es ist eine Frage des Raums, den es hier im Übermaß gibt. »Der Osten gehört der SS«, sagte Himmler und schickte Globocnik, der in der weißen Villa an der Boczna Lubomelskiej mit dem Finger auf die Landkarte tippte und sagte: »Wir bauen hier, hier und hier.« Weil Platz gemacht werden musste, weil der Osten ihnen gehören sollte. Denn für den Osten würde sich niemand einsetzen. Weil der Osten immer eine Leichenkippe war. Man konnte sie verbrennen, bis sich auf den Scheiben fünf Kilometer weiter das Fett absetzte. Doch niemand wagte es, für sie einzutreten, die Frauen putzten nur wortlos die Fenster. So war es in Bełżec vom Herbst 1942 bis zum Frühjahr 1943. Weil Platz gemacht werden musste, denn der Osten sollte ihnen gehören.

Aber die Orte sind für uns geblieben, nicht für die SS. Wir betraten fremde Häuser und breiteten unsere Sachen im Schrank aus. Wir sagten: »Diese Häuser, diese Schränke gehören niemandem« und legten unsere Sachen hinein. Wir schauten aus fremden Fenstern und hielten das für unseren Ausblick. Wir hatten keine Ahnung, was er verbarg. Doch er verbarg Millionen fremder Blicke, die verkohlt waren, und unsichtbare Asche fiel auf unsere Tage.

Was hat es also letztlich auf sich mit diesem Landstrich, zu dem Lublin das Tor war und ist? Was gab es dort so Anziehendes? Welches Versprechen? Das der Leere? In dieser Landschaft, in der die Zivilisation versickert wie Wasser im Sand? Was war es? Hast du gehofft, dass du schließlich allein sein und dem Vorzeitlichen gegenüberstehen würdest wie der erste Mensch? Ja? Indem du nach Lublin aufbrichst und immer weiter, bis an den Rand der Erde? Eines Tages bis an den Rand der Altan Els? Ja? Ja. Dort habe ich eines Morgens im August die absolute Stille gehört. Die Sonne war gerade erst aufgegangen, und die wenigen Dinge, die sich ringsum befanden, das Zelt, der alte russische Lieferwagen, trockene Grashalme, warfen schwarze Schatten. So weit das Auge reichte, gab es nichts als Sand, diese trockenen Halme, eine eingefahrene Spur und die Stelle des Lagerfeuers vom vorigen Tag. Und diese Stille, wie ich sie nie im Leben gehört habe. Alles war riesig, mächtig, Dutzende Kilometer weit sichtbar, aber es gab keinen Laut von sich. Als wäre es vorbereitet, hätte aber noch nicht angefangen zu funktionieren. Als sollte es erst in Gang kommen. Und ich war aus einer anderen Welt hierhergekommen mit meiner Unruhe, mit meiner Vorstellung, die Zeit sei linear und wir müssten ständig von Punkt A nach Punkt B streben, weil wir sonst den Sinn verlieren. Und hier nichts. Alles existiert, aber die Zeit hat die Gestalt der Luft, die um die Erde kreist, die Kanten der Felsen angreift und Sand von einer Stelle an die andere trägt. Am östlichen Rand der Altan Els. Denn es ist nicht ausgeschlossen, dass mich die Angst vor allem Menschlichen hierher geführt hat. Dass sie mich immer wieder geheißen hat, dorthin zu reisen, wo das Menschliche schwindet und nicht von Grauen unterwandert ist. Von der Lubertowska an den Rand der Altan Els, wo man unter der Erde, zwischen den jahrhundertealten Schichten des Sandes, nur Tierknochen finden kann. Keine Asche, keine Fuhren von Leichen.

Ich verließ die Okopowa Lublin. Ich wäre gern länger geblieben, aber ich fuhr weg. Es war ein bisschen feucht dort, ein bisschen dunkel, ein bisschen novemberlich. Es roch nach Holzrauch. In jedem Haus residierte ein Rechtsanwalt. Eine Stadt prozessfreudiger Menschen, hätte man denken können. Aber dann sah ich, dass sich gleich daneben zwei Staatsanwälte sowie ein Finanzamt befanden, es war also einfach Notwehr. Rechtsanwälte, Bürgertum und der graue Schatten der Steine. Ein bisschen wie in Pest, aber kleiner, schief und krumm, niedriger. Literarisch ist es die Krokodilsgasse. Man kann das durch Kongresspolen verdünnte Galizien sehen, alles in diese ewige Novemberdämmerung getaucht, in diesen etwas farblosen Halbschlaf einer Zone, die sich zwischen Herbst und Vorfrühling erstreckt. Ein Grenzgebiet der Kulturen, der Sprachen, der Religionen und des Wetters. Vom Fenster hatte ich einen schönen Blick auf die Blechdächer und das Geflecht der altmodischen Fernsehantennen. Aber ich musste mich auf den Weg machen. Ich startete vor dem Morgengrauen. Die ersten Busse fuhren los. Wie immer wollte ich die Nebenstraßen nehmen. Ich wollte ohne Hindernisse schauen, wie der Tag anbricht, wie das Land aus dem Dunkel taucht. Zuerst Richtung Bełżyce, dann Richtung Kraśnik. In die Tiefe meines Landes. In die Tiefe seines dunklen Körpers. Und dann, wenn die Formen dämmerten, in diese Grautöne, in diese gestreiften Fernen, auf die jemand immer wieder Häuser, Zäune, menschliche Dinge geklebt hat, diese ganze Geschichte der Existenz, die im November flach ist wie ein Scherenschnitt. Wie ein Klebebild. Bełżyce, Kraśnik und dann Zaklików, wo schon das Karpatenvorland beginnt, aber ich wollte lieber denken, es sei immer noch die Woiwodschaft Lublin. Ich hätte nichts dagegen gehabt. Ich hätte nichts dagegen gehabt, wenn Lublin die Hauptstadt des ganzen Landes geworden wäre. Aber nicht wie 1944, sondern wirklich. Lublin war Polen ähnlicher als Warschau mit seinen importierten Hochhäusern und den Springbrunnen, die auf Jahrhunderte die Schande des Provinzialismus abwaschen sollten; denn diese Schande ließ Warschau in der Nacht nicht schlafen. Lublin war besser. Es täuschte nichts vor. Ein eisiger Ostwind fegte um neun Uhr abends die Menschen von den Straßen. Nur samstags gingen junge Leute über die Krakowskie. Ältere nicht. Nach vorne gebeugt gingen sie und redeten laut. Sie hatten ordinäre Stimmen und fluchten. Die Mädchen genauso wie die Typen. Sie kamen aus ihren Städtchen und versuchten, die nicht auszufüllende Leere dieser Stadt auszufüllen. Deshalb war Lublin Polen ähnlicher, Polen mit seiner Diskontinuität, mit den Lücken in der Bebauung, mit seiner vervielfachten, nicht offensichtlichen Identität. In der Ulica Wyszyńskiego Nr. 4 sah ich ein schwarzes Schild: »Nationalflaggen, Kirchenflaggen, EU-Flaggen.« Lublin kämpfte also. Es versuchte zusammenzuflicken, was zwischen den Fingern zerfiel. Lublin war heldenhaft, und das Ostentative war ihm fremd. Auf dem eisigen Asphalt, in einem dunklen Tal der Zeit trieb es Handel, mit den Stimmen seiner Jugend versuchte es, die Todesstille auszufüllen. So dachte ich, als ich die Stadt hinter mir ließ. Ich stellte mir vor, dass ich im Mai

wiederkommen würde, in der grünen Dämmerung, im er-
löschenden Licht, wenn die Luft nach Kindheit riecht, nach
der Zeit, da der Anbruch der Dunkelheit ein Wunder, ein
Geheimnis verspricht. Ich stellte mir vor, dass ich nach Lublin zurückkehre wie in die fernsten Tage, da uns die Gnade
der Unschuld gegeben war. So wie in jenes Dorf am Bug, wo
in der Stube des Holzhauses goldener Staub im Morgenlicht
wirbelte. Oder wie in die Altan Els.

Ich fuhr ins Karpatenvorland hinein, und sofort begann
das Eis. Vierzig Stundenkilometer, mehr war wirklich nicht
drin. Die es probiert hatten, standen jetzt mit der Schnauze im Graben und warteten auf einen Traktor. Hier einer,
dort einer. Ein Einsatzwagen mit Blaulicht und Martins-
horn überholte mich. Bewundernd sah ich den Leuten nach.
Es war vielleicht acht. Graues Morgenvolk stand an den
Haltestellen. Die Typen rauchten. Ich hatte die Fenster geschlossen, aber ich spürte den Geruch in der kalten, gläsernen Morgenluft. Ja, es war kurz nach acht, denn auf Radio
Maryja liefen die Stundengebete. Immer wenn ich morgens
irgendwo durch das Land fahre, höre ich sie und singe laut
mit:

> Eia, Lippen mein! Zur Stund
> öffnet euch und machet kund
> Lobgesang und Preis gar hehren,
> zu der sel'gen Jungfrau Ehren.

Ich singe, um die Erinnerung an meine Großmütter und
Großväter wachzurufen. So tat ich es auch jetzt, auf diesem

Glatteis. Ich rief mir ihre Gesichter in Erinnerung. Sie ähnelten denen an den Haltestellen. Ihre Häuser ähnelten denen an der Straße. Sie waren gewöhnlich, hatten nichts Ostentatives, wenn man den Blick von ihnen ließ, verschwanden sie einfach. Aber aus der Kindheit hatte ich die eigenartige, rätselhafte Verwandlung in Erinnerung, wenn aus dem Mund der Großeltern morgens die Worte eines Liedes strömten. Normalerweise sprachen sie in volkstümlicher Prosa, doch plötzlich, unverhofft, wurde ihnen die Gabe der Poesie zuteil. Ihre Gesichter erhellten sich, ihr Blick ging über das Alltägliche hinaus, weit, hoch hinauf, dorthin, wo die Grausamkeit des Lebens keinen Zutritt hatte.

> Sei gegrüßt, Thron Salomons,
> Taubeglänzt Vlies Gideons,
> Regenbogen, Friedensbote,
> Dornstrauch, der vor Moses lohte.

Deshalb höre ich das immer, wenn ich morgens, fern von zu Hause, übers Land fahre. Ich stelle mir meine Großeltern von damals vor und all die Menschen von heute, in der grauen Morgenstunde, jetzt, in den Häusern, an denen ich vorbeifahre, stelle mir vor, wie sie dem Lied lauschen, das kein Ende zu haben scheint. In gemauerten Häusern, in alten Holzkaten, mit krummen Dachfirsten, unter Eternit, in neueren, die aussehen wie aus einem fremden, fernen Traum, mit Beeten, Weiden, Feldern gleich hinter der Wand, mit diesen Bändern von Äckern oder auch Brachland, die sich weit bis zum Waldrand ziehen, bis zum Hain, bis zum Horizont dieser Gegend, erblaut oder vom Nebel ergraut. Ich stelle mir vor, wie sie vor ihren Radios sitzen und sich leicht nach hinten, nach vorn wiegen und ihr Mund unwillkürlich dem Gebet folgt. Nach hinten und nach vorn. In die Tiefe der Zeit, über ihre vorstellbaren Grenzen hinweg, an die Bitterseen, ans Schilfmeer, in die Wüste Schur, in die Wüste Zin, in den Schatten des Horeb und weiter bis zum Berg Nebo, von dem sich die Aussicht auf Kanaan öffnet. Nach hinten und nach vorn, flüsternd, singend, immer wieder, von Moses, von Aron, Gideon, Mitte November im vorigen Jahr in Wola Rzeczycka, in Musików, in Bąków, in Chłopska Wola und Podborek. Ich sang mit ihnen. In Stalowa Wola hörte das Glatteis auf.

Die Scheune gibt es nicht mehr, und der Obstgarten ist gerodet. Früher hat er das Haus abgeschirmt. Jetzt nehmen Winde aus drei Himmelsrichtungen Anlauf und donnern gegen die Holzwände. Vor allem von Osten, vom Fluss her. Sie kommen von den Ebenen am anderen Ufer, gleiten über die Strömung und fallen ins flache Hochland auf der anderen Seite ein. Die östliche Giebelwand kann sie nicht mehr aufhalten. Sie fallen ins Innere ein, in die zwei Stuben, die nur benutzt wurden, wenn Gäste kamen. Den Obstgarten gibt es nicht mehr, es gibt nicht mehr die ausladenden Apfelbäume, die den Schwung der Luft auf sich nahmen und vor Kälte und Hitze schützten.

Die Fußböden sind eingebrochen. Kalte Luft erfüllt die Innenräume. Die Feuchtigkeit dringt ins Holz und verwandelt es in rostrotes Pulver. Die Scheune gibt es nicht mehr, jetzt öffnet sich die Aussicht nach Süden, auf die Felder, auf die Pappelhaine, in die Tiefe der Landschaft. Einst hat das strohgedeckte Holzgebäude den Hof abgeschlossen. Die Pappeln warfen Schatten. Die restlichen Gebäude bildeten ein Viereck. Es war wie auf einer Insel. Wie in einem Chutor, einem Anwesen in der Steppe. Ein Gehöft einen halben Kilometer entfernt vom nächsten. Am Abend saß man bei einer einzigen Lampe. Wie auf einem in der Nacht gestrandeten Schiff. Aber wir hatten es warm und geborgen. Es roch nach Petroleum und Holzrauch vom Herd. Und nach Essen.

Wir saßen nah beieinander und rochen uns gegenseitig. Im Rest des Hauses, hinter der schmalen, zweiflügligen Tür, war es kühl und dunkel. Nur die Stube war von der goldenen Petroleumflamme erleuchtet. Das Fenster ging auf den Hof und weiter in die grenzenlose Dunkelheit.

Aber der Obstgarten ist gerodet und schützt nicht mehr vor der kalten Dunkelheit. Das sehe ich deutlich. Mit der Maus vergrößere ich die Karte, bis sie unscharf wird. Ich schaue aus der Höhe von einem Kilometer, ich sehe jene Zeit und zugleich ihr Vergehen. Alles ist wie damals, doch vieles ist verschwunden. Das Netz der Straßen ist geblieben. Nur sind einige verblasst, wachsen zu, und andere sind deutlicher geworden, sind jetzt asphaltiert. Ich entferne mich ein Stück und sehe, dass die Häuser weniger geworden sind. An der Straße, die von der Chaussee aus – so sagte man: Chaussee – nach Süden führt, ist etwa jedes zweite erhalten geblieben. An der Stelle des Gehöfts, das sich rechts am Anfang der Straße befand, ein Gekrümel kleiner Flecken, dunkler und heller, in geometrischer Anordnung. Das sind die Bienenstöcke, die jemand hergebracht und dort aufgestellt hat, wo vorher das Haus stand. Diesen Weg bin ich mit vierzehn Jahren gegangen. Vom Haus der Großeltern zu dem des Onkels. Jetzt kann ich sehen, dass es ein guter Kilometer war. Die Tante war die Schwester meines Vaters. Von ihrem Haus aus bot sich – zur Abwechslung – ein weiter Ausblick in alle vier Himmelsrichtungen. Am häufigsten schaute ich nach Osten. Die Erde schien zum Fluss hin leicht abzufallen und dann, am anderen Ufer, wieder anzusteigen, grün und menschenleer. Wie die Steppe. Ich schaute also in diese Richtung. Zum Fluss ging man vielleicht eine halbe Stunde.

An den Rainen entlang zur Landstraße nach Drohiczyn und danach, schon entschieden abschüssig, auf einem sandigen Weg direkt ans Ufer. Der Bug war immer grün. Sogar unter blauem Himmel. An heißen Tagen duftete das erwärmte Weidengestrüpp. Es versperrte den Zugang zum Wasser, und nur an der Stelle, wo der Weg endete, gab es so etwas wie einen winzigen Sandstrand. Während der Trockenzeit fuhren wir dort mit einem Wagen hin und schöpften mit Eimern Wasser in einen Dreihundertliterbehälter. Damit tränkten wir das Vieh, wenn es von den Weiden zurückkam. Das andere Ufer hatte die Gestalt eines sandigen Steilhangs. Bisweilen erschienen dort Kühe und Pferde, aber sie sahen aus, als kämen sie aus dem Nichts.

Jetzt blicke ich von oben auf all das. Es ist beginnendes Frühjahr oder Spätherbst, denn die Bäume haben keine Blätter. Oder ein schneeloser Winter. Ich sehe den nackten Pflaumengarten beim Haus des Onkels. Und die vier hohen Pappeln, die den Hof im Nordosten umgeben. Wenn ich durch die Gegend wanderte, an den Rainen entlang zwischen den Feldern durch die sanft wogende Landschaft, fand ich dank der Pappeln immer nach Hause. Jedes Anwesen in dieser Gegend hatte seine Pappeln und jedes in anderer Anordnung und anderer Zahl. Man konnte sich nicht verirren. Auch jetzt nicht. Ich klicke, und sofort befinde ich mich in der geometrischen Landschaft. Die Rechtecke, Rauten und Vielecke der Felder sind von den geraden Linien der umgepflügten Schollen durchzogen. Die grünen und grauen Streifen der Schrebergärten ordnen den flachen Raum. Ich blicke von oben darauf, als blickte ich in die Vergangenheit. Als kehrte ich in einer anderen Gestalt in jene Zeit zurück. Als schaute ich durch all die Tage hindurch, die vergangen sind. Als wäre ich wieder dort, Anfang Juli, in dem trockenen Duft des reifenden Getreides, in dem heißen und staubigen Geruch der Chaussee, auf der ich in irgendwelchen Angelegenheiten unterwegs bin. Vielleicht hat man mich wieder Brot holen geschickt, vielleicht bin ich auch einfach ausgebüchst und gehe, die Hände in den Taschen der Jeans Marke Odra, in die dörfliche Welt hinein, wo die Häuser aus vom Wetter nachgedunkeltem Holz und die Dächer oft noch aus Stroh waren, wo die Tiere neben den Menschen lebten. Aus den halb offenen Türen des Kuhstalls stank es nach Vieh, und der Geruch mischte sich mit dem menschlichen aus den Küchen, wo Mittagessen gekocht wurde. Die Chaussee führte auf die Straße nach Drohiczyn. Links stand die von jeher erstarrte Windmühle. Am Abend weckte ihr mächtiger schwarzer Umriss das Grauen. Am Tag erinnerte sie an eine ärmliche Vogelscheuche. Löchrig und zerfetzt ließ sie zu, dass der Wind durch sie hindurchwehte. Im Zentrum des Dorfs lag Katzenkopfpflaster. Vielleicht täusche ich mich, aber was macht das schon.

Oder anders: Gegen Ende eines schneelosen Dezembers blickte ich auf all das von der anderen Seite des Flusses. Von der Ebene am Wasser, braun und vollgesogen. Von Drohiczyn aus fuhr ich auf Kieswegen. Schnell, weich, ein bisschen wie im Schlaf, in dieser flachen Pseudolandschaft, aber hinter einer Aussicht tauchte die nächste und die übernächste auf, als hätte ich Erhebungen bezwungen. Ich hielt an und sah mir eine Fähre an. Sie lag ausgestreckt am Ufer. Danach traf ich hier und da auf sowjetische Bunker der Molotow-Linie. Sie waren in ganz gutem Zustand. Man konnte hineingehen und sich verteidigen. Als warteten sie. Irgendwo auf dem Weg sah ich einen Bunker in einem Dorf, auf einem Gehöft. Groß und dunkel stand er da, wie nasse Erde. Ins steile Gelände gerammt. In seinem Schatten trippelte Federvieh. Vor ein paar Jahren habe ich mit meinem Vater die Stelle gesucht, wo die Deutschen eine Pontonbrücke geschlagen hatten. Vater konnte sich nicht erinnern. Er wusste auch nicht mehr, ob es im Sommer 1941 gewesen war, als sie nach Osten marschierten, oder im Sommer 1944, als sie sich eilig zurückzogen. Erst ein alter Mann auf dieser Seite konnte uns die ungefähre Stelle zeigen. Aber auch er konnte nicht sagen, in welchem Jahr es gewesen war.

Manche Bunker sind mit Gebüsch zugewachsen. Ich fuhr an der Grenze zweier Welten entlang. Der Grenze des Ostens und des Westens. »Ich hielt es für ganz natürlich, dass wir Deutschen, in Sorge um das Wohl der Menschheit, die Pflicht hatten, unser Lebensmodell niedrigeren Rassen und Völkern aufzuzwingen, die – sicher aufgrund ihrer geringeren Intelligenz – nicht recht verstanden, wonach wir strebten«, hat der achtzehnjährige Panzersoldat Henry Metelmann aus Hamburg geschrieben.

In jenem Sommer, als wir nach Spuren der Brücke suchten, erzählte Vater, am 22. Juni sei das Dorf plötzlich leer gewesen. Sie hatten sich heimlich davongemacht und alles mitgenommen. Ein bisschen Müll und ein paar Spuren waren geblieben. Die Tarnausrüstung, die Zelte, die Feldküche waren verschwunden. Artillerie war zu hören. »Sie waren keine schlechten Menschen«, sagte Vater. Die Leute waren in Sorge, als sie das Dorf verlassen hatten. Sie hatten ihnen Essen gegeben. Wenn sie etwas nahmen, bezahlten sie dafür. Es herrschte Ordnung. Ohne Problem müssen sie all die Geschütze, Fahrzeuge, Brücken und Boote zurückgezogen und getarnt haben. Sie schossen nur, wenn es nötig war. Am anderen Ufer lagen die Sowjets auf der Lauer und hielten Ausschau. Das Dorf bedauerte es daher, dass die Deutschen in zivilisatorischer Mission nach Osten zogen. Zuerst über das Wasser, dann über die flachen Wiesen, gegen das Feuer aus den ersten Bunkern. Falls die verblüfften Sowjets überhaupt schossen, denn Stalin war in Moskau ebenso verblüfft und erstarrt, und ohne seinen Befehl wagte schließlich niemand zu schießen.

Ich schaute über den Fluss auf das Land meiner Kindheit. Ich sah die weißen Mauern des ehemaligen orthodoxen Erlöser-Klosters in russisch-byzantinischem Stil. Ein bisschen weiter im Norden den Turm der ehemaligen unierten und jetzt katholischen Kirche. Ihren Geruch nach Holz, Weihrauch und Wachs hatte ich noch in Erinnerung. Ich schaute in die Vergangenheit zurück und stellte mir die Soldaten vor, bei Tagesanbruch, im morgendlichen Nebel, wie bewaffnete Geister. Sie ließen die Pontonbrücken und Boote ins grüne Wasser. An manchen Stellen konnte man bis zu zwei Drittel der Strömung schwimmend bewältigen, dann begannen die Strudel und der im Wasser liegende Hang des anderen Ufers. Viele Male überquerte ich den Fluss wie sie, die Deutschen. Ein bisschen später, denn am 22. Juni war noch Schule. Anfang Juli, wenn die Hitze sogar die schattigen Orte erfüllte. Wir fuhren die lange, gerade Straße ans Ufer hinunter, um ein Dreihundertliterfass zu füllen, denn in den Brunnen fehlte es an Wasser. Wir fuhren auf derselben Straße wie die Wehrmacht, aber der Fluss mit seinen Legenden von den todbringenden Strudeln hielt uns zurück. Wir blieben auf der westlichen Seite. Doch der Traum, mich weiter vorzuwagen, hat mich nie verlassen. Ähnlich wie den zwanzigjährigen Fallschirmspringer Martin Pöppel: »Es gibt kein Land auf der Welt, das für mich eine solch magnetische Anziehungskraft hätte wie das bolschewistische Russland.«

Mitte der siebziger Jahre platzte die »Erdölleitung der Freundschaft«. Auf dem Fluss schwamm eine schmierige schwarze Schicht. Sie setzte sich am Ufer ab, auf dem Weidengestrüpp. Eines Tages zündete jemand das Öl an. Das Gestrüpp brannte, der Fluss brannte. Es sah aus wie Krieg, nur ohne Soldaten. Ich wusste, dass das Erdöl aus Russland kam, aus der Sowjetunion. Dass das im Osten war. Fern, doch zugleich auch nah. Moskau stellte ich mir als etwas Entferntes, Graues, Großes und Langweiliges vor. Es war irreal, aber wir lebten in seinem Schatten. Viele Jahre mussten vergehen, bevor ich mich in Martin Pöppels Gefühle hineinversetzen konnte. Das Land, das ihn in Versuchung geführt hatte, musste untergehen. Es musste eine Leere, ein Vakuum entstehen, das man mit Phantasie und Erfahrung ausfüllen konnte.

Ich verließ den Kiesweg und kehrte wieder auf den Asphalt zurück. Hinter dem Dorf holte ich zwei Jungen auf Fahrrädern ein. Der eine transportierte einen Bethlehem-Stern an einem Stock. Der Stern war aus grauer Pappe und noch nicht vergoldet. Er hatte die Farbe der Erde und der Wiesen. Wind wehte, sie fuhren mit Mühe. In die Landschaft hinein, die sehr alt und von menschlichem Leben kaum berührt schien. Ein einfaches und schönes Bild. Gebeugt, gegen den Wind, fuhren sie durch die Leere, um irgendwo diesen Stern zu vergolden. Ihn der grauen Materie zu entlocken, ihn aus der uralten feuchten Landschaft zu befreien und ihm ein Quentchen Übernatürlichkeit zu verleihen. Auf alten und von Schmiere ganz schwarzen Rädern fuhren sie zu Gold, Weihrauch und Myrrhe. Zwei Wochen vor dem Fest der Heiligen Drei Könige. Sie waren so alt wie ich, als ich in diese Gegend kam, die ich für immer in Erinnerung behalten sollte. Jetzt kehrte ich oft hierher zurück, um irgendetwas von meinem Leben zu begreifen. Ich überholte die beiden und bog nach einer Weile wieder in den Kiesweg ein. Er führte zum Dorf und endete dort. Wie viele Häuser gab es hier? Nicht viele, wirklich nicht. Ich könnte jetzt klicken, heranzoomen und zählen, aber ich bleibe lieber in jener Zeit, einen Tag nach Heiligabend, als das normale Leben noch nicht begonnen hatte, als es die warmen Häuser noch nicht verlassen wollte, nur diese zwei Jungen mit dem Stern waren draußen, und später, hinter dem Dorf, drei Typen, die die Weiden am Ufer schnitten. Als sie mich sahen, unterbrachen sie ihre Tätigkeit und schauten dem Auto nach. Ich fuhr, so weit ich konnte. Die sandige Schlucht mündete in einen Kiefernwald. Ich stieg aus und ging an den Fluss. Er war graublau, nicht grün. Langsam floss er unter dem niedrigen Himmel und ließ das Dorf hinter sich. Ich hatte immer eine Schwäche für Orte, an denen man nur umkehren kann, für Orte, die am Ende liegen. Immer schon. Ich suchte sie instinktiv. Am Ufer lag ein Boot. Regenwasser sammelte sich darin. Ich schaute auf die andere Seite, und es kam mir vor, als könne ich das Türmchen der Kirche sehen, die nach altem Harz und Wachs roch. Neben der Kirche waren die Deutschen zum Fluss hinuntergegangen, um die Strömung mit den vielen Strudeln zu bezwingen. Links befand sich ein in grauer Vorzeit aufgeschütteter Hügel. Auf ihm hatte ich oft mit den Dorfjungen gesessen und auf die andere Seite geschaut, an die Stelle, wo ich jetzt stand. Ich hatte mir vorgestellt, dass ich irgendwann den Fluss überqueren und ans jenseitige Ufer gelangen würde, und dann immer weiter. Vielleicht phantasiere ich, aber anders kann es ja gar nicht sein. Wir tranken heimlich billigen Wein und betrachteten die Ebene, die mit den kleinen Figuren der Kühe, Schafe und Pferde an die Steppe erinnerte. Jetzt sah ich, dass diese Steppe von Wasser getränkt war und in Wirklichkeit einem Sumpfgebiet glich.

Wie ist das eigentlich? Entfernen wir uns manchmal von unserem Geburtsort, und das ist dann Flucht, Verrat, Emigration? Und alles, was wir tun, ist der Versuch zurückzukehren? Ist das Leben Vertreibung? Wie bei den bosnischen Bogumilen zum Beispiel? Und wie bei Breakout – »der Fluss der Kindheit«? Ist es wie bei meinem Bug, an den ich hin und wieder zurückkehren muss, um wenigstens für einen Moment der Vertreibung zu entgehen und die Einsamkeit auszutricksen? Wie ist das? Je weiter die Kreise sind, die wir beschreiben, desto deutlicher das Zentrum, um das wir uns drehen, desto stärker die Anziehung?

Wahrscheinlich haben sie mich 1961 oder 1962 gebracht. Sicher mit dem Bus. Zu einem Bündel verpackt, zu einem länglichen Päckchen, wie man kleine Kinder damals transportierte. Großvater hat sicher ein Pferd angespannt und ist die zwei Kilometer bis zur Haltestelle im Dorf gefahren. Ich bilde mir also ein, dass der scharfe Geruch von Pferdeschweiß, nachdem wir im Wagen Platz genommen hatten, der erste Geruch jener Tage und jener Gegend war, der zu mir gedrungen ist. Der Geruch des Gespanns überhaupt, denn da war ja auch das Leder des Geschirrs, die Verschalung des Wagens, in dem Heu, Garben, gedroschenes Getreide und im Frühjahr Mist (wenn auch auf einem speziellen Boden) transportiert wurden, die Schmiere der Naben, der erwärmte Gummi der Räder, Staub, die Decke, die man über den erhitzten Rücken des Pferdes warf ... All das muss ich während dieser ersten Reise in das Haus mit dem Obstgarten gerochen haben.

Später, als ich schon laufen konnte, muss es noch andere Gerüche gegeben haben, denn das Haus war düster und ein wenig feucht. Der Obstgarten verdeckte die Sonne, die Fenster waren klein, die Dämmerung brach früher an als draußen in der Welt, und auf Elektrizität musste man noch viele Jahre warten. Im Herbst, im Winter und im Frühjahr lebte man in der Küche um den Ofen herum. Nur im Sommer verlegte Großmutter das Kochen in die gemauerte Sommerküche auf der östlichen Seite des Hofs. Es muss sich also alles vermischt und gegenseitig verstärkt haben, der menschliche Geruch, der Küchen- und der Tiergeruch; war das Vieh im Stall doch nur ein paar Schritte entfernt, im Speicher hinter der Wand hing das Geschirr, zusätzliche oder auch alte, abgenutzte Kummetpolster, und vom Fensterbrett konnte man, wenn die Sonne schien, die elektrischen Zellen riechen, die das Radio speisten. Kastenartig, aus Pappe, aber oben, wo die Leitungen herauskamen, mit einer teerähnlichen Bitumenmasse übergossen. Und in der Sonne roch das wie eine erhitzte geteerte Straße. Die Chemie der Elektrizität ging überaus seltsame Verbindungen mit den Geranien und den Sauerkirschen ein, die in einem Fünfliterglas in vor Hitze glasigem Zucker Saft ließen. Aber das muss schon im Sommer gewesen sein. Und Petroleum, immer Petroleum, die beständige Petroleumaura, die strahlenförmig von der Lampe unter der Decke ausging, die mit einem flachen, tellerförmigen Schirm aus weißem Email bedeckt war.

Ich denke nicht, dass all die Gerüche sich verändert haben, nachdem die Deutschen das Dorf verlassen hatten. Vielleicht war die Elektrochemie hinzugekommen, die Essensgerüche waren vielfältiger geworden, es gab mehr Fett, ein bisschen Fleisch, denn was immer man gegen den Kommunismus sagen mag, sein Einzug bedeutete das Ende oder zumindest den Rückgang des Hungers. Vielleicht roch es auch nach Seife damals, vielleicht duftete sie sogar schon ein wenig. So stelle ich mir das jetzt vor. Dass man mich in diesem Bündel in eine Luft getragen hat, die fast noch Kriegsluft war.

Die Armee war abgezogen, der Pulvergestank verweht, die schwarzen Wolken der Dieselabgase zerflossen, und das Dorf roch wie zuvor. Es war wieder still. Der Hund bellte, die Kuh brüllte, in der Dämmerung hörte man, wie die Eimer an die Verschalung der Brunnen schlugen. Stille. Sie waren weg, und jetzt lärmten sie im Osten, weiter und immer weiter, bis sie verstummten.

Treblinka befand sich in einer Entfernung von etwa dreißig Kilometer Luftlinie. Den Bug abwärts. Ein Jahr nach dem Abzug der Truppen aus dem Dorf kam der erste Transport ins Lager. Wenn nur dreißig Kilometer entfernt Zehntausende menschlicher Leichen verbrannt werden, müsste man das riechen. Von Bełżec nach Rawa Ruska sind es fünfundzwanzig Kilometer, und die Menschen erzählten, der Wind habe Reste verbrannter Haare in den Ort geweht. Aber ich kann mich nicht erinnern, dass bei uns abends, im Licht der Petroleumlampe, jemand von Treblinka erzählt hätte. Vielleicht haben diese dreißig Kilometer bewirkt, dass es anderswo war. Andere dreißig Kilometer als heute, da ich einfach ins Auto steige und mal hierhin, mal dorthin fahre: Granne, Arbasy, Tonkiele, Wólka Zamkowa, als patrouillierte ich am Ufer des Flusses und hielte nicht so sehr nach der Kindheit Ausschau als nach dem faschistischen Angriff. Aber ich kann mich nicht erinnern, dass jemand während der abendlichen Sitzungen mit Tanten und Großtanten darüber gesprochen hätte. Über alles wurde gesprochen, über das Leben, über den Tod, über Geister, aber nicht über die Geister der Juden, die der Wind über das Dorf trug. Nicht einmal an das Wort »Jude« kann ich mich erinnern. Es kann sein, dass ich es nicht kannte. Dreißig Kilometer von dem Ort entfernt, wo sieben- oder achthunderttausend jüdische Leichen verbrannt wurden. Weil die Erinnerung im Sand versunken oder im Wind verweht war? Oder weil es sie nie gegeben hat? Weil wir unsere eigenen Geister hatten, die aufgrund eines gewöhnlichen Todes bei uns erschienen? Und immer einzeln. Nie zu Hunderten oder Tausenden, von denen der nächtliche Himmel über dem Dorf klagte.

Und wenn es hier gewesen wäre? In den Wäldern zwischen Tończa, Teofilówka und Krzemień? Ihr werdet sagen:

Aber da gibt es keine Bahn. Und wenn es eine gäbe? Zu der Linie, die Małkinia mit Sokołów verbindet, sind es nur fünfzehn Kilometer. Was sind fünfzehn Kilometer Nebenstrecke für die Deutschen? Und wenn von dort der schwarze Rauch aufgestiegen wäre und sich dann, vom Wind getragen, auf den Strohdächern abgesetzt und sie mit menschlichem Fett imprägniert hätte? Und wenn über diesen Gruben nachts ein roter Lichtschein gehangen hätte? Wenn man den Tod hätte riechen können und dieser Geruch in die Dächer, in die Wände und durch die Wände in die Häuser gedrungen, wenn er in die Möbel, in die Schränke, in die Kleider gedrungen wäre und in das Bettzeug, das frische Bettzeug, bereit für die Gäste? Und wenn auch ich, in mein Bettchen gepackt, das hätte riechen müssen, am ersten Tag, als uns Großvater mit dem Fuhrwerk abholte, und wenn auch das Fuhrwerk gerochen hätte, das Pferd, alles? Wie in Poniatowo und Wólka Okrąglik. Und wenn Großvater, Großmutter, die Tanten, das ganze Dorf, wenn alle auf die langsam rollenden Waggons hätten blicken und Geräusche hätten hören müssen, die ihnen nie zuvor begegnet waren, und wenn sie bei windigem Wetter den halb menschlichen, halb tierischen Geruch, diesen Gestank von Schmutz und Tod hätten riechen müssen, und selbst sie, die sie an Schweine- und Kuhställe, ans Krepieren und an Aas gewöhnt waren, diesen Gestank nicht einzuordnen gewusst hätten? Denn es stank ja nach scheinbar noch Lebendigen, aber schon nicht mehr Existierenden. Der Fluss fließt, und ich betrachte von Bużyska aus das Dorf auf der anderen Seite. Zwischen nackten Bäumen sehe ich das Türmchen der Kirche. Wie es drinnen aussah, kann ich mich kaum erinnern, aber es war hell und gemütlich, auf dörfliche Art barock. Von der Ikonostase war nichts übriggeblieben. Manchmal ging ich sonntags am Tor vorbei an den Fluss, auf den Hügel, um auf die andere Seite zu schauen. Es war die Pfarrgemeinde zur Verklärung des Herrn, und so konnte diese Erhebung am Fluss ein lokaler Berg Tabor sein. Die Gehenna lag dreißig Kilometer nordwestlich. Und wenn es hier gewesen wäre? Dann wäre ich mit den Dorfjungen zu den Aschenfeldern gegangen, zu den zugeschütteten Gruben, zu den verwischten Spuren. Zu dem Denkmal aus Stein. Ein naives Bürschchen aus der Stadt, mit Schulkenntnissen in Geschichte. Die Jungs hätten mehr gewusst. Von den Eltern, den Großeltern, von den Gesprächen der Erwachsenen beim Wodka. Wir hätten über Gold geredet. Das Gold hätte unsere Phantasie genauso entfacht wie der Sex. Schätze. Gold ist ewig, und wir hätten es unter den Füßen gespürt. Durch die Asche hindurch. Ich kann es mir vorstellen. Die Schatzinsel. Und unsere Unterhaltung bei billigem Wein. Dass der eine dies, der andere das, dass man gleich nach dem Krieg viel gefunden hat, man musste nur ein bisschen graben, es war ja niemand da, der aufgepasst hätte, es lag fast an der Oberfläche, ein bisschen wühlen, schon war es da, Asche und Erde durchsieben, und schon glänzte es. Und keine Angst? Wieso Angst? Da gab's weder Leichen noch Knochen, nichts. Angst hat man auf dem Friedhof, aber nicht auf einer solchen Brandstätte, wo man sieben muss, um überhaupt was zu sehen. So hätten wir geredet. Dass der eine dies, der andere jenes von dort hat. Ein Dach aus Blech, einen Schweinestall aus Backstein und noch etwas versteckt für später. So hätten wir geredet, nachts hätte das Gold aus der Erde geleuchtet. Vielleicht wären auch wir in der Dämmerstunde gekommen und hätten hier und da schüchtern ein bisschen gegraben. Jungs suchen immer gern nach Schätzen. Erst recht an Stellen, wo es bestimmt welche gibt … Aber es war dreißig Kilometer weiter, und so saßen wir – statt zur Gehenna zu gehen – auf dem Berg Tabor, und statt nach Gold sehnten wir uns nach Białystok. Jedenfalls ich. Aber jetzt betrachte ich das andere Ufer und stelle mir vor, dass es doch so war: Sie gehen durch den Wald, vorsichtig, aber sie tragen Spaten, Schaufeln, wie zu einem späten Begräbnis, sie haben Siebe für die Asche und Wodka für den Mut, denn wenn die auch verbrannt und jüdisch waren, so konnte man doch auf einen Knochen stoßen, eine leere Augenhöhle konnte herausschauen; eigentlich also keine Leichen, aber irgendwie doch. Ich stelle mir vor, wie sie irgendwo abseits zu zweit, zu dritt überlegen: gehen oder nicht gehen; wie die Frauen sagen: »Wag es bloß nicht«, und andere, »Ja, schließlich gehen alle«, und abends flüstern sie, damit die Kinder es nicht hören, bei einer schwachen Flamme oder schon im Bett, in der Finsternis, die nur vom Glanz des Goldes erhellt wird. Denn es liegt ja da und gehört niemandem, in Schichten von Asche, die wie ein uraltes Mineral ist, wie die Geologie: Kalzium, Silizium, Kalium – Elemente und kein Leben. Niemandsgold also, dem Verfall preisgegeben, denn die Erde schlingt es tiefer und tiefer hinunter, auf immer und ewig, und niemand hat etwas davon. Ja. Denn sie sind so sehr verschwunden, als hätte es sie nie gegeben. Rauch und Mineralien. Und wie in der Alchemie – aus dem Sein destilliertes Gold. Also muss man gehen, gehen wir, arme Brüder, ihr Brüder aus den Hütten unter den mit Fett getränkten Strohdächern, gehen wir, Brüder, das steht uns zu für unser Elend, für unseren Sklavenbuckel, gehen wir, sogar in der Nacht, der unterirdische Glanz wird uns leuchten. So stelle ich es mir vor, während ich in dem kühlen, silbrigen Licht des frühen Winters stehe. Wie sie die Schichten auf den Knien mit Händen durchwühlen, in die sich für immer die Erde gefressen hat. Sie sind an Ausgrabungen gewöhnt, an feuchten Boden, an den gebeugten Rücken. Ich stehe am anderen Ufer über der metallischen Strömung und denke an sie, wie sie aufbrechen zu dem Niemandsgold, denn es kann nicht jemandem gehören, wenn es jemand nicht mehr gibt. Und nicht nur, dass er gestorben ist, nein, es gibt ihn einfach nicht, weil der Körper sich in Rauch und Staub verwandelt hat, das heißt, in nichts. Und selbst wenn er eine Seele hatte, dann war es schließlich eine andere, nicht eine wie unsere. So müssen sie gedacht haben, um die Angst zu vertreiben. Aber vielleicht sind sie nur ihrem Instinkt gefolgt. Ich kneife also die Augen zusammen und sehe, wie sie wühlen und buddeln, wachsam, unschuldig und gierig. Die Einfallsreicheren besorgen sich gegen Samogon Trotyl von den Russen und zerreißen mit Detonationen die Aschenschichten, um sie geduldig durchzusieben, bis ein Glitzern erscheint, der Glanz von Erz oder Stein. Vielleicht wäre das Haus dann gemauert gewesen und hätte ein Blechdach gehabt? Sofort eine ganz andere Kindheit. Andere Geräusche, andere Gerüche, alles anders. Heimliches Geflüster. Andeutungen. Die schwarzen Schatten der Erinnerung. Neid. Angst, dass sie nachts kommen, um es zu holen. Denn wenn das Gold einmal aufblitzt, erlischt es nie wieder. Es leuchtet durch die Wände, durch die Böden, durch Holz und durch Mauern, es leuchtet ins ganze Dorf, in die Zukunft, denn man kann es nicht vergessen, es leuchtet bis in den Tod. Ich stelle mir vor, dass ich aus einem reicheren Haus gekommen und selbst ein anderer geworden wäre dank des jüdischen Goldes, und ich hätte gelebt, als hätte ich Gift geschluckt, nicht wissend, wann es zu wirken beginnt.

All das stelle ich mir vor. Im Reich der Kindheit, im Reich der Unschuld. Im Osten, rechts von der Weichsel. In der Vorhölle. Auf der Müllhalde menschlicher Reste. In der Finsternis des Kontinents. Man kann sich nicht lösen von dieser Gegend, von dieser Erde, die wie ein Schichtkuchen aus Fleisch, Blut und Knochen ist. Aus dieser mit DNA getränkten Erde. Man kann sich eine biotechnologische Auferstehung vorstellen. Wie sie sich erheben. Polen, Ukrainer, Juden, Weißrussen erheben sich, Russen, Kalmücken, Turkmenen erheben sich. Millionen. Erschossene, Verschüttete, Verbrannte, Abgeschlachtete, Erstickte, Ertränkte, Erfrorene, Verhungerte. Ein zukünftiger Gott klont sie. Dutzende Millionen. Ein ganzer Staat, ein ganzes Volk von Toten. Sie erheben sich und leben noch einmal. Sie besetzen das Territorium. Beginnen von vorn. Ich stelle es mir vor, während ich nach Hrebenne fahre, direkt an die Grenze, wo an der Straße die Verkäufer von Kartoffeln und Äpfeln vor Kälte schauern. Genauso wenn ich nach Koterka fahre, ans Ende der Straße Nr. 640, zu der im Wald stehenden Holzkirche, die der Ikone der Gottesmutter »Freude aller Betrübten« geweiht ist, und wenn mich auch der Grenzschutz anhält und sagt, ich müsse zurückfahren, so lassen sie mich schließlich doch das hellblau gestrichene Gotteshaus anschauen. Denn ich kann mich nicht beherrschen, ich muss so weit wie möglich fahren. So war es an der Świsłocza, zwischen Łapicze, Ozierany,

Rudaki und Chomontowce. In den Dörfern lag rotes Katzenkopfpflaster, das allmählich mit Gras zuwuchs. Da fuhr nichts. Autos gab es nicht. Auch die Höfe wuchsen zu. Hin und wieder saß jemand auf einer Bank und schaute. Wie vor fünfzig Jahren, wie vor hundert Jahren, wie schon immer. Dort hat sich seit langem nichts mehr getan. Keine Überfälle von Fremden, kein Brandschatzen und Morden. Sie würden in Ruhe sterben. Zusammen mit ihren zerfallenden Häusern, zusammen mit dem Dorf. Hinter den Häusern, am Fluss, sah ich in den Sumpf getriebene Grenzpfosten. Vom Hügel aus war eine weißrussische Kolchose zu sehen. Alles still, verstummt, aber wachsam, ob nicht die Bułak-Bałachowiczs anrückten, ob nicht Kowpak kam oder die Einsatzgruppe B, ob nicht die Zaristen sich näherten, die Januar-Aufständischen, irgendjemand. Sie wollten wenigstens in Frieden sterben. Auf dieser Bank, den Blick in die Vergangenheit gerichtet. So lege ich also an den Ufern des Ostens an. Hier, hinter Krzynki, oder in Osch, an der Seidenstraße. Weil ich mich nicht von dem Gedanken lösen kann, dass die Völkerwanderung noch immer im Gang ist, dass immer noch Überfälle anrollen, dass Erde und Luft hier beben. Dass es nie Frieden geben wird, weil in den Adern dieser Landstriche, in ihren unterirdischen Flüssen eine Droge steckt, die den Wahnsinn anfacht, und einem schwindlig wird von den gigantischen Ausmaßen des Raums und von der Illusion, dass man ihn beherrschen und verwandeln könne. Dschingis Khan, Tamerlan, Peter der Große, Stalin, Hitler, Kapitalismus, Globalisierung ziehen heran wie meteorologische Phänomene.

In Murgob gingen wir zwischen Lehmhäusern durch staubige Gassen zum Fluss hinunter. An einer grauen Wand saß eine alte Frau im Schatten. Auf dem Kopf trug sie ein weißes Tuch, an den Füßen weite Galoschen, über Filzstiefel gezogen. Neben ihr trieben sich zwei kleine Jungen herum. Wir grüßten sie auf Russisch. Sie war eine pensionierte Lehrerin. Sie hatte Kinder in Bischkek, in Moskau, in Duschanbe. Außerdem unzählige Enkel. Zwischen zwanzig und dreißig. Ihr braunes Gesicht blieb unbewegt, wenn sie sprach. Irgendwo aus der Tiefe, aus der Ferne schauten uns schwarze Augen an. Sie sagte, sie habe wenig Geld, dreißig Dollar Rente, aber wenigstens sei kein Krieg. Das wiederholte sich. Der Krieg. Seine unablässige Gegenwart, nur zeitweise aufgehoben. Es war, als sagte sie: »Gut, dass der Wind aufgehört hat.« Oder: »Gott sei Dank ist der Winter vorbei.« Doch das Wetter hört nicht ein für alle Mal auf, und die Haspel der Jahreszeiten bleibt nicht stehen. Die zwei kleinen Jungen hielten sich instinktiv in ihrer Nähe auf, wie in einer Herde. Der eine kauerte zwischen ihren Knien, der andere stand hinter ihr und legte ihr die Hand auf den Arm. Ihre Gesichter waren eine Spur heller. Sie erwähnte jemanden aus der Familie, der auf dem Weg nach Berlin umgekommen war, aber sie konnte nicht sagen, wo. Berlin war unendlich fern, aber durch Krieg und Tod doch nah. Sie hatte dort ihre Toten, daher war es fast so, als sei sie selbst dort gewesen. Und wir hatten hier unsere Verbannten, also war es auch nah, wir waren nicht ins völlig Unbekannte gekommen. Die Jungen schwiegen. Sie schauten die Fremden an. Die Erzählungen vom Krieg, von Berlin, von den Verwandten, die nicht zurückgekommen waren, mussten sie kennen. So wie auch ich solche Geschichten kannte. Seit ich überhaupt Worte verstehen konnte. In Wärme und Halbdunkel schlief ich ein und hörte: die

Deutschen, die Russen, die Partisanen ... Im Licht der Petroleumlampe sah ich ihre Schatten. Ich hörte ihre Schritte in der Finsternis hinter der Holzwand. Da schlichen sie herum. Die Worte der Großmütter und Tanten nahmen Gestalt an. Sie raubten, zündeten an, gingen fort. Von Westen nach Osten, von Osten nach Westen. Überall hinterließen sie Spuren. Wie diese nicht existierende Brücke, die wir gesucht haben. Wie die nach Jahren noch lebendige Angst vor den Leichen im Kiefernwald. Oder die Erinnerung an die roten, stinkenden Bandagen, über denen Schwärme von Fliegen hingen. Die Frau aus Murgob hätte meine Großmutter oder Tante sein können. Sie saß in der gleichen Haltung da, mit Kopftuch, ebenso vertieft in die Vergangenheit und unbewusst auf deren Wiederkehr wartend.

Denn sie wird wiederkommen, in einer Verkleidung, die wir nicht rechtzeitig erkennen werden. Nicht ausgeschlossen, dass sie von der Dsungarei über den Kulma-Pass auf der Höhe von 4362 Metern schon anrückt. Nach Murgob jedenfalls kommt sie im Transit und hinterlässt morgens dicke Staubwolken, um nach Westen zu rollen, nach Duschanbe, nach Samarkand und weiter, tief in den Kontinent hinein. Achtzehnrädrige Sattelzüge, mit Ersatzreifen behängt. Die alte Frau sieht sie jeden Morgen. Sie hört das Dröhnen auf der Straße, die oben über ihrem Haus vorbeiführt. Sie betrachtet sie, wie meine Großmutter und meine Tanten die Truppen betrachteten, die durchs Dorf zogen und dann über den Fluss, immer weiter in die Welt hinein, um sie zu verändern.

Deshalb gehe ich, der Enkel, jetzt auf Erkundung und schlafe wie ein gealterter Ranger auf dem Boden. Manchmal reißt mir der Wind das Zelt weg, und ich trage nachts Steine herein, wie irgendwo in der Nähe von Sainschand, aber der Regen floss damals trotzdem ins Zelt, und so musste ich bis zum Morgen in der Hocke kauern. Der Fahrer war auf einen Hügel gefahren, weil er Angst hatte, das Tal könnte überflutet werden. In der Dunkelheit konnte ich das Auto nicht erkennen. Das Zelt war aus Thailand, mit Tarnmuster. In Ulan Bator hatte ich dafür dreißig Dollar bezahlt. Blind tastete ich nach Steinen, um den Boden zu beschweren. Dass ich solche Dinge tat, kam durch meine Großmütter und Tanten vom Bug. Ich schnüffelte im Osten. Als hätten sie mich schweigend dorthin geschickt. Ich trank nur wenig, um so viel wie möglich in Erinnerung zu behalten, um nichts zu übersehen. Vielleicht einmal in Irkutsk und einmal in Ulan Bator. Immer am Anfang der Reise. Um irgendwie anzufangen. Abgesehen davon blieb ich wachsam. Wie ein Kundschafter. Ich musste all diese Bilder mitnehmen, um sie dann mit früheren zusammenzufügen, damit das eine unter dem anderen hervorscheinen würde, bis man sie nicht mehr unterscheiden könnte. So wie in Bischkek, wo im Morgengrauen das Flugzeug landet, die Taxifahrer irgendwelche absurden Summen nennen, bis schließlich einer mit einem normalen Preis einverstanden ist und die anderen dableiben, um weiter kirgisische Kreuzworträtsel zu lösen. Und alles ist wie ein Traum. Denn fünf Stunden vorher war Istanbul, umsteigen, und dann lag wie auf dem Präsentierteller das Goldene Horn vor mir, der Bosporus, das Flugzeug legte sich auf den Flügel, und zusammen mit dem Horizont erhob sich Zarograd, mit den silbergrauen Moscheen, mit der Galatabrücke, mit dem rotbraunen Termitenhügel der

Vororte, die sich nicht wie eine Stadt hinzogen, sondern wie ein kleiner Staat. Und in Bischkek brach der Morgen an, jeden Moment würden die Pappeln entlang der Straße lange Schatten werfen. Ich machte das Fenster ein Stückchen auf. Ein unbekannter Geruch. Kühl und trocken. In der Ferne waren verschneite Gipfel zu sehen. Ich überlegte, ob sie zum Tienschan oder zum Altai gehörten. Wir fuhren über die leere, holprige zweispurige Straße. Links leuchtete der Himmel wie eine Acetylenflamme. In dem schattigen Tunnel der Straße herrschte Halbdunkel. Aber irgendwo hinter dem Horizont wurde das Licht schon stärker. Die Häuser begannen. Gewöhnliche Bauernhöfe. Eine Reihe von Zäunen grenzte die Anwesen ab. Die Eingangstore waren aus Blech. Da spürte ich einen Stich im Herzen. Ich suchte den Geruch von Rauch in der Luft. Um diese Zeit müssten die Frauen Feuer im Herd machen. Weißliche Streifen erschienen über den Dächern, schwer zu sagen, ob es Holz, getrockneter Dung oder etwas anderes war. Ich erinnerte mich, wie vor vierzig Jahren in dem Dorf am Bug die Luft gerochen hatte, und ich wünschte mir, mein Gedächtnis möge hier eine Bestätigung dafür finden, dass es einen Sinn hatte, dass es nicht einsam und bedeutungslos war. Der Geruch war kühl, trocken und unbekannt, und doch war der feine Stich im Herzen ein Beweis dafür, dass das Vergangene nicht stirbt. Dass es einen Schutz gegen zukünftige Vernichtung darstellt. Am Morgen in Bischkek spürte ich einen Stich im Herzen, als wäre ein Krümel, ein Splitter Unsterblichkeit hineingeraten. So war es. In Bischkek.

Am Anfang ist es ein Gefühl, als würde die Geographie dich verarschen.

Du fliegst sechs- oder siebentausend Kilometer, das heißt, so weit wie nach Indien oder in den Kongo, und am Ende liegt eine Art hypertrophes Węgrowo oder ein aufgeblasenes Siemiatycze. So war es in Irkutsk, als ich meinen ersten Spaziergang machte. Auf dem Gagarin-Prospekt, auf der Marx- und der Lenin-Straße wurde ich den heftigen Eindruck nicht los, dass ich das alles kannte. Neoklassische Fassaden, kyrillische Schriftzeichen, Säulen, Giebelverzierungen, die ganze demonstrative Pracht, und gleich daneben Löcher, Pfützen und zerschlagene Flaschen. Das kannte ich, das kannte ich noch aus der Kindheit.

Als wäre ich schon hier gewesen. Aber da meldete sich nur mein unterbewusstes Russland zu Wort, das jahrzehntelang geschlummert hatte, da meldete sich seine älteste Ausprägung: eine Zeitschrift für Kinder? Eine Art Comic? Eine gezeichnete Figur, ein Männchen aus geometrisch-technischen Formen, ein kleiner Roboter? Noch lange vor der fünften Klasse und der ersten Russischstunde. Diese Mursilka-Figur oder etwas Ähnliches stellt meine früheste Erinnerung an das Russische dar. Ich wusste einfach, dass sie russisch oder sowjetisch oder auch »von den Iwans« war, wie es mit Angst und Abscheu meine Mutter ausdrückte, die sich noch daran erinnerte, wie die Sowjets ihr Dorf ausraubten, und noch vor

Augen hatte, wie die Matrosen in blaugestreiften Unterhemden mit ihrem Kanonenboot am Bug anlegten.

Aber woher kam bei uns zu Hause diese Zeichentrick-Geschichte? Hatte Vater sie vielleicht aus der Fabrik mitgebracht, weil sie dort umsonst verteilt wurde? So wie die Militär-Zeitschrift »Im Dienst des Volkes«? Das könnte 1967 oder 1968 gewesen sein.

Und jetzt dieses Irkutsk und die Angara, deren Ufer in Beton gefasst war. Direkt am Fluss wuchs Unkraut, und an gestauten Stellen sammelte sich öliges Wasser. Mädchen spazierten mit Bierflaschen umher, später kicherten sie und pissten ins Gebüsch. Diese Stadt hatten im 19. Jahrhundert polnische Verbannte gebaut: Läden, Hotels, Restaurants und so weiter. Das interessierte mich nicht im Geringsten. Beim Gedanken, ich könnte einen Verbannten treffen, bekam ich Gänsehaut. Ich strich durch die Seitenstraßen und dachte über meine eigene Verbannung nach, über Russland, das in mein Leben eingedrungen war, bevor ich überhaupt eine Ahnung von seiner Existenz hatte. Es muss mich umgeben haben wie die Tundra und Taiga zusammengenommen. Nach der Mursilka-Figur kam der Fernsehapparat und die Übertragungen der leichenhaften Parteitage der KPdSU oder was immer sie an Auftritten ihrer Zombies sendeten: von Kosygin, Breshnew, Gromyko. Damals gab es nur ein Programm, also keinen Ausweg. In dem Schwarzweißfernseher sahen sie aus wie quatschende Steine, wie labernde Mineralien, in ihnen war exakt so viel Leben wie in einem Ziegelstein. Schon allein dafür, für die Qual der Kinder, für die den Zeichentrickfilmen und Western geraubte Zeit sollten sie in der Hölle schmoren. Und jetzt war ich hierhergekommen, um mich zu überzeugen, welcher Raum sie hervorgebracht hatte. Mit diesem Bier spazierten eigentlich alle herum, die etwas jünger waren. Das war so der Stil: träger Spaziergang mit angebrochener Flasche. Oder auch: Plauderei im Schatten. Tag für Tag zeigten die Thermometer fünfunddreißig Grad. Wie ein Idiot trug ich im Rucksack einen Pullover. Außerdem Einwegspritzen, Nadeln und schmerzlinderndes Diclofenac in Ampullen. Es war also heiß, und die Pappeln warfen nervöse Schatten. In der Stadt wuchsen nur Pappeln. Ihre Blätter waren verstaubt. Damals, als Kind, hatte ich den Verdacht, dass dieses Geschwätz im Fernsehen irgendwie nicht in Ordnung war. Es war nicht fair, dass Alte, Tote und Fremde uns die ganze Zeit stahlen, das spürte ich. Kinder verstehen vielleicht nicht alles, aber sie wittern Schwindel. Finster, schwierig und unverschämt – so war die Sowjetunion in den Augen eines Kindes. Ich weiß nicht, woher die roten emaillierten Sterne mit dem goldenen Konterfei Lenins kamen. Wahrscheinlich hat auch sie jemand verteilt, hat sie in Umlauf gebracht bei uns, den Sammlern von Abzeichen, metallenen Ansteckern und anderem Firlefanz. Aber die roten Sterne hatten keinerlei Wert. Für sie bekam man nichts. Ein- oder zweimal habe ich welche gehabt, aber es war peinlich, sie in die Schule mitzunehmen und überhaupt zu zeigen. Was dachten die sich eigentlich, die Hersteller und Verteiler von diesem Zeug? Dass sie die amerikanische Flagge, den Mercedes-Stern oder wenigstens das Pfadfinderkreuz toppen könnten, vom deutschen Eisernen Kreuz ganz zu schweigen? Ja, Russland hatte einen miesen Auftritt, solange ich denken kann, es vergeudete Generation um Generation, indem es uns Breshnew, Blechsterne und diese hoffnungslosen Filme vorsetzte, in denen die Leute irgendwie ungewaschen, peinlich angezogen und langweilig aussahen, sterbenslangweilig.

Die ersten Begegnungen waren also von Langeweile geprägt. Null Sexappeal. Da waren sogar Holland und Belgien interessanter. Gleichzeitig erlebte ich eine ungewöhnliche Dissonanz, denn diese Baumwollunterhosenlangeweile war ja das Produkt von etwas Großem, Unbestimmtem und zugleich Überpräsentem. Russland hier, Russland da, der Iwan dies, der Iwan das. Das hörte man permanent in der sogenannten Umgangssprache. Kein normaler Mensch sagte »Sowjetunion«, es sei denn in einem Witz oder einer spöttischen Bemerkung. Dieses langweilige und formlose Russland stand uns im Rücken, breitete sich aus, ergoss sich und kesselte uns ein. Zu Hause wurde über Russland nicht gesprochen, keinerlei Ansichten wurden zu diesem Thema formuliert, keine Argumente angeführt. Absolute Stille im Familienäther. Und zugleich war Russland überall, im Radio, im Schwarzweißfernseher, in den Zeitungen, in der Luft. Für uns Kinder existierte es am häufigsten und am eindrücklichsten in den unsterblichen Witzen vom Polen, dem Deutschen und dem Iwan. Den begriffsstutzigen Iwan aus den Witzen kannten wir am besten, und für lange Zeit genügte uns dieser Iwan vollkommen.

Deshalb reiste ich schließlich nach Russland.

Am 25. Juli stieg ich ins Flugzeug und flog nach Scheremetjewo 2. In der Haupthalle auf der unteren Ebene, wo es einen Imbiss gibt, Frauen in Hauben und mit Kochlöffeln in der Hand, saß in der Ecke bei den Klos ein Wachmann ganz in Schwarz. Er saß da und rotzte auf den Boden. Er sammelte das Zeug und spuckte es zwischen seine Füße. Hört bloß auf – ich bin nicht antirussisch. So ist es einfach gewesen, fünf Minuten nach der Landung, als ich den Weg zu Scheremetjewo 1 suchte. Um mich von dem Iwan aus den Witzen meiner Kindheit zu befreien, bin ich aus freien Stücken und von meinem eigenen Geld dorthin geflogen. Einige Jahre zuvor hatte meine ehemalige Übersetzerin Tanja gesagt: »Du solltest nach Russland fahren, vor allem jetzt, wo deine Bücher auf Russisch erscheinen …« Ich antwortete damals: »Ach nein, keine Zeit, ich fahre in die Slowakei oder nach Albanien, weißt du, die Welt ist groß …« – »Aber nach Russland solltest du unbedingt kommen, überhaupt sollten die Leute nach Russland fahren …« – »Was hast du mit deinem Russland, Tanja, entspann dich, ich fahre in die Slowakei, nach Podlasie, ich will nicht nach Russland …« – »Wie kannst du nicht nach Russland wollen?!« – »Ich will ums Verrecken nicht, Tanja …« In der Tat wollte ich nicht. Ich schaute damals auf die Landkarte und sah, dass eine Reise nach Russland keinen Sinn hatte. Moskau und Petersburg kamen nicht in Frage. Ich bin kein Marquis de Custine, in der großen Welt würde ich alt aussehen. Und alles Übrige war der grün-gelbe Abgrund der Kartografie. Mir kamen nur wenige Orte in den Sinn: Woronesh als Hommage an Andrej Platonow, Hulajpole als Hommage an Nestor Machno (ganz ruhig, ich weiß, dass das in der Ukraine liegt, aber damals war sie noch nicht emanzipiert), und das ist eigentlich alles. Der Rest sagte mir im Grunde nichts. Wie soll man ein persönliches Verhältnis zu einem Land haben, das viertausend

Kilometer breit und neuntausend lang ist. Im Übrigen weiß niemand genau, wie groß es ist, und auch das Land selbst kann sich nicht so recht entschließen.

Nun, letztendlich bin ich doch gefahren. Scheremetjewo 1 sah aus wie der Busbahnhof in Lublin. Überall Bündel, eng, stickig. Absolut kein Platz. Der Raum zeigte sich plötzlich auf unerklärliche Weise sparsam. In meinem ganzen Leben war ich bisher vielleicht drei Russen begegnet, und hier klebte gleich eine ganze Masse an mir. Das Bier kostete fünfzehn Zloty, und man musste aufpassen, dass es nicht verschüttet wurde. Und als sie uns dann hineinließen, musste es ganz schnell gehen. Schnell die Schuhe, schnell die Gürtel, elektronische Durchsuchung der Taschen und Täschchen. Sie kreischten und brüllten herum. Du ziehst dich vor Fremden aus, gehst barfuß, die Hose rutscht runter, man sucht dich ab, und die treiben dich an: »*Skoreje! Skoreje!*« Ich hatte alles andere als gute Assoziationen. Im Gegenteil – die schlimmsten. So sah die Begrüßung auf russischer Erde aus.

Und dann tiefer und tiefer hinein, in den Osten und immer weiter in den Osten. Es begann die berühmte Langeweile des Raums. Keinerlei Attraktion, denn das Flugzeug war neu, ein Airbus, alles glänzte. Wir flogen gegen den Strom der Zeit, und sofort wurde es Nacht. Aber links, im Norden, klaffte im vollkommenen Schwarz, irgendwo über dem unsichtbaren Horizont, ein leuchtender Riss. Als wäre dort der Himmel geborsten und aus der Tiefe der Welt käme ein goldener Lichtschein. Ich saß auf der anderen Seite und musste mir den Hals verrenken. Es war ein Polarlicht. Ich schlief ein, wachte wieder auf, versuchte mir vorzustellen, was wir gerade überflogen, aber die Mühe war vergeblich. Die Phantasie wollte einfach keine Bilder liefern. Mal bildete ich mir ein, einen Wald zu sehen, mal ein museumsreifes Industriegebiet, rauchende Schornsteine, Holzhäuser, Lokomotiven mit rotem Stern sowie marschierende oder berittene Truppen, von denen sich schwer sagen ließ, ob es sich um eine Armee handelte, um Revolutionäre oder um gewöhnliche Banditen. Mit Müh und Not fünf banale Bilder. Der sich selbst überlassene Geist verfiel nicht in Erregung, nicht wie auf anderen Reisen. Mir kam einfach nichts in den Sinn. Ich hatte Platonows *Baugrube* dabei. Ich las zwei Seiten und verfiel in Depression: »Auf dem abgemähten Brachland roch es nach totem Gras und der Feuchtigkeit von kahlen Flächen, weshalb die allgemeine Traurigkeit des Lebens und die Schwermut der Vergeblichkeit deutlicher spürbar waren.« Da ich mich selbst der Voreingenommenheit bezichtigte, versuchte ich es weiter: »Bald war das ganze Artel, von allgemeiner Ermattung befriedet, eingeschlafen, so wie es lebte: in Taghemden und Überhosen, um sich nicht mit dem Lösen der Knöpfe abzumühen, sondern die Kräfte für die Produktion zu bewahren.« Ich gab mich nicht geschlagen und blätterte die Seiten um: »Die Nacht bedeckte den gesamten Dorfmaßstab, der Schnee machte die Luft undurchdringlich und eng, in der die Brust erstickte, aber trotzdem stieß das Weibsvolk allerorts Schreie aus und unterhielt, sich an den Kummer gewöhnend, ein ständiges Geheul.« Ich wollte noch weiterlesen, aber es begann zu dämmern. Drunten zog sich über einem Schwemmgebiet Nebel hin. Der Typ, der neben mir saß und sechs Stunden lang keinen Ton von sich gegeben hatte, wandte sich mir zu und flüsterte mit fast religiöser Inbrunst: »*Eto Baikal.*«

Aber da war keine Spur vom Baikalsee. Wir landeten in Bratsk, sechshundert Kilometer nördlich. Unter uns schimmerte grau die Angara, eigentlich der gigantische See, der nach dem Bau des Staudamms entstanden war. Also nicht der Baikalsee, sondern einer der *dirty thirty*, das heißt, einer der dreißig am meisten vergifteten Orte der Welt. Die Fische konnten sich nicht vom Grund losreißen – so viel Blei und Quecksilber enthielten sie. Warum wir dort landeten, werde ich nie erfahren. Durch ein Megaphon sagten sie, es sei notwendig gewesen und man wisse nicht, wann wir weiterflögen. Der Flugplatz lag im Wald. Es war sechs Uhr morgens. Nieselregen. Die Leute sammelten sich. Als gingen sie in die Fabrik. So sahen sie aus. Wie um sechs Uhr morgens vor dem Autowerk FSO vor dreißig Jahren. Zu früh geweckt, zu müde. Sie erinnerten mich an meine Kindheit, nichts zu machen. Genau, sie erinnerten an diese Morgenstunde, an das graue Dämmerlicht, an diesen proletarischen Heroismus, an die Schönheit der Massen, die in aller Frühe aufbrechen, um die Welt zu retten oder zumindest am Leben zu erhalten. In meiner Seele bin ich immer ein Proletarier geblieben, deshalb schlug in Bratsk zur Zeit der ersten Schicht mein Herz so heftig. Der Flugplatz selbst sah aus wie eine Fabrikhalle: alter Beton und schmutziges Glas. An einem aus Brettern gezimmerten Imbiss stand eine Schlange wie in einer Kantine. Kaffee, Bier und irgendwas in einem durchsichtigen Plastikbehälter. Ich lief herum und sinnierte über Russland, über sein ewiges Bild in meinem Geist. Ich war noch keine zehn Stunden in diesem Land, aber ich fühlte mich, als würde ich seit Jahrzehnten dort herumlaufen. Es hatte den Geschmack und Geruch der Fabrik für Personenkraftwagen bei Tagesanbruch. Ich musste in keiner Weise meine Phantasie anstrengen, um zu erraten, was mich erwartete. Es war einfach alles größer. Größere Räume, größerer Siff, größere Trostlosigkeit und größere Ansprüche. Ich fühlte mich ein bisschen wie in meinem Zuhause, das plötzlich zu monströsen Ausmaßen angeschwollen war. All diese Menschen flogen irgendwohin, aber sie zeigten keine Spur jener Feierlichkeit, die eine lange Reise normalerweise mit sich bringt. Die Koffer umwickelten sie mit Klebeband. Daraus war ein spezielles Geschäft entstanden, an einer kleinen Theke verlangten sie für das Verkleben eines großen Koffers hundert Rubel und für das eines kleinen siebzig. Angst, das Gepäck aufzugeben, Angst, allein zu fliegen. Später, gegen Ende der Reise, als ich verschiedenen Leuten erzählte, wo ich gewesen war, lautete ihre erste Reaktion, ob ich denn keine Angst gehabt hätte und dass sie nie, um keinen Preis, dorthin reisen würden. Für meinen Verstand steckte darin ein unlösbarer Widerspruch. Sie hatten ein riesiges Land, aber sie fürchteten sich, darin herumzureisen. Sie waren stolz darauf, prahlten ständig damit, aber beim bloßen Gedanken daran bekamen sie Schiss.

Und jetzt erinnere dich an das erste russische Buch, das du gelesen hast. Bestimmt keine Schullektüre. Kein Timur und sein Trupp, kein einsam blinkendes Segel. Nichts dergleichen. Russische Bücher las man nicht, in russische Filme ging man nicht. Das war sozusagen pränatales Wissen. In meinem ganzen Leben bin ich nicht ins Kino gegangen, um mir einen russischen Film anzusehen. Das heißt, einmal, in der ersten Hälfte der achtziger Jahre, in *Bahnhof für zwei*.

In den ging man, weil die Nachricht kursierte, dort werde die echte »Zone« gezeigt, man könne ein Stück Gulag sehen, und einige von uns hatten schon Solshenizyn gelesen. Ein einziger Film also, und in Erinnerung geblieben ist mir die Szene am Schluss, als der Held, ein Häftling, völlig entkräftet auf der Harmonika spielt, damit man ihn auf dem Wachturm hört. Damit sie wissen, dass er nicht verspätet vom Ausgang zurückgekommen ist, dass er das Vertrauen der Leitung nicht missbraucht hat. In einer frostigen Winternacht. Aber zehn Jahre früher war gar nichts, totale Leere. Nur das Fernsehen. Zum Beispiel *Lustige Burschen*, der Film bestimmte zwei, drei Tage lang die Gespräche in der Schule, um dann – im Rennen mit Louis de Funès – schimpflich zu unterliegen und zu verschwinden. Und dann die Kriegsfilme. Ein seltsames Kino war das. Der Krieg schien eine durch und durch russische Angelegenheit zu sein. Russland schien ihn erfunden, ausgetragen und schließlich gewonnen zu haben. Da huschten irgendwelche deutschen Schatten, faschistische Gespenster über den Bildschirm, um letztlich im Feuer unterzugehen. Reine Propaganda – so sahen wir das. Wir waren eine weitere für die russische Sache verlorene Generation. Es brauchte Zeit, viel Zeit und Einsamkeit vor dem Schwarzweißfernseher, um die Größe der Szene zu bemerken, in der Bondartschuk mit SS-Männern Wodka trinkt und danach, nach der Rückkehr in die Baracke, die Schwarzbrotstückchen abwiegt. Es sah also ganz danach aus, als sei der ganze Krieg ein russischer gewesen. Auch wir machten Filme darüber, aber sie waren irgendwie klein, bescheiden, sparsam. Als würden wir den Russen folgen, ihnen hinterherhinken und nur die Reste filmen. Und überhaupt war es, als hätten sie uns nur aus Gnade in diesen Krieg mitgenommen. Und als wir dann mitgingen, mussten wir mit russischer Ausrüstung fahren und mit russischen Waffen schießen, mit all diesen TT, Pepeschas, Degtjarjows, Mosins und wie sie alle hießen. Wahrscheinlich glaubten wir deshalb nicht so recht an diesen Krieg. Wie wir absolut nicht an die russische Technik glaubten. Die war, genau wie die russische Revolution und alles andere, reine Propaganda. Schwindel, ein Nichts. An den richtigen Krieg erinnerten sich unsere Großmütter und Mütter, und manchmal, wenn die Familie zusammenkam, konnte man hören, was sie erzählten. Von wegen Heldentum, Schlachtenmalerei und militärischer Schwung. Raub, Angst, Verachtung, Gestank, die unverwüstlichen sieben Uhren am Arm eines Soldaten und das berühmte Huhn mit Federn. Die totale kognitive Dissonanz, aber wir glaubten eher unseren Großmüttern und Tanten als dem Mosfilm.

Na gut, wenn du dich schon nicht an das erste Buch erinnern kannst, dann erinnere dich wenigstens an den ersten Russen. Okay: Es waren mehrere, denn sie gingen immer in der Gruppe. Unweit des Ostbahnhofs, an der Kreuzung der Targowa mit der Kijowska, in der Nähe der Bahnüberführung war ein Laden mit Kristall, in dem sie vor der Abreise letzte Einkäufe machten. Karaffen, Schüsseln, das ganze peinliche bürgerliche Zeug, nach dem sich ihre proletarischen Herzen sehnten. Dort sah ich sie ab und zu. Zu dritt, zu viert. In grauen Mänteln, in Pelzmützen, mit sechzehn Goldzähnen oben und unten. In diesem Stadtteil sah man immer viele Leute vom Land, denn außer dem normalen gab es noch den Busbahnhof, wo das nordöstliche Polen, die Leute vom

Bug und aus Podlasie, ankamen. Doch die mit den Papachas hoben sich sogar von diesem Landvolk ab. Sie waren nicht zu übersehen. Rotbackig, selbstzufrieden, die Mäntel halb offen, erhellten sie mit ihrem Goldglanz das heruntergekommene Viertel. Alle ähnelten Chruschtschow, obwohl damals, Anfang der siebziger Jahre, sein Stern schon lange erloschen war. Man konnte den Blick nicht von ihnen lassen. Irgendwas stimmte mit ihnen nicht. Bei aller Gewöhnlichkeit sahen sie irgendwie verkleidet aus. Sie schleppten eine triste Exotik hinter sich her, die nicht attraktiv, sondern lächerlich war. Doch sie selbst fühlten sich gut. Das sah man. Sie fühlten sich ganz zu Hause in diesen aufgeknöpften Mänteln, rosig, mit ausladendem Schritt über die ganze Breite des Bürgersteigs gehend, mit ihren Päckchen. So habe ich sie in Erinnerung. Meine ersten lebenden Russen; obwohl es auch Ukrainer oder Weißrussen sein konnten. Aber das hatte damals keine Bedeutung.

Auf dem Ostbahnhof sah ich manchmal Züge nach Moskau. Dunkelgrüne, massive Waggons mit finsteren Fenstern. Ja, es war entweder dunkel oder sie hatten die Vorhänge zugezogen. Niemand stieg ein oder aus. Ein Zug unter spezieller Aufsicht, und das spürte man, sogar als Zehn- oder Zwölfjähriger. Reglosigkeit und Stille. An den Waggons waren im Blech der Seitenwände waagerechte Streifen eingestanzt. Bisweilen blitzte kurz das Gesicht eines uniformierten Prowodniks, eines Schaffners oder einer Schaffnerin auf. Sie schauten heimlich hinter dem Vorhang hervor.

Ich habe diese Züge einige Male gesehen. Total fremd. Da wollte man nicht einsteigen. Wahrscheinlich führte die

Phantasie irgendwelche Bilder vor, aber sie waren vage, bedeutungslos, ohne jede Kraft. Kälte und Gleichgültigkeit. Vielleicht, weil das alles im Winter geschah? Diese Mäntel, die Pelzmützen und der knirschende Schnee auf den Bahnsteigen, erste Hälfte der siebziger Jahre.

Also musste ich mich im Sommer aufmachen, um all das zu überprüfen. Von Ulan-Ude nach Tschita, von Tschita nach Sabaikalsk und dann wieder von Tschita aus, aber nach Irkutsk. Und überall, überall diese unwirkliche Hitze. Draußen vor den Fenstern dieses triste Zeug, das man kaum als Flora bezeichnen kann, und vom Himmel ergießen sich die Subtropen. Auf den oberen Betten konnte man, bevor der Zug losfuhr, nur regungslos liegen. Bei der geringsten Bewegung brach ich in Schweiß aus. Später, während der Fahrt, wehte es kühl. Der Schaffner gab in Plastik eingeschweißtes Bettzeug aus. Auf der Verpackung stand, dass man es nur in seiner Gegenwart öffnen dürfe, und wir – ritsch ratsch wie Kinder, und schon machten wir die Betten. Doch dann überfiel uns die Angst, dass wir etwas Schlimmes getan hätten. Wir fürchteten uns einfach vor der allgegenwärtigen Macht, vor den runden Mützen, den Schulterklappen, den Rangabzeichen, irgendwelchen an die Hemden gesteckten oder genähten Blechdingern. Weiß der Teufel: Da sie alles dürfen, könnten sie dich für das Aufreißen der Plastikverpackung mit dem frischen Leintuch an der nächsten Station rausschmeißen. In irgendeinem Schepitiwka mit fünf Hütten unter Eternit und einem Kartoffelbeet. Aber sie haben uns nichts getan. O. wickelte sich den Kissenbezug um den Kopf und sah aus wie Mutter Teresa, denn der Bezug war weiß mit blauen Streifen. In Ulan-Ude brachen wir morgens auf, nachmittags waren wir in Tschita. Ich war fünfzehn oder sechzehn Jahre alt, als ich das Poem von Blaise Cendrars über die Transsibirische Eisenbahn las. Und wie jeder sensible sechzehnjährige Leser wollte ich sofort einsteigen und ins Verderben rasen. So stark war die Kraft von Cendrars' Bildern. Heute habe ich alles vergessen. Nach Tschita fuhr ich als in die Jahre gekommener Mann. Ich schaute zum Fenster hinaus und erinnerte mich unverändert an Jerofejew: »Die russische Natur ist erbärmlich. An jeder Kurve riecht es nach Trostlosigkeit.« Die sibirische war es noch mehr. Sümpfe und Birken. Flüsse zwischen Sümpfen, und Hügel. Tausend Kilometer, zweitausend, und die Birken entfernen sich mal von den Gleisen, mal kommen sie näher. Ein paar Fichten gibt es und Fluren von violetten Blümchen auf den Sümpfen. In der Abenddämmerung verschwindet alles. Morgens wachst du auf, öffnest die Augen, und die ganze Reise scheint eine Halluzination gewesen zu sein oder ein schlauer Trick der Russischen Eisenbahn, denn draußen sind immer noch ausschließlich Birken und Sümpfe, und Hügel.

Ja, aber nach Tschita fuhren wir mit einem sogenannten Express, das heißt im Sitzen und am Tag, also konnte man sehen, dass es da keinen Fortschritt gab. Petrowsk-Sabaikalski, Chochotui, Bada, Chilok, Charagun, Mogson, Sochondo … Fast die ganze Zeit am Fluss entlang. In der Einöde arbeiteten Mäher. Um den Kopf hatten sie weiße Tücher gewickelt zum Schutz gegen Mücken. Sie mähten das Sumpfgras. Nackt bis zur Taille und mit diesen Turbanen. Vom Himmel ergoss sich schwüle sibirische Hitze. Von Siedlung zu Siedlung waren es fünfzehn, zwanzig Kilometer. Grün, dann wieder graues Holz, Satteldächer aus Eternit und diese Latten, die die Kartoffeln schützten. Zwei Stunden, drei Stunden, fünf Stunden, acht Stunden. Auf der linken Seite blinkte die »Zone« auf. Ebenfalls Stangen und Latten, nur mit Knäueln aus Stacheldraht umwickelt und ein Türmchen wie eine Hundehütte drei Meter über der Erde. Von hier also kamen die Züge zum Ostbahnhof in den siebziger Jahren. Zum Beispiel aus Charagun. Sie legten achttausend Kilometer zurück und hielten nachts auf dem Ostbahnhof, um – eben: was eigentlich? Drei Typen mit Pelzmützen hierherzubringen, die sich im Laden neben der Überführung ordentlich Kristall kaufen wollen? Eine zu teure Veranstaltung, trotz allem, zu teuer. Niemand wartete, niemand stieg ein. Also wurden diese Waggons wahrscheinlich als Versuchung zu uns geschickt. Damit ich Sehnsucht bekam, damit ich diese Weite riechen konnte, zu der sich die Seelen und Herzen der Bewohner dieser gottserbärmlichen Länderchen westlich des Bug hinreißen lassen sollten. Inzwischen hatte ich zu Hause ein russisches batteriebetriebenes Boot. Es war aus Plastik, und wenn man es in eine tiefere Pfütze ließ, fuhr es im Kreis. Nach links oder nach rechts. Ich kann mich gut daran erinnern, denn das Boot war der erste russische Gegenstand, der mir gehörte. Es tuckerte und zog Kreise. Ich erinnere mich gut. Es war grau, hatte aber auch etwas Rosafarbenes, wie Fleisch. Kaum ausgeprägte Formen, kaum gestaltet. Der Rumpf ging noch, er musste ja schwimmen, das Wasser zur Seite schieben und nicht umkippen, aber der Aufbau war schon eine ganz spezielle Technologie. Ein Klotz mit kaum angedeuteten, kaum ausgeführten Formen von weiß Gott was. Als hätten sie ihn im Dunkeln hergestellt. Es sollte schwimmen, also schwamm es. Der Rest hatte keine Bedeutung. Er war unnötig. Das nennt man Idealismus.

Nicht weit hinter der »Zone«, aber auf der rechten Seite, kamen wir an einem Flugplatz vorbei. Die silbernen Jagdflugzeuge des Typs Suchoi und MiG sahen auf dem endlosen Grün seltsam aus. Als hätte ein riesiges Kind mit ihnen gespielt und wäre irgendwann gelangweilt weggegangen. Im Gras lagen hier und da Ersatzbehälter mit Treibstoff. Es ist gut, mit dem Zug zu fahren, man merkt sich nur ein einziges Bild, aber das für immer. Die langen, grasbewachsenen Bahndämme wiesen darauf hin, dass sich ein Teil des Flugplatzes unter der Erde befand. Doch das Ganze machte den Eindruck eines Partisanenlagers. Sie konnten alles zurücklassen und an einer anderen Stelle von neuem anfangen. Es hätte vielleicht fünf Sekunden gedauert, und die grüne Haut Sibiriens wäre wieder zusammengewachsen. Ich saß entgegen der Fahrtrichtung. Mit Sorge dachte ich an eine transsibirische Reise in vollem Umfang. Nur die allmächtige russische PR war imstande, diese Reise als etwas Attraktives darzustellen. Die bodenlose russische Seele und ihre Eisenbahn-Emanation. Das funktionierte, denn hier und da ging das Gerücht, man müsse das unbedingt gesehen haben – ein großes, fast mystisches Erlebnis. Ich wollte nach sechs Stunden nur gähnen. Es war, als führe ich mit der Elektrischen nach Nasielsk und dieses Nasielsk entfernte sich immer mehr. Nur die Namen hatten etwas: Charagun, Mogson, Sochondo, Charagun, Mogson, Sochondo, Charagun, Mogson, Sochondo … So klang das. Wie aus der Tiefe, aus der Ferne, wie aus Zeiten vor Jermak Timofejewitsch und

der zivilisatorischen Mission seiner Nachfolger. Mogson, Sochondo, Charagun – Latten, Asbest, Sand, Latten, Asbest,
Sand, Latten, Asbest, Sand, bisweilen das heroische Blau der
Fensterläden. Es war das Scheitern der von Menschen ge-
machten Materie. Sie versuchten es, probierten, ein wenig
Politur aufzutragen auf diese unbarmherzige Unendlichkeit, aber es konnte nicht gelingen, wie auch. Zu dünn die
Schicht, zu schwach, überall kroch es hervor. Graue Krümel, verstreut am silbernen Faden der Gleise. Ich bekam eine
leichte Gänsehaut, weil ich den Sinn dieses Aufenthalts am
Rand der Zivilisation zu ergründen versuchte, am Rand der
Welt eigentlich – denn dort, hinter den Wänden der platten Häuschen, war nichts mehr, nur das krampfhafte Grün
bis zu den fernsten Rändern, fifty-fifty gemixt mit der Idee
der russischen Seele. Wie ein paar Tage später im Alchanai,
wo mitten im Wald ein betrunkener Typ mit Goldzähnen E.
bedrängte und immer wieder fragte: »Sag, gibt es bei euch
so einen Wald, na sag schon! Und solche Berge! Sag!« Und
dann umarmte er einen zierlichen, zufälligen Burjaten und
rief mehrmals: »Schau, wir leben hier alle wie Brüder!« Der
Burjate versuchte sich zu befreien, aber er hatte keine Chance
gegen den dicken Riesen, der auf dem Waldweg Fremde anfiel, um ihnen seinen Stolz auf diese ärmliche Natur zu de-
monstrieren, auf diese hysterische Vegetation zwischen einer
Eiszeit und der nächsten. Ich konnte den Goldzahn verstehen, aber ich bekam Gänsehaut.

Jedenfalls musste ich nach sechs Stunden gähnen und hielt
schon allein wegen des Namens nach Tschita Ausschau. Ich
hatte es noch aus der Kindheit im Gedächtnis, aus irgend-

welchen Revolutionsfilmen, die ich in unserem Schwarz-weißfernseher gesehen hatte. Jetzt erinnere ich mich. Die Revolutionsfilme waren besser als die Kriegsfilme. Zum Beispiel *Die weiße Sonne der Wüste*. Das spielte irgendwo in Turkmenien. Ich weiß noch, der Held trug, trotz dieser Wüstensonne, eine schwarze Lederjacke wie die Tschekisten. Er schoss mit einem Nagant, einem russischen Revolver. Ich erinnere mich an das Geräusch der Kugeln, die an Zisternen auf einem Nebengleis abprallten. Der Verstand eines Kindes assoziierte die Revolution in keiner Weise mit dem gegenwärtigen Russland, mit dessen überwältigender Langeweile. Tatschankas, Steppe, Kavallerie, Kosaken – das war ein Western, wenn auch ein schlechterer. Eigentlich eine Western-Imitation, aber man konnte sie gebrauchen, wenn es an Originalen fehlte. Ganz wie die Klamotten von Nike oder Adidas. Jedenfalls assoziierte ich Tschita mit so einer Schießerei in der Ebene, in der Steppe. Und mit dem legendären Requisit jener Zeit, das heißt, der Mauser 96 mit diesem langen Lauf und dem kastenartigen Magazin vor dem Abzugsbügel. Man konnte das aus Holz gefertigte Halfter als Kolben montieren und mit diesem Wunderding wie mit einem Gewehr schießen. Die öden sechs oder sieben Stunden riefen Revolutionsbilder auf. Immer wenn mich auf dieser Reise der Trübsinn anfiel, und das geschah ununterbrochen, schloss ich die Augen, und es erschienen Revolutionsbilder. Gleich gegenüber dem Bahnhof stand eine große Kirche. Sie musste vor kurzem erbaut worden sein, die Wände waren makellos hellblau, die Kuppeln glänzten in nagelneuem Gold, das Ganze umgab ein schmiedeeiserner Zaun. Riesig war diese Kirche. Sie strahlte Hitze aus. Hitze strahlten auch der betonierte Platz, die Autos, der verstreute Müll, der Asphalt und die Fußgänger aus. Tschita war wie ein Ofen. Wir schleppten uns dahin, auf der Suche nach einem Hotel. Die Frauen waren fast nackt. Stöckelschuhe, eine Art Binde um die Hüften, oben ein Stück Stoff – ein größerer Büstenhalter – und darüber eine aufgetürmte blonde Dauerwelle. Sie gingen über den glühenden Beton wie über die Promenade von Nizza. In allen Himmelsrichtungen tausend Kilometer nackte Steppe, und sie warfen das Haar zurück, als erwarteten sie ein Lüftchen vom Mittelmeer. Verschwitzt, mit unseren Rucksäcken auf dem Buckel, sahen wir aus wie Wolgatreidler. Alle schauten sich nach uns um. Der Hauptplatz war speziell für Militärparaden gemacht. Da konnten an die acht Panzer nebeneinander fahren. Aber jetzt überquerten den Platz diese halbnackten Frauen. Ein von Vögeln zugeschissener Lenin blickte von einem Sockel auf die Stadt. Vor seinem Denkmal machten die Leute Fotos. Wie Touristen sahen sie nicht aus. Sie blieben stehen und knipsten ihren Genius, dieses achte Weltwunder. In seinem Schatten war es wahrscheinlich noch heißer als auf der Sonne. Wir hatten keine Kraft mehr und nahmen das Hotel Transbaikalien direkt an dem Platz. Es war wohl das teuerste in der Stadt. Im Zimmer fand ich eine Plastiktüte für Wäsche, und im Prospekt stand, sie waschen sehr gern für uns. Ich packte ein, was ich hatte, und trug es zur Etagenfrau, um es nicht vor die Tür zu schmeißen wie ein arroganter Bourgeois. Ich ging extra hin, um mich anständig zu benehmen und die Sprache ein bisschen zu üben. Die junge Frau war geschminkt und hatte das reglose Gesicht einer Diensthabenden. Aber als ich zu erklären begann, ich wolle diese Hosen und anderes zur Wäsche geben, erschrak die Etagenfrau, dann wurde sie traurig, und schließlich war es ihr peinlich, und sie erklärte, dass das zwar geschrieben steht, aber nicht stimmt. Gewaschen wird nicht. Ich ging zurück wie ein begossener Pudel. Nach fünf Minuten klopfte jemand: Die Frau brachte mit einem entschuldigenden, wunderschönen Lächeln eine Schüssel und Waschpulver.

Abends stand ich am Fenster und schaute auf den Platz. Wir hatten keine besondere Lust hinauszugehen, wohin hätten wir auch gehen können. Ein nervöser Schauer der Leblosigkeit lief durch die Stadt. In Irkutsk hatte ich keine Angst gehabt, in Ulan-Ude nicht, nirgends hatte ich Angst, nur in Tschita. Das Zentrum hatte etwas Imperiales, plump Monumentales, ein heißer Wind wehte. Im Halbdunkel gab es ein bisschen Leben, Kids, auch ein paar Ältere, dröhnende Musik hinter einer Tür, Lachen, Klirren, hier und da ein Motorroller mit einem Paar auf dem Sitz, aber alles ging unter im Schatten dieser klassizistischen Giebel, dieser düsteren Fassaden und dieser für Militärparaden geschaffenen Weite. Die ganze, Hunderte von Metern lange Front des Platzes nahm das Kommando des Sibirischen Militärbezirks ein. Die sollten im Falle eines Falles die Chinesen aufhalten. In ihrem Schatten lebte die Stadt. Sie lebte gleichsam heimlich, bereit, mitten in einer Geste zu erstarren.

Junge Männer von einer Landungstruppe, mit blauem Barett, hatten ihren berühmten Feiertag, zogen in gestreiften Unterhemden in Horden durch die Straßen und brüllten: »Ruhm! Ruhm! Ruhm!« Sie plantschten im Brunnen auf dem Platz. Daneben standen Kranken- und Streifenwagen in Alarmbereitschaft. Die Stadt gehörte ihnen. Aber selbst sie, die Herrscher und Besitzer, gingen in den Abgründen der Architektur unter. Klein und kindlich sahen sie aus in diesen weiß-blauen Querstreifen. Auch die Hitze war gegen sie, und schon am frühen Nachmittag schwankten sie und stützten einander. Der Tag endete um elf Uhr abends, dann war die Hitze am größten.

Den ersten lebenden russischen Soldaten sah ich Mitte der siebziger Jahre in Warschau, in Praga. Damals hatte ich ein Mädchen in der Targowa. Gut zehn Meter vom Tor zu ihrem Haus gab es eine Tür in der Wand. Eben kein Tor, keinen normalen Eingang, sondern eine unscheinbare, fast unsichtbare Tür in einer Mauernische. In der Tür war ein Spion. Und aus dieser Tür kam von Zeit zu Zeit ein Soldat, oder auch zwei. Die Tür schloss sich unverzüglich, und die Soldaten befanden sich plötzlich mitten im Gedränge von Praga. Groß, schlank, die Gesichter verschwanden im Schatten der runden Mützen, aber man merkte, dass sie unbewegt waren, vollkommen ausdruckslos. Geschniegelt, gebügelt und leblos. So sahen sie aus, wenn die plebejische Menschenmasse sie aufnahm. In der Menge dieser finsteren Gestalten, der Schlitzohren und Devisenschieber, auf dem Hintergrund dieser Flohmarkt-Eleganz, dieser Gestalt gewordenen Lumpenanarchie, dieses Elementes, das jede Art von Autorität zutiefst verachtete, wirkten sie wie Aufziehfiguren. Sie hatten etwas Unheilvolles, aber auch etwas Komisches. Sie waren ein Zeichen für die Anwesenheit einer fremden Armee, aber man merkte ihnen keinerlei Macht an. Ihre Gesichter waren jung, fast kindlich. Ihr Blick war verstohlen oder ganz abgewandt. Diese großen Tellermützen, manchmal Schiffchen, und hohe Stiefel wie in den Kriegsfilmen. Ich sah sie nur auf diesem zwanzig, dreißig Meter langen Abschnitt des Bürgersteigs, unweit der grünen Gefängnistür. Steif, abgerichtet, hirngewaschen gingen sie durch die Menge des unterworfenen Volkes, fürchteten es, verachteten es und verstanden es überhaupt nicht. Ich sah ihre hölzernen Gestalten an der Ecke der Wileńska und der Targowa und empfand sogar eine Art Mitleid, denn sie kamen mir vor wie Krüppel. Manchmal waren es Asiaten. Dann war es noch schwerer, sich vorzustellen, was sie empfanden und dachten, wenn sie auf die Kreuzung der Świerczewskiego und der Targowa schauten. Kirgisische, tadschikische, kasachische Gefreite. Schlank und dunkelhäutig. Vielleicht hielten sie uns für schlechtere Russen, die man beaufsichtigen musste. Oder noch schlimmer – verteidigen, weil sie schwach waren. Sie hatten Tausende von Kilometern zurückgelegt, um auf der anderen Straßenseite die orthodoxe Kirche der Apostelgleichen Heiligen Maria Magdalena im Kiewer Stil zu erblicken. Die Arbeiter gingen dicht gedrängt zur Schicht in die Autofabrik. In Helmen, in plumpen Jacken, mit schwerem Schritt. Es konnte also sein, dass wir für sie schlechtere Russen waren. Unbewegt und ohne Erstaunen betrachteten sie das unterworfene Land, sie waren ja an eigene Eroberungen und fremdes Joch gewöhnt. Das Unheilvolle an ihnen war ein Effekt der Entmenschlichung, und das Komische resultierte aus den Resten des Menschlichen. Aber an die russischen Soldaten aus den Erzählungen der Großmütter und Tanten erinnerten sie in keiner Weise. Die waren eine Urgewalt. Eine grausame, gedankenlose und siegreiche, aber doch eine Urgewalt, und sie wirkten wie Menschen. Die aus der Targowa dagegen sahen aus wie unheilvolle Werkzeuge. Jetzt weiß ich das. Aber damals waren sie einfach ein weiteres sichtbares Zeichen des russischen, des sowjetischen Versagertums. In meiner Naivität eines Sechzehnjährigen schätzte ich sie einfach gering. Sie gehörten in diese unwirkliche Welt von Breshnew, wie das Auto Saporoshez und die sowjetische Rockmusik mit der Band *Wesjolyje Rebjata* an der Spitze. Diese Geringschätzung war ein taktischer Fehler, aber strategisch gesehen machte er sich bezahlt, denn die im Osten wollten vor allem ernstgenommen werden.

Jedenfalls erinnerten die Typen in Tschita an die Soldaten aus den Erzählungen der Großmütter und Tanten. Sie brüllten herum, umarmten sich und torkelten. Die halbnackten Schönheiten von Tschita warfen ihnen unter langen Wimpern hervor Blicke zu. Männer in Zivil gingen ihnen aus dem Weg. Eine Armee muss Furcht und Bewunderung einflößen. So ist es seit Urzeiten, und so war es auch in Tschita. Es sah aus, als dürften diese untersetzten Jungs mit den rotbackigen, runden Gesichtern hier alles. Deshalb schaute ich mir Tschita abends lieber vom Hotelfenster aus an. Ich stellte mir vor, wie die Russen mit Panzern und Transportern in eine chinesische Stadt fahren, sagen wir Manzhouli, weil es reich und schillernd und offenbar ihnen zum Trotz gebaut worden ist. Sie fahren herum und ballern mit Kalaschnikows auf die goldenen und gläsernen Fassaden, knattern in Serien mit großkalibrigen Wladimirows, aus den Lautsprechern tönt Mussorgski, und die zarten Chinesinnen fliehen mit großen Augen und stummem Schrei in unbeleuchtete Nebenstraßen. Der chinesische Kapitalismus und die chinesische Dominanz stehen in Flammen wie ein Papiertiger. Dann steigen sie aus ihren Maschinen und machen aus den Resten Lagerfeuer, um weit in die Nacht hinein ihre Lieder zu singen, für die sie in der ganzen Welt geliebt werden.

Diese Vision hatte ich im Hotel Transbaikalien, als ich auf den Paradeplatz und die illuminierten, hypertrophen Fassaden der Bahndirektion und des Militärkommandos schaute.

Sabaikalsk wirkte wie eine große Ruine. Alles war grau und verstaubt. Es erweckte den Eindruck, als sei es schon bei seiner Erbauung kaputt und geplagt gewesen. Nur der Bahnhof machte halbwegs was her. Zusammen mit uns stiegen Dutzende Chinesen mit Gepäck aus. Unter den Blicken der russischen Grenzschützer überquerten sie den über die Gleise führenden Stahlsteg und waren fast augenblicklich weg. Ich habe noch nie zuvor gesehen, dass so viele Menschen mit einer solchen Menge an Bündeln so schnell in Busse und Lieferwagen steigen und plötzlich spurlos verschwunden sind. Sie fuhren zum Grenzübergang. Wir gingen ein Hotel suchen. Es gab nur eines in der Stadt, es hieß Rossija und gehörte der Bahn.

Nach Sabaikalsk kamen keine Fremden. Unsere Gesichter, unsere Schuhe und Rucksäcke weckten allgemeine Neugier. Wer weiß – vielleicht waren wir überhaupt die ersten Nichtrussen und Nichtchinesen, die die Stadt besuchten? Die Frau an der Rezeption nahm unsere Pässe und beriet sich eine Stunde lang mit ihren Kolleginnen in ihrem Kabuff. Schließlich stellte sich heraus, dass wir bleiben konnten, aber nur für eine Nacht, und außerdem durften wir niemandem sagen, wo wir abgestiegen waren.

In der Hotelbar beim Frühstück trafen wir Waleri. Er aß, trank ein Bier dazu und blickte melancholisch ins Nichts.

Er war aus Peking hierhergefahren und wartete auf seinen Geschäftspartner, der mit dem Auto aus dem siebentausend Kilometer entfernten Moskau kommen sollte. Hinter seiner Brille hervor lächelte er und behauptete, was wir hier machten, sei »Extremtourismus«. Und er fügte hinzu: »Hier gibt es nur Müll, Dreck, Sand und Wind.« Dieser Satz klang auf Russisch wie reinste Poesie. Außerdem beschrieb er perfekt die transbaikalische Wirklichkeit. Staub, zerbröckelter Asphalt, das Grau der bröselnden Mauern, Elend und Verfall der Materie. Die Kirche an der Hauptstraße glich einer Baracke, die man nachlässig mit blauer Farbe gestrichen hatte. Die Bullen in den Streifenwagen hatten fette, aufgedunsene Gesichter und sahen uns erstaunt und verächtlich an. Ja, nach Moskau habe ich nie gewollt. Ich wollte immer an die Ränder des Imperiums fahren, wo es schwieriger ist, dem Reisenden etwas vorzumachen. Zwischen Löchern, Pfützen und Müll stöckelten junge Frauen auf himmelhohen Absätzen. Je ärmlicher die Umgebung war, so schien es, desto greller, auffälliger und knapper waren ihre Kleider. Außerdem ist der sibirische Sommer kurz, da ist Eile geboten.

Der Fahrer, den wir gemietet hatten, war klein und dicklich und trug einen Schnurrbart. Er hatte einen alten Nissan Terrano mit dem Lenkrad auf der rechten Seite. Im östlichen Sibirien und im Fernen Osten gibt es ausschließlich über Wladiwostok importierte Autos aus Japan und ein paar wenige russische. Drei Wochen lang habe ich kein einziges deutsches, französisches oder italienisches Auto gesehen. Nichts außer Dutzenden in Europa unbekannter Modelle von Toyota und Honda sowie museumsreife Wolga, Shiguli und UAZ. Für den Gegenwert von hundert Euro sollten wir etwa zweihundert Kilometer zurücklegen und hier und da anhalten. Der Fahrer war gesprächig und wunderte sich über nichts. Gleich hinter der Stadt begann die Steppe. Bis zum Horizont erstreckten sich grüne Hügel. Die Kiesstraße erklomm eine Erhebung nach der anderen, und auf der anderen Seite öffnete sich wieder die grasige Unendlichkeit. Das war schön, und ich hätte nichts dagegen, wenn die Ewigkeit so aussehen würde. Wir fuhren, um den Ort zu sehen, wo Russland seinen wichtigsten Gefangenen in Gewahrsam hielt.

Krasnokamensk erwies sich als totales Kaff. Die Stadt war im Schatten eines Uranbergwerks errichtet worden. Sie war grau und verstaubt. Die zur gleichen Zeit erbauten Häuser begannen schon zu zerfallen. Es gab nichts, woran man den Blick hätte festmachen können. Trostlosigkeit, Hitze, Beton. Zum Mittagessen fuhren wir in die Kantine Nummer sechs – angeblich die beste, denn dort aßen die städtischen Angestellten. Wir standen in der Schlange, und wieder schauten uns alle an. Wir bekamen Aluminiumbesteck, gebratenes Fleisch, Kartoffeln, einen Rohkostsalat und Kompott. Es war weder gut noch schlecht, es hatte einfach keinen Geschmack.

Unser Fahrer sagte uns selbst, dass hier Chodorkowski sitzt. Er schlug vor, uns das Lager zu zeigen. Wir fuhren in eine Entfernung von einigen Hundert Metern, ohne angehalten zu werden. Ein paar armselige Baracken, viel Stacheldraht und an den Ecken verrostete Türmchen. Ringsum wuchs üppiges Unkraut. Es sah ebenso hoffnungslos aus wie ganz Krasnokamensk. Wir fragten, wofür Chodorkowski eigentlich sitzt, aber unser Führer zuckte nur die Schultern und erwiderte: »Putin hat ihn eingelocht.« Das reichte offensichtlich als erschöpfende Antwort. Er drosselte das Tempo und warnte, wir sollten nicht allzu demonstrativ Fotos machen. Später, wieder in der Steppe, erzählte er uns von seinem Sohn, der in Tschetschenien gekämpft hatte und eine Arbeit beim FSB zu bekommen versuchte. Er sprach so ungezwungen darüber, als handelte es sich um einen Job an der Tankstelle. Die Gewalt der Machthaber war so tief ins tägliche Leben eingedrungen, dass sie nicht mehr wahrgenommen wurde.

Wir beschrieben einen Bogen und fuhren in Richtung chinesische Grenze. Hier war der ideale Ort für Verbannung, Isolation und Vergessen. Die Stadt endete wie mit dem Messer abgeschnitten. Im Umkreis mehrerer Dutzend Kilometer war es schwer, ein Versteck zu finden, nicht nur für einen Menschen, sondern selbst für einen Hund. Nichts außer Gras. Steppe bedeutet Nacktheit. Den Wanderer begleitet nur sein eigener Schatten. Verstecken kann man sich nur unter der Erde. Ich stellte mir vor, wie ein geflohener Sträfling über Monate, Jahre, Jahrzehnte einen Tunnel gräbt, um schließlich festzustellen, dass er für die Wiedererlangung der Freiheit mindestens eine Ewigkeit bräuchte. Die Idee der Flucht als solche verlor hier ihren Sinn; der unbegrenzte Raum wurde zum Gefängnis.

Entlang der Grenze erstreckte sich ein Stacheldrahtverhau. Sicher gab es da auch irgendwelche Elektronik, aber unser Fahrer wollte nichts riskieren, und wir hielten uns in angemessener Entfernung vom Zaun. Wir fuhren kreuz und quer durch die Steppe über ausgefahrene Feldwege. Auf der russischen Seite, am Ufer des Argun, brachten Bauern Heu ein. Später bog der Fluss in chinesisches Territorium ab, und es blieb nur dieser Stahlzaun in der leeren Steppe. Soldaten sahen wir nicht, aber alle paar Kilometer standen hohe Wachtürme. Ich fragte unseren Führer, ob die Chinesen versuchen, illegal die Grenze zu überschreiten. Er antwortete philosophisch: »Wie die Chinesen halt so sind …« Philosophie war seine Spezialität, denn auf die Frage nach dem zur Zeit in Georgien stattfindenden Krieg äußerte er seufzend den Satz: »Es ist besser, wenn auf der Welt Frieden ist.« Und dann fügte er hinzu, eigentlich müsse man sich keine Sorgen machen, denn die Sache spiele sich etwa sechstausend Kilometer entfernt von hier ab. Und er tröstete uns, indem er sagte, auch nach Polen sei es vom Kaukasus aus recht weit.

Wir wollten China sehen, aber wir hatten kein chinesisches Visum. Auch ein Mehrfachvisum für Russland hatten wir nicht, daher mussten wir uns mit dem Anblick des chinesischen Grenzgebiets begnügen. Doch unser Führer enttäuschte uns nicht. Er ließ den Feldweg hinter sich und fuhr auf einen Hügel, von dem aus sich ein weiter Panoramablick bot. Gleich hinter der Grenze ragte eine Stadt auf. Sie wuchs einfach aus der Steppe heraus. Aus dem grünen Nichts schossen Hochhäuser in den Himmel, eine chinesische Variation der Wolkenkratzer, mit glänzenden Kuppeln und Türmchen auf den Dächern. Manche waren schon fertig, manche wurden gerade gebaut. An der Peripherie stand eine riesige neue Kirche, himmelblau mit vergoldeten Zwiebeltürmen.

Sie war wirklich sehr groß. Gleich daneben prangte eine Art Schloss oder Palast im Disneyland-Stil, und ein Stück weiter entstand ein mehr als zwanzig Stockwerke hoher Koloss, gekrönt von einer Art neoklassizistischer Kuppel. Die Stadt hieß Manzhouli. Doch sie hätte Fata Morgana heißen sollen. Sie war innerhalb weniger Jahre erbaut worden, um die Russen zu verlocken und zu täuschen. Aber die wichtigste Botschaft der Stadt Manzhouli war: »Russland, du hast keine Chance.«

Manche Russen ahnten die Gefahr. Zum Beispiel behauptete die Frau, bei der wir uns am Baikalsee ein paar Tage aufhielten, die Chinesen würden aus Flugzeugen über Sibirien Zecken abwerfen, die mit Hirnhautentzündung infiziert seien. Sie war von Beruf Arzthelferin und wusste sicher, was sie sagte.

Wir kehrten nach Sabaikalsk zurück. Von seiner trostlosen Peripherie aus sah man die chinesischen Hochhäuser. An jenem Abend wollten wir Wein trinken. Wir suchten etwas Ordentliches in den Lädchen von Sabaikalsk. Überall gab es mit Spiritus aufgepeppten, süßen Portwein. Naiv wie Kinder fragten wir nach einem trockenen Rotwein, aber die Verkäufer zuckten nur melancholisch die Schultern. Schließlich zeigte uns jemand einen neu eröffneten Laden. Ein armenisches Ehepaar führte ihn: eine schöne, vornehme Frau und ein freundlicher, eleganter Mann. In dieser verzweifelten Stadt machten ihr Aussehen, ihr Benehmen und ihr Lächeln einen ganz unwirklichen Eindruck. In den Regalen standen gut ein Dutzend Sorten Rotwein. Von moldawischem bis zu chilenischem. Sie hatten das Geschäft erst am Tag zuvor eröffnet und waren guten Mutes. Wir unterhielten uns eine Weile. Sie zeigten sich nicht erstaunt über unsere exzentrische Anwesenheit in Sabaikalsk und lobten unsere Absicht, nach Burjatien zu fahren, denn dort sei es »ökologisch besser und gut zum Erholen«.

Am Abend sahen wir fern. Im chinesischen Fernsehen gab es die Olympiade. Im russischen außer der Olympiade und dem allgemeinen TV-Müll – Krieg. Das heißt, »die humanitäre Katastrophe in Südossetien«. Unter diesem Schlagwort wurden auf allen Kanälen Meldungen gesendet. Am oberen Bildschirmrand tauchte ständig diese Überschrift auf. Immer wieder wurden dieselben drei oder vier Bilder verzweifelter alter Leute in Ruinen gezeigt. Russische Soldaten leisteten ihnen Hilfe. Vorher hatten wir versucht herauszufinden, wo es in der Stadt Internet gab. Keiner wusste etwas, bis uns schließlich jemand eine einstöckige Baracke zeigte. Aber das war eine Art Security-Büro. Auf dem Tisch stand ein Computer, ringsum saßen ein paar finstere Typen in schwarzen Uniformen und hohen Schnürstiefeln. Wir probierten es erst gar nicht, sondern schickten SMS an Freunde in Polen und bekamen bruchstückhafte Informationen. Wir tranken Rotwein in einem Land, das Krieg führte. Aus der Perspektive von Sabaikalsk an der chinesischen Grenze war dieser Krieg unwirklich. So wie Georgien selbst – ein Fleckchen, ein Krümel, der am riesigen, unförmigen Körper Russlands klebte. Dieses Land war zu groß, um ganz normal zu existieren. Alles fand anderswo statt, unendlich weit weg, auf einem anderen Planeten. Kann man überhaupt Bürger Russlands sein, so wie man Bürger Polens, Frankreichs, Ungarns oder auch Europas ist? Kann jemand Verantwortung empfinden für das, was sein Land tut, oder sich auch nur damit verbunden fühlen, wenn dieses Land neuntausend Kilometer lang ist? Aus der Perspektive von Sabaikalsk sah es aus, als könne Russland eigentlich alles tun, ohne dass dies bei seinen Einwohnern größeres Interesse oder auch nur Aufmerksamkeit wecken würde.

Am nächsten Morgen machten wir uns auf den Weg nach Burjatien. Unser Fahrer war Oleg, das Auto ein Wolga. Es roch nach Benzin. Oleg erzählte von seinem Militärdienst. Davon, wie seine Panzereinheit in den achtziger Jahren beim Durchmarsch oder bei Manövern eine Abkürzung durch das Territorium der Mongolei genommen hatte. Das wunderte uns überhaupt nicht. Auf der 2008 vom russischen Transportministerium herausgegebenen Karte von China, die wir in Ulan-Ude gekauft hatten, existierte die Grenze zwischen Russland und der Mongolei nicht: Russland grenzt direkt an China. In der Ortschaft Mirnaja flog uns ein Rad ab. Oleg bewahrte Ruhe und behielt das Auto unter Kontrolle, wir landeten auf dem Seitenstreifen. Mirnaja sah aus, als wäre hier die Front durchgezogen. Die großen Wohnblocks mitten in der Steppe erinnerten an Skelette. Der Wind wehte durch. Ringsum erstreckten sich Halden von Betonschutt, irgendwelche Konstruktionen rosteten vor sich hin. In einer Bar an der Straße erschien Witali. Er war sympathisch, freundlich, auf der Brust trug er eine massive silberne Kette mit einem großen Kreuz. Er sagte, Mirnaja sei einmal eine militärische Grenzstadt gewesen, aber das Militär sei abgezogen und alles zu Ruinen verfallen. Als wir sagten, woher wir kämen, fragte er, ob es in Polen viele solcher Orte gebe. Wir antworteten, solche Orte gebe es eher nicht, aber er schien uns nicht zu glauben. Er sagte, er habe im Fernsehen ähnliche Orte in Polen gesehen. Es war angenehm mit ihm, und wir wollten nicht streiten. Nach zwei Stunden kam Oleg mit dem reparierten Auto. Wir fuhren los nach Westen.

In der Altan Els war es still. Vollkommen. Ich lag im Schlafsack, lauschte und konnte absolut nichts hören. Dunkelheit und Stille. Oben ein paar Sterne. Noch nie zuvor hatte ich so etwas gehört. So ein Nichts an Lauten. Und zugleich war ja klar, dass sich ringsum die Welt erstreckte, sich ohne jedes Hindernis ausbreitete. Dreißig Kilometer Sand bis zur russischen Grenze. Altan Els. Düne um Düne. Du kletterst hinauf in der Hoffnung, dass etwas zu sehen sein wird, aber sie sind alle gleich hoch, also siehst du nur ein paar weitere. So war es am Tag. Wir kamen auf der Straße aus dem Osten. Rechts lagen die Dünen, links bis zum Horizont die flache, mit trockenem Gras bewachsene Ebene. Die Wüste begann wie mit dem Lineal gezogen und an diesem Trennungsstrich entlang lief ein Sandweg in der Breite eines Autos. Hier und da standen, an die Dünen gelehnt, Winterställe für Vieh und Schafe. Aus schwärzlichen Brettern, niedrig, höchstens mannshoch. Auf den Dächern ein wenig graues Heu. Zu Haufen geschichtete Ziegel aus getrocknetem Dung als Brennmaterial. Aber es war noch niemand da. Sie würden erst kommen von den abgegrasten, nackten Sommerweiden. Kein Mensch war da. Erst als es Nacht wurde, hielt ein paar Hundert Meter von uns entfernt ein Lieferwagen wie unserer. Der Mond erschien, und ich sah das graue Dach. Thulga ging sofort hin, um endlich ein bisschen Mongolisch reden zu können.

Im Morgengrauen ging ich auf die Dünen, um zu lauschen. Zum Beispiel dem Klang der rieselnden Sandkörner, wenn ein Insekt an den Rand seines Insektenhorizonts kletterte. Und wenn ich stehen blieb – nichts als das Schlagen des eigenen Herzens. Die anderen waren weggefahren. Vor Morgengrauen war Thulga zu uns gekommen, um nach einem Mittel gegen Zahnschmerzen zu fragen, weil der Fahrer der anderen eine Schwellung im Mund und die ganze Nacht nicht geschlafen hatte. Als die Sonne etwas höher gestiegen war, kam Wind auf. Ich versuchte, irgendetwas zu erspähen, doch da war nichts. Ich machte Fotos, um mich später erinnern zu können, um einen Beweis zu haben. Nichts. Sand, Gras, Luft, der undeutliche Umriss der Berge einige Kilometer weiter in dieser spantrockenen Luft.

Es war wirklich trocken. Wir waren schon seit einer Woche gefahren, manchmal hatte ich mich gewaschen, aber eigentlich war es überflüssig. Manche Gewohnheiten bleiben dem Menschen eben erhalten. Jedenfalls, wenn ein Fluss da war, wuschen wir uns. Vielleicht auf Vorrat, weil es später kein Wasser geben könnte? Aber es reichte, alle paar Stunden aus dem Auto zu steigen und, wenn Thulga in einer Holzbude an der Straße seinen gesalzenen weißen Tee trank, einfach der Nase nach zu gehen. Der trockene Wind tat das seine. Ein oder zwei Kilometer Fußmarsch unter wolkenlosem Himmel ersetzten ein Bad. Man musste nur ein Stück in die Steppe hineingehen, auf das kahlgefressene Gras, um den Geruch der Schafe zu spüren. Das ganze Land roch nach Tieren. Sie kamen hinter den Hügeln hervor. Um sich vor der Sonne zu schützen, standen sie unter Brücken. Oder sie lagen in Herden quer auf dem Weg. Schafe, Ziegen, Kamele.

Menschen waren keine dabei. Manchmal ein Reiter in der Ferne. Man musste sich also nicht waschen. Für wen auch? Für die Yaks? Ich hatte zu viel Kleidung dabei. Ich hatte sehr wenig mitgenommen, aber trotzdem zu viel.

Nur in Ulan Bator musste man sich umziehen. Nach ein paar Stunden war man von den Schwebstoffen der Zivilisation durchtränkt. Staub, gemischt mit Abgasen. Die Straßenverkäufer von Telefonkarten und Zigaretten trugen Antistaubmasken und hatten gelbliche Flecken um den Mund. Wind wehte, aber er schaffte es nicht, diesen Staub zu zerstreuen. Er war zu schwach. Für die Steppe, für die Wüste genügte er, aber hier hatte er keine Kraft. Erhitzter, rissiger Beton. Hupen. Die Straße zu überqueren war schwierig. Sie fuhren Stoßstange an Stoßstange in ihren zivilisatorischen Beutestücken. Gleichgültige Blicke, reglose Gesichter. Genauso müssen sie vor siebenhundert Jahren ausgesehen haben, als sie von ihren Sätteln herab auf die vor Schreck erstarrten Bewohner der unterworfenen Gebiete blickten. Land Cruiser, Hilux, Patrol, Outlander, Santa Fé, Galloper, Sorento. Alle aus Japan, das Steuer rechts. Sogar die paar europäischen Mercedes der G- und der ML-Klasse. Grauer Staub, Wolken von Hitze im Schlepptau der Autos, die Pfiffe der Polizei. Jurten in der Farbe von Beton zwischen Plattensiedlungen. Betrunkene Müllsammler. Einer lag auf der Erde. Ein Zweiter kniete auf seiner Brust und haute ihm mit einer vollen Plastikflasche ins Gesicht. Gleich beim Square of Freedom. Auf einem vertrockneten Grasstreifen zwischen den Fahrbahnen. Kurz gesagt: Besonders gut fühlten sie sich nicht in der Stadt. Sie lebten erst zu kurz in gemauerten Häusern.

Einige Tage später sahen wir eine Schar Geier. Als sie uns bemerkten, flogen sie weg, der tote, aufgeblähte Körper einer rotbraunen Kuh tauchte auf. Die Vögel hatten noch nicht angefangen. Sie hatten es nicht eilig. Geduldig kreisten sie über uns. Von der einen Kilometer entfernten Jurte galoppierte ein Reiter heran. Offensichtlich hatte er nichts gegen die Geier, aber die Anwesenheit Fremder in der Nähe seines aufgedunsenen Viehs beunruhigte ihn. Ich hob die Hand zum Gruß. Er erwiderte ihn nicht. Sein Gesicht war ausdruckslos. Er hielt das Pferd an, nach einer Weile kehrte er um und trabte zurück. Genauso wäre es sicher bei einem toten Menschen gewesen. Warum nicht. In dieser maßlos reinen Landschaft.

So könnte ich sterben, dachte ich. Ich würde an einen Ort gehen, von dem aus man nur die Unendlichkeit des Landes sehen könnte, und schauen, wie die Tiere kommen. Ich würde Ausschau nach den Schatten der Vögel halten. Und später würden weiß die völlig abgeschälten Knochen schimmern, vom Wind getrocknet. Noch nie zuvor hatte ich einen so guten Ort für ein Begräbnis gesehen. Man fährt Hunderte von Kilometern, und überall sind ruhige Todeszeichen zu sehen. Ganze Skelette oder nur Knochen. Sie liegen da, von allem entblößt, als wären sie schon von der Ewigkeit umgeben. Manche bewahrten in diesem trockenen Wind Reste von Haut. So war diese Landschaft: dass man sterben wollte. Einfach sterben. Endgültig ins Innere des Raums zurückkehren, ins Reich der Mineralien. Kein Müll befleckte diese Beerdigungen. Nur bisweilen blitzte silbern kurz eine leere Flasche Wodka der Marke Dschingis Khan.

Mitten am Tag hielten wir immer an, um etwas zu essen.

Wir hatten einen Vorrat von chinesischen Suppen in Plastikbechern und einen Vorrat von mongolischem Hammelfleisch in Dosen. In Ulan Bator hatte ich einen Topf, Löffel, Plastikschüsseln und Becher gekauft. Thulga stellte den Gaskocher auf. Manchmal machten wir Feuer aus getrocknetem Pferde- und Kuhdung. Wir hatten Kaffee und Zucker. Thulga mochte lieber Tee. Immer wieder sagte er: »Tschaj, tschaj.« Er benutzte zwanzig, vielleicht dreißig russische Wörter. Das genügte. Nach einer Woche fühlte ich mich, als kennte ich ihn seit einem Jahr. Wir verständigten uns mit Hilfe sich wiederholender Tätigkeiten und Gesten. Essen, Aufschlagen des Lagers, Feuer, wieder Essen. Dreimal am Tag machte ich ihm Tee. Das Zusammenrollen der Zelte, heißes Wasser für die China-Suppen, Aufwärmen des Hammelfleischs. Am Abend hundert Gramm Dschingis Khan vor dem Schlafen. Mehr wollte er nie. Alles in der Hocke, an der Erde. »Also, fahren wir«, »halt an, wir essen was« und so weiter. Abends stieg er in den Lieferwagen. Wir blieben in unseren Schlafsäcken. Bis lange in die Nacht telefonierte er. Es klang, als würde er mit einer Frau reden. Er war etwa vierzig, schlank und trug immer eine graublaue Baseballkappe. Wenn er ins Nachdenken geriet, zog er unwillkürlich sein T-Shirt mit den Matrosenstreifen hoch und strich sich über den braunen Bauch. Eines Tages bemerkte ich, dass er auf einem Auge nichts sah. Er fuhr und hatte das rechte Augenlid geschlossen. Aber das hatte keine Bedeutung, nicht einmal, wenn wir in kleine Städte fuhren, um unsere Vorräte aufzufüllen. Er kam zurecht. Wie damals, als der russische oder vielleicht noch sowjetische UAZ den Gehorsam verweigerte. Thulga hielt einfach an, ließ die Maschine ausruhen wie ein abgehetztes Tier, und dann ging es weiter. Nicht mehr als zweihundert Kilometer am Tag.

Ich denke, sie war schon vorher besiegelt, diese Reise. Ich musste dort hinfahren, weil das Bild einer realisierten Utopie in der Endlosigkeit der Steppe und der erstarrten Geschichte unwiderstehliche Kraft besaß. Schließlich hatte ich mein halbes Leben lang von asiatischen Horden gehört, die in unser europäisches Land eingefallen waren. Es war eine Reise in den Kern der Metapher. Irgendwo hinter dem Ural wurde es dunkel. Wir flogen über schwarzen Raum. Nichts, keine Lichter. Jeder Dämon konnte sich dort verstecken, jedes Gespenst ausschlüpfen. Wie damals aus dem marxistischen, europäischen Kuckucksei. Ich nickte ein und stellte mir vor, wie dort unten die Chinesen nach Westen wandern. Millionen von Chinesen, Million für Million, verführt vom Kapitalismus, ermuntert von der Globalisierung, den Blick auf den luziferischen Lichtschein unserer Städte geheftet, strebten sie Million für Million und leuchteten sich mit dem, was sie hatten, dort unten im Dunkel. Nichts zu machen: Wenn man so viel hat, muss man teilen. Deshalb waren sie unterwegs, Schulter an Schulter, Million für Million, klein, schlank, bereit, jede Menge von allem zu konsumieren, obwohl irgendwelcher Schrott eher nicht in Frage kam, denn davon hatten sie ja zu Hause genug. Sie gingen, weil sie mehr wollten, Luxuswaren, europäische Werte: *liberté, egalité, fraternité*, die jüdisch-christliche Tradition, das griechisch-römische Erbe, die Gleichberechtigung aller Geschlechter sowie das postmoderne Paradigma. Solche Dinge träumte ich an Bord des kühlen Airbus. Dort unten kroch die endlose, flimmernde chinesische Schlange. Auf dem gleichen Weg, auf dem vor Jahrhunderten Reiter trabten, auf der Suche nach Beute. Dann erwachte ich und bemerkte den dunklen Schatten des Flugzeugs, der über goldene Bergrücken glitt. Die Sonne war gerade erst aufgegangen. Auch Temüdschins Krieger hatten bei ihrem Aufbruch nach Westen ihre Schatten gesehen, wenn hinter ihnen der Morgen graute.

Später, als wir nach drei Tagen Ulan Bator verlassen hatten, nach der ersten oder zweiten Übernachtung in der Steppe, machte ich mir bewusst, dass diese grasige Ebene für die Revolution eine Art gelobtes Land darstellte. An allen anderen Orten, in dem ganzen Raum, den die Roten in Brand zu setzen versuchten, war vorher schon etwas vorhanden gewesen. Städte, Häuser, Menschen, Materie der Vergangenheit. Hier dagegen dauerte seit siebenhundert Jahren unablässig die Gegenwart. Von Zeit zu Zeit stand hier oder da etwas aus Holz oder etwas Gemauertes, aber das meiste, fast alles war in Bewegung. Auf der Tausend-Tögrög-Banknote ist auf der einen Seite Temüdschin dargestellt, auf der anderen sein Wanderpalast. Auf einer riesigen vierrädrigen Plattform ist eine riesige Jurte aufgeschlagen. Gezogen wird sie von einem aus sicher dreißig Ochsen bestehenden Gespann. Hinten gehen Kamele und schleppen weitere Kostbarkeiten. Die Herrschaft zieht um. Sie muss keine materiellen Zeichen hinterlassen, weil sie eine Idee ist, die den Raum erfüllt. Von Ozean zu Ozean. Der Herrscher geht, und an der Stelle, wo sein Lager stand, wächst sofort Gras nach, und es ist wieder so, wie es vor hundert, vor tausend Jahren war. Das imponierte mir an diesem Land: die Gegenwart, die bis in die fernste Vergangenheit reichte. Das muss auch den Kommunisten imponiert haben. Es könnte ihnen vorgekommen sein, als nähmen sie an einer Art Steppen-Genesis teil. Die alte Herrschaft existierte nicht mehr. Sie hatte sich in eine allgegenwärtige Legende verwandelt. Geblieben war die Unendlichkeit der Steppe, die man mit einer neuen Idee erfüllen konnte, mit derselben Leichtigkeit, mit der der Wind den Raum erfüllt. Oder der Rauch, wenn auf der trockenen Ebene Gras verbrannt wird. Doch die ersten mongolischen Revolutionäre von Suche Bator brachen unter gelbroter Flagge auf, um der Notwendigkeit der Geschichte zu begegnen. Gelb stand für Buddhismus, Rot für Kommunismus. Ungern von Sternberg dagegen strebte danach, ein panasiatisches buddhistisches Imperium zu errichten, auf den Trümmern und Knochen von Juden, Kommunisten und dieser ganzen von der Syphilis des Materialismus befallenen Zivilisation. Hinter seinen Truppen zogen Wolfsrudel her. Eine Legende sagt, er sei nachts mit einem Gespann von Wölfen über die Hügel in der Gegend von Urga, das heißt, des damaligen Ulan Bator gejagt. Die Kasernen seiner Abteilung in Daurien sollen ausgesehen haben wie »mit Blut beschmierte Ruinen«. Es wäre ganz natürlich, wenn die Flamme der Revolution sich von der Mitte des Kontinents zu seinen Rändern ausgebreitet hätte. Ich lag auf dem Rücken, irgendwo zwischen Bulgan und Mörön, betrachtete die Sterne und stellte mir die Landkarte, stellte mir diese Flamme vor. Irgendwo ganz am Ende der Dunkelheit blitzte ein Krümel Licht auf, und ein Motorrad knatterte.

Wir hatten zu dünne Schlafsäcke und froren nachts. Am Tag waren es manchmal dreißig Grad, gegen Morgen um die null. Ich zog die Beine an, rollte mich zusammen und lauschte. Nichts. Einfach nichts. Als wären wir allein auf der Welt. Und kein bisschen Angst. Irgendwo war Russland, irgendwo war China. Ich lag im Dunkeln, mitten in der Nacht, im Innern des endlosen Raums. Er gab Sicherheit, war nur etwas kühl. Ich stellte mir den schwarzen Horizont vor. Ich hätte aufstehen, rausgehen und auf ihn zuhalten können, und mir wäre bis zum Morgengrauen nichts begegnet. Ein paar Steine, Tierknochen, keinerlei Hindernis. Man machte den Reißverschluss des Zeltes auf oder öffnete die Tür der Jurte, und gleich dahinter begann etwas wie die Unendlichkeit. Keine Wände, keine Mauern, keine Störungen des Horizonts. Alles Senkrechte war ein Gebilde der Natur. Manchmal trieb mich die Kälte bei Tagesanbruch hinaus. Ich kletterte auf den nächsten Hügel und wartete auf die Sonne. So war es irgendwo hinter dem Pass Höh Chötöl am Fluss Delgermörön. Das reine, grelle Licht des Morgens bewirkte, dass das, was Dutzende Kilometer entfernt war, ganz nah schien. Doch außer Landschaft gab es nichts. In den grünen Tälern lag Schatten. Die goldene Schlange des Flusses kroch hinter dem Horizont hervor. Sonst nichts. Um diese Zeit war es überall so.

Nach Westen, die ganze Zeit nach Westen. Wie damals die Reiter. Auf Schlaglöchern schepperten Töpfe und Teller. Thulga rauchte pausenlos, der Rauch vermischte sich mit dem Benzingeruch. Bisweilen fragten wir Hirten nach dem Weg. Die Pfade kreuzten sich, gabelten sich, verflochten und entflochten sich. In einer einsamen Jurte aßen wir zu Mittag. Die Frau jagte die Fliegen vom Fleisch, beseitigte mit einem Schnippen die Fliegeneier, zerhackte das große Stück und bereitete in einer halben Stunde eine Suppe zu. Die war gut.

Fettes Hammelfleisch mit Nudeln und Möhren. Auf dem Tisch stand ein Flasche Maggi aus Polen. Thulga sagte, das sei ein Restaurant, also ließen wir Geld da und fuhren dann weiter in der kühlen, windigen Hitze. Manchmal lagen Kamelherden auf der Straße. Unwillig standen sie auf und bewegten sich ein paar Kamelschritte zur Seite. Wir kamen an einem Traktor vorbei. Eine Familie lud eine zusammengefaltete Jurte und den Rest des Hab und Guts auf den Anhänger, um zu neuen Weiden weiterzuziehen. Wir begegneten zwei Jägern auf dem Motorrad. Sie jagten Tabargane, eine Art Springmaus oder Murmeltier, ein Nagetier der Wüste. Die Jäger hatten einen kleinkalibrigen Karabiner. Thulga verband mir die Augen, ließ mich niederknien und mimte vor dem Objektiv einen buddhistischen Taliban. Dann posierte ich mit der Waffe. Ich dachte, sie zerfällt mir in den Händen. Die Jäger schauten uns mit reglosen Gesichtern zu. Aus einem Bach schöpften wir Wasser in Plastikflaschen. Thulga zählte die Gaskartuschen. Ich zählte die Chinasuppen und Konserven. Der trockene Dung reichte nicht immer zum Feuermachen. Manchmal schoben wir das Auto an, um losfahren zu können. Ein Polizist mit seinem Sohn und einem Blechfässchen stieg zu uns ein. Sie fuhren anderthalb Tage mit uns. Er war der einzige Bulle, den wir unterwegs trafen. Zum Abschied schenkte er uns ein aus Holz geschnitztes, sitzendes Kamel. An dem Salzsee Uws kamen zwei Reiter auf uns zu. Sie zogen ihre Deels aus und schlugen lächelnd vor, wir sollten sie anziehen und dann ein Foto von uns machen. Die knielangen Mäntel waren schwer von Schafsfett, Rauch und all den Dingen, die man im Leben anfassen muss. Sie waren gelb, aus Seide. Dann tauchte vom

Horizont her ein Dritter auf. Er hatte nur Unterhosen an, galoppierte ohne Steigbügel und war betrunken und glücklich. Er ritt in das flache, salzige Wasser und fiel vom Pferd. Das beglückte ihn noch mehr. Er kletterte wieder auf den Sattel, rief uns etwas zu und jagte davon, auf den Horizont zu. Der See war achtzig Kilometer lang und ebenso breit. Er reichte bis zur russischen Grenze. Thulga nahm viel Zucker, daran musste ich denken, und ich kaufte ihm in einem kleinen Laden aus Holz, in den drei Leute passten, zweihundert Gramm Zucker in einem aus einer Zeitung gedrehten Tütchen. Manchmal stieg in der Ferne eine Staubwolke auf. Ein Auto kam uns entgegen, wir mussten die Fenster schließen. Einmal liefen uns in einer Siedlung drei sehnige Schweine in den Weg. Eines Nachmittags zog ein Sandsturm heran. Es war bei einer einsamen Kneipe, einem Bretterverschlag an der Straße. Es wurde so dunkel, dass wir unsere Gesichter nicht mehr sehen konnten. In dem hellen, milchigen Tee schwamm Fett. Aber wenn man dachte, es sei kein Tee, sondern Suppe, schmeckte es sehr gut.

Ulaangom, was kann man über Ulaangom schreiben … Dass wir nachmittags ankamen und das Gefühl hatten, immer noch in einem Vorort zu sein, und die Hitze wurde plötzlich schwer und gleichsam metallisch. Der Staub schmeckte nach Benzin. Mitten in der Stadt, auf einem Pfosten, in einem Gewirr von elektrischen Leitungen, saß ein großer Raubvogel. Auf dem Platz zwischen einem Kloster und dem Flughafen lagen gehörnte Viehschädel herum. Es gab eine Verbindung wöchentlich mit der Hauptstadt. Tief aus der Steppe kamen Reiter an und fanden sich sofort im Zentrum.

Der Wind trug Sand. Man musste sich daran gewöhnen, dass die Peripherie schon die richtige Stadt war. Unweit des Hauptplatzes bauten zwei Frauen eine Mauer aus Ziegeln. Sie sahen aus wie aus einem sozrealistischen Film. Allerdings lagen die Ziegel schief, und der Mörtel tropfte in braunen Klößen. Sie konnten keine Städte bauen. Sie konnten nicht in ihnen wohnen. Man sah mit bloßem Auge, dass sie zwischen Mauern ihre Kraft verloren. Man hat ihnen Leid zugefügt, indem man diese Betonsiedlungen errichtete und sie überredete, dorthin umzuziehen. Obwohl es stimmt, dass sie in der Steppe an Krankheiten und Hunger zugrunde gingen, wenn bei einer Katastrophe im Winter massenhaft Vieh umkam. Wenn die Sowjets ihnen nicht diese plumpen Städte gebaut hätten, hätten die Chinesen es getan. Dann wären sie zu einer Minderheit im eigenen Land geworden, so wie die Tibeter es bald sein werden. Hier sieht alles anders aus. Sogar der Kommunismus. Nach einigen Stunden im Staub und in dem nach Benzin riechenden Wind habe ich Durst. In einem kühlen, ordentlichen Geschäft finde ich mehrere Arten Dschingis Khan. Die Verkäuferin spricht Russisch. Sie fragt, ob mir die Stadt gefalle. Ich lüge und sage ja, dann gehe ich. Aber im Grunde genommen ist es nicht gelogen. Ulaangom gefällt mir. Bald werden hier alle zusammenkommen. Die Steppe ringsum wird sich leeren. Schon jetzt können sie ohne diese Läden nicht leben. In Motorradanhängern bringen sie Hunderte leerer Flaschen. Sie werden ihr Vieh verlassen und kommen, um diese Imitation städtischer Zivilisation nachzuahmen. So wie wir erfundene Europäer nachzuahmen versuchen, aus Resten zusammengenäht wie Frankenstein. Sogar ihr Präsident hat gesagt, um zu überleben, müssten sie ihr bisheriges Leben aufgeben. Am nächsten Morgen hatten wir kein Geld mehr, wir gingen zur Bank, um ein paar Dollar zu wechseln. An zwei Schaltern standen Schlangen. Die Angestellten, Frauen in Uniformjacken, tippten behutsam in die Tastatur. Zwischen ihnen spazierte der Chef und gab Ratschläge. Er war jung, groß, selbstsicher und trug ein weißes Hemd, eine Krawatte und einen schwarzen Anzug. Der Innenraum war modern und billig. Eine löchrige, verlassene Jurte war lebendiger und hatte mehr Charme. In einer Ecke stand eine Plastikpalme. Die Kunden waren hauptsächlich Hirten in abgewetzten, speckigen Deels und hohen Stiefeln. Sie rochen nach Rauch, Vieh und Menschlichkeit. Ihre Gesichter waren braun und faltig. Frauen und Männer. In der Hand hielten sie Bündel von Banknoten, auf denen ihr früherer Anführer, der die halbe Welt erobert hatte, und Pferde in der Steppe zu sehen waren. Dicht gedrängt standen sie da, eingeschüchtert von dem Angestellten, der in seinem traurigen Anzug schwitzte und sie ansah, als existierten sie nicht. Ich stand am Ende der Schlange und hatte Sorge, ob meine Dollars nicht zu schäbig wären, denn alte, abgenutzte nahmen sie nicht. So wird das Ende aussehen, dachte ich. Wir werden aus unseren Steppen kommen, auf irgendwelchen braunen Platten stehen, vor einem Schreibtisch aus Sperrholz mit einem PC aus China, und uns in die Hosen scheißen vor Angst, dass unser Geld oder unsere Kreditwürdigkeit nicht ausreichen. Aber ich mochte Ulaangom. Sie hatten dort alles. Diese Bank, ein Hotel aus grauem Backstein, diesen Staub mit dem Geschmack von billigem Benzin und ein geplantes Denkmal für Jumdschaagiin Tsedenbal auf dem Hauptplatz. Tsedenbal hatte fünfzig Jahre lang das

Land regiert. Das Projekt des Monuments wurde auf einer Plakatwand an der Straße vorgestellt. Sie hatten alles. Alle vergangenen und zukünftigen Epochen an einer Stelle versammelt wie in einem Freizeitpark. Ins Zentrum kamen sie zu Pferd. Große wilde Vögel schauten ihnen zu. Sowjetrussland hat ihnen Schutzimpfungen geschenkt, die verzweifelte Vision einer Stadt und ein Alphabet. Als Revanche für den Überfall Batu Khans vor achthundert Jahren, als die Mongolen die zerstrittenen russischen Fürstentümer besiegten und unterjochten. Die Meinungen gehen auseinander, aber auf längere Sicht scheint es sich für Russland gelohnt zu haben, denn es wurde Teil eines Weltreichs und konnte sehen, wie man anständig Krieg führt, Steuern eintreibt und die Endlosigkeit verwaltet. Das alles sollte sich in Zukunft als nützlich erweisen, zusammen mit der Idee des Imperiums und der Vorstellung von der unbeschränkten Macht des Khans. Der Preis – die Impfungen, die schon beim Erbauen zerfallenden Häuser und das kyrillische Alphabet – scheint nicht übertrieben gewesen zu sein.

Ja, das war also Ulaangom … Zwei Tage Halt, um das Stadtleben zu kosten und ein bisschen zu waschen in einem melancholischen Bad, denn zu guter Letzt hatte ich mir die Hose mit Hammelfett versaut. Ich trank warmes Bier, im Wechsel mit warmem Wodka, schwitzte und schaute aus dem Fenster. Es war im Parterre, daher konnte ich nicht viel sehen: eine braune Mauer, ein bisschen verrostetes Eisen, einen Zaun aus rohen Brettern und den grauen Filz der Jurten. Ein guter Ort, um über die Unendlichkeit nachzudenken. Etwas in der Art von Swidrigailows Bad mit Spinnen. Trinken, nachdenken und die Kraft verlieren. Dieses Land

hatte etwas an sich, dass man darin sterben wollte – sich ergeben und zuschauen, wie Vögel angeflogen kommen oder
das Delirium naht. Vielleicht verlor aller Schein hier seinen
Sinn. Das Zimmer war drei mal drei Schritte groß. Neben
dem Waschbecken hing ein Kleiderhaken aus Draht. Der
Tisch war rund. Für Thulga hatten wir auch die Übernachtung bezahlt, aber er war verschwunden, wir sahen ihn nur
von Zeit zu Zeit in der Stadt, wo er tausend Kilometer von
zu Hause irgendwelche Dinge erledigte. Wir gingen zur Polizei, um zu fragen, ob der Grenzübergang in der Nähe von
Tsagaanuur im Altai geöffnet sei, aber sie wussten nichts,
lächelten freundlich und sprachen nur Mongolisch. Sie hatten das ordentlichste Gebäude in der Stadt. Die zweistöckige
rote Fassade wurde von gleichmäßigen Pilastern aus weißem
Backstein unterteilt. Es war der erste September, die Kinder gingen wieder zur Schule. Aus den Jurten brachte man
sie in Internate. Jetzt erinnere ich mich, dass es fast keine
Bäume gab, daher diese quälende Hitze und der Staub, halb
und halb mit Luft gemischt. Ich habe geschaut, wie heute das Wetter in Ulaangom ist: minus vierundvierzig Grad
und leicht bewölkt, Wind aus Süden mit vier Stundenkilometern, Sichtweite fünfzig Kilometer. Ich wäre jetzt sehr
gern dort.

Doch schließlich fuhren wir weiter. Mit neuen Vorräten
an chinesischen Suppen, Hammelkonserven, Zwiebeln,
Brot, Tee und Cornichons aus Polen, die in jedem Geschäft
standen. Und in jeder Jurte, denn in die Gläser der Firma Ur-
banek stellte man Blumen für den Hausaltar. In Ulaangom
gab es sogar chilenischen Wein, also luden wir ein paar Flaschen ein. Und Dschingis Khan für Thulga. Nach Westen,

immer nach Westen, damit wir im Morgengrauen unseren langen Schatten vor uns sehen konnten. Wie sie einst. Wie in der »Geheimen Geschichte der Mongolen« von einem unbekannten Verfasser, die bis in unsere Zeit überdauert hat und erzählt, wie das alles war mit Temüdschin, seinen Brüdern und später seinen Söhnen, die die Welt beherrschten. Aber das Buch sollte nicht »Geheime Geschichte« heißen, sondern »Unterwegs«. Sie reiten ununterbrochen, ununterbrochen sind sie in Bewegung, reiten los und kommen an, jagen, erwischen, kehren zurück, ohne vom Sattel zu steigen, stärken sich mit getrocknetem Fleisch und Kumys, und wieder traben, wieder galoppieren sie weiter, durch diese Luft mit einer Sichtweite von fünfzig, von hundert Kilometern, durch diesen Raum, der keinen Widerstand leistet und daher suggeriert, man könne bis ans Ende der Welt gelangen. Und viele sind vor siebenhundert Jahren tatsächlich dorthin gelangt. »Noch in der Nacht gab er den in der Nähe lagernden zuverlässigen Leuten Bescheid. Sich zu erleichtern, entledigte er sich seiner Sachen und machte sich, fliehend, noch in der Nacht auf den Weg. Während sie auf der Nordseite des Berges Mau Ündür dahinritten, bestimmte er Jelme Qo'a von den Uriangqai, da er ihm vertraute, zur Nachhut an seiner Rückfront, nördlich des Mau Ündür. Er setzte Späher ein und zog weiter. Auf diesem Zuge, zu Mittag des nächsten Tages, erreichte er die Sandwüste Qalaljit, wo er eine Rast einlegte und wartete, bis sich die Sonne neigte. Während der Rast weideten Čigidei und Yadir, Alčidais Pferdehirten, im frischen Grase in Gruppen ihre Wallache. Da sahen sie die Staubwolke des Feindes, der sich von hinten näherte, an der Südseite des Mau Ündür entlang, am Hula'an Buruquat vorbei. ›Der Feind ist da!‹ – mit diesen Worten trieben sie ihre Wallache herbei.«

Unweit der Stadt begann die Straße, sich auf den Pass Ulaan Dawaa hochzuschrauben. Der lag fast zweitausend Meter hoch, der Motor heizte sich auf, und wir mussten hin und wieder anhalten. Wind wehte. Wir erreichten den Altai. Wenn wir Halt machten, ging ich los, ohne zu warten, bis der Motor abgekühlt war. Immer höher. Ich hielt Ausschau nach irgendeiner Art von Leben. Da lagen nur Skelette. In der Höhe segelte ein Vogel. Der ausgefahrene Weg verflocht und entflocht sich wieder, Felsen und Absenkungen umgehend. Von oben sah unser Lieferwagen aus wie ein weiterer Felsbrocken am Abhang. Die »Geheime Geschichte« besteht hauptsächlich aus Verben und Substantiven. Eine Erzählung, die sich für nichts entschuldigt. Vielleicht ist das Adjektiv eine Frucht des Zweifels und des schlechten Gewissens. Ich dachte, es wäre gut, dieses Land irgendwann zu Fuß zu durchqueren. Damit nichts entwischen kann. Um es im Maßstab eins zu eins zu berühren, als ginge man über eine plastische Landkarte in Lebensgröße. Ganz einfach. Denn man soll sich nicht vormachen, dass man es wirklich berührt. Es wird immer eine Karte sein, aber eine immer größere, der Haut immer näher. Mit ultraleichtem Zelt, mit Daunenschlafsack, mit guten Schuhen, mit minimalem Gepäck. Wie ein zu Fuß gehender heiliger Narr im Land der Reiter und Fahrer. So wie Konstantin Rengarten, ein Postbeamter aus Riga, vor hundert Jahren. Damals nagten in den Vororten von Urga Hunde an menschlichen Leichen, aber der Deutsche behauptete, es gebe nicht viele Orte auf der Welt, die für einen Reisenden so interessant seien wie Urga.

Er wanderte ohne Zelt, suchte Schutz in Jurten und lernte das Leben kennen. »Das Erste, was ich erblickte, war eine dicke Dame, die ihren Körper entblößt hatte und ihn mit dem an einem Stock befestigten Horn einer Kuh abrieb.«

Ich ging also bergauf, hinter mir der kleiner werdende Fleck unseres UAZ, und schmiedete Pläne für eine Rückkehr. Eigentlich schmiedete ich sie von Anfang an, als wir um sechs Uhr morgens mit dem Taxi vom Flughafen abfuhren. Die Hügel rings um das einstige Urga waren goldbraun. Die Stadt selbst wirkte menschenleer, und über die Straßen legten sich schwarze Schatten. Schon damals plante ich die Rückkehr.

An jenem Tag gelangten wir nach Tsagaan Nuur. Doch zuerst verließ Thulga den eingefahrenen Weg und fuhr Abkürzungen. An einem Fluss fanden wir zwischen hohem Schilf ein paar ärmliche Jurten. Es waren Bekannte von Thulga. Sie bewirteten uns mit Tee und getrocknetem Käse. Aus einer Fünfliter-Plastikflasche, die vorher Motoröl enthalten hatte, schenkte uns der Hausherr Archi ein. Dieses Destillat aus Kumys hatte nicht mehr als fünfzehn Prozent und schmeckte wie leicht säuerliche Molke. Wir saßen auf kleinen, abgewetzten roten Teppichen. An den Wänden wuchs Gras. Das ganze Zeremoniell, das Einschenken, das schluckweise Trinken, Nachschenken, Weiterreichen an den Nächsten, war Hunderte Jahre alt. Alles hier war älter, als es aussah, als man sich vorstellen konnte. Ich betrachtete ihre dunklen Gesichter, die schlanken Körper, bekleidet mit chinesischem Billigkram. Sie waren höflich und zurückhaltend. Doch weder reserviert noch ostentativ. Hier hätte der Schah von Persien oder der König von Belgien kommen können, sie hätten kein Problem damit gehabt, wie sie sich verhalten sollten. Sie wussten einfach immer noch, wer sie sind. Und wir, die ziellos Reisenden, waren für sie keineswegs Vorboten für Veränderungen, wir mit unserer blassen Haut, mit Schuhen von Salomon und Fotoapparaten von Pentax, mit diesem totalen Fehlen jeder Begründung für unsere Anwesenheit hier, mit unseren Launen. Sie empfingen uns, als wären wir Kinder desselben Raums, Bewohner derselben Geschichte, die seit Urzeiten erzählt wird.

Später fuhren sie uns mit ihrem UAZ hinterher, um zu sehen, ob wir es schafften, den vom Regen angeschwollenen Fluss zu durchqueren. Und noch vor Sonnenuntergang waren wir in Tsagaan Nuur.

In eisigem Wind und im Halbdunkel schlugen wir die Zelte auf. Unten glommen die gelblichen Lichter kasachischer Lehmhütten. Der Übergang war schon geschlossen, am Morgen sollte er wieder geöffnet werden. Wir tranken im Stehen Tee und fürchteten uns vor der Kälte der Nacht. Der September begann. Der Grenzpass lag auf der Höhe von zweieinhalbtausend Metern. Einzelne Hagelkörner schlugen an das Überzelt. Wir zogen alles an, was wir im Rucksack hatten. Es wurde dunkel, und wir hatten nichts mehr zu tun. Da bewegte sich ein paar Meter weiter im Dunkel ein heller Fleck. Ein Tier. »Das ist ein Argali«, flüsterte Thulga. Der große Bock dieses Wildschafs mit den spiralförmigen Hörnern ging ganz ruhig mitten durch unser Lager. »Ist das gut?«, fragte ich. »Ja, sehr gut«, sagte Thulga mit freudig angespannter Stimme. Gleich darauf war der gute Tiergeist in der Dunkelheit verschwunden.

Bei Tagesanbruch, sobald ein wenig Licht ins Zelt drang, stand ich auf. Ich stand auf, aber ich war nicht sicher, ob ich überhaupt geschlafen hatte. Ich ging in den eisigen Morgen hinaus. Der Himmel war grau, schnelle Wolken zogen vorbei. Ich war also nicht sicher, ob ich geschlafen oder die ganze Nacht über das Land nachgedacht hatte, das wir heute verlassen wollten. Vielleicht hatte ich meine eigenen Gedanken geträumt, ich weiß es nicht. Ich ging eine nackte Böschung hinauf. Ich war allein. Bergrücken für Bergrücken, Gipfel für Gipfel, in östlicher Richtung war ich, so weit das Auge reichte, vollkommen allein. Hinter dem letzten Grat schimmerte das matte Silber des aufgehenden Tages hervor. Dieses Land verschluckte sowohl die Gedanken als auch die Blicke. Nichts blieb übrig. Ein nacktes Skelett. Vögel, die hoch oben langsame Kreise zogen. Alles versickerte spurlos in diesem weiten Raum. Jedes Leben wurde hinfällig und zugleich zu etwas Größerem, zu etwas, das ich nicht zu benennen vermochte, von dem ich aber wusste, dass es existierte. Jedenfalls damals. An jenem Tag in Tsagaan Nuur, als wir das Land verließen, und am Mittag an dem verlassenen Grenzübergang, wo es weiß war vom Hagel. In Tsagaan Nuur, von wo es bis zum russischen Posten in Taschanta noch vierzig Kilometer Niemandsland waren.

Als wir aus der Mongolei nach Russland kamen, begann sofort der Asphalt. Im Übrigen war diese Grenze recht seltsam. Wir standen vier Stunden vor einem Eisentor. Das Tor trennte den Posten von der Einöde. Vom Nichts. Von nackten, steinernen Hügeln ohne Ende. Hin und wieder kam ein Soldat, machte auf und ließ einen durch. Eine Art Festung. Aber so sollte es sicher sein – dass man dieses Nichts beherrschte. Die reine Idee, hergestellt aus Draht, Eisenrohren, Gitter, und manchmal kam dieser junge Soldat, machte auf und ließ ein oder zwei Autos durch. Fünf Autos in vier Stunden. Da war ein Geländewagen mit einem unverschämten Mongolen aus Ulan Bator, der sich vordrängelte. Total zu Schrott gefahrene koreanische Lieferwagen der Marke Santana, voll mit Kasachen und Teppichen. Ein Scheißhäuschen aus Holz. Daneben hockten Frauen in langen Kleidern. Eisiger Wind. Ich stieg ein und stieg wieder aus. Zum ersten Mal seit Jahren wollte ich rauchen. Ich beneidete den Fahrer um diese Züge im kalten Wind, in dieser übermäßigen Weite mit diesen horrenden Zäunen und Toren. Da drinnen tat sich anscheinend etwas, da wurde abgeladen, durchsucht, da wurden Packen von den Dächern geholt, jene gerollten Teppiche, und durch eine Glastür hineingetragen. Auch die Kinder, fünfjährige Knirpse, trugen etwas, furchtbar stolz auf die Schlepperei. Aber alles war irgendwie neurotisch, stockend. Fing an, brach wieder ab. Und in der majestätischen, unbewegten Landschaft nahm es sich seltsam aus.

Schließlich fuhren auch wir hinein, und gleich fing die Nervosität an. Wir mussten das Gepäck nehmen und uns durchquetschen. Hinter uns kam niemand mehr, aber da war ein Gefühl von Zwang, das einen unter Druck setzte. Das russische »*skoreje*« hing in der Luft. Zwischen unserem Fahrer, einem kleinen Kasachen, der kaum an die Pedale reichte, und den Uniformierten musste es einen Deal gegeben haben; er schob seine Passagiere einfach durch die auseinandergerissenen Ladungen der anderen Lieferwagen, durch das Schlachtfeld von Koffern und Bündeln. Die Kinder schlugen zwischen dem mittelasiatischen Hab und Gut fröhliche Purzelbäume. Man trieb uns in einen engen Korridor mit einem Durchleuchtungsgerät, so einem wie am Flughafen, und befahl uns, das Gepäck durchzuschieben. Es war so eng, dass man sich nicht umdrehen konnte. Draußen Millionen Hektar Leere, und hier wie im Unterseeboot. Ich hatte idiotische Gedanken: Gleich konfiszieren sie mir das Messer, das ich im Rucksack habe; das ganze Land auf der anderen Seite ist wie ein riesiger Flughafen oder ein Schiff, sie fürchten sich vor Fremden und nehmen daher alles weg, Messer, Feuerzeuge, Fotoapparate, Bücher mit lateinischen Buchstaben, Notizbücher. Später, als diese fürchterliche Kontrolle vorbei war und wir wieder in die Kälte hinausgingen, kam mir in den Sinn, dass in einem so großen Land eigentlich alle fremd sind. Denn so ein Land kann man nicht einfach anständig bewohnen, sich daran gewöhnen, sich zu Hause fühlen. Oder sie mussten dafür eine Methode haben, die anderen Menschen fremd ist.

Wir gingen zu den Häuschen, wo die Typen von der Passkontrolle saßen. Ich schob die Hand durch den halboffenen Schalter. Drinnen war es heiß.

Und es begann richtiger Asphalt mit einer weißen, gestrichelten Linie in der Mitte. Das war der Tschuja-Trakt. Wir fuhren nach Kosch-Agatsch, weil der Name uns gefiel. Mit uns fuhren Frauen aus dem Altai. Händlerinnen. Sie fürchteten, dass die Mongolen asphaltierte Straßen durch ihr Land bauen, dass die Chinesen kommen könnten und alles vorbei wäre. Aber vorläufig war die Straße leer. Auf dem Seitenstreifen lagen hier und da irgendwelche Alteisenteile. Die Tiere waren verschwunden. Der Name »Kosch-Agatsch« war schön, außerdem wollte ich ein paar Tage in der Nähe der Grenze verbringen. Ich wollte sehen, wie das Land endet, das ich seit meiner Kindheit kannte. In dessen Schatten ich gelebt hatte. Es erhob sich am Horizont wie ein hochkant gestellter Kasten, wie der Bruchteil eines Kontinents, in die Erde gerammt wie ein Grabstein. Grau, kalt, fern. Ich kannte es seit der Kindheit, aber nie zuvor war mir in den Sinn gekommen, dort hinzufahren, auch nur einen Schritt in diese Richtung zu tun. So sehr war es gegenwärtig. Seine unsichtbare Existenz sättigte die Luft. Jetzt erinnere ich mich daran. Flucht kam nicht in Frage. Woran immer man dachte, dieses Land war sowieso größer. Man konnte an Frankreich denken, an Europa, an Amerika, aber die Flucht vor dem Schicksal schien unmöglich, denn aus der Umarmung der Geographie konnte man sich nicht befreien, den Geburtsort konnte man nicht ändern. Umso mehr, als Frankreich wie auch Europa diese geographische Falle am Arsch vorbeiging. Für sie war das der Osten, und der Osten hatte verdient, was er bekommen hatte. Ich wollte ein paar Tage in Kosch-Agatsch bleiben, weil meine Kindheit mich interessierte. Erst jetzt konnte ich mir alles genau anschauen. Das andere Ende der Landkarte – vierzig Jahre später. Der kleine Fahrer ließ uns mitten in der Siedlung raus, an einem Gebäude, das aussah wie eine Ruine. »Das ist ein Hotel«, sagte er und fuhr weg. Heraus kam Sergej und sagte, er nehme dreihundert Rubel die Nacht. Er war schlank, nicht groß, dunkelhaarig und lächelte schüchtern. Bald darauf zeigte sich, dass es sich nicht um eine Ruine, sondern um einen Ausbau handelte. Es war ein Graben für ein Fundament ausgehoben, Kies wurde gebracht und ein Betonmischer mit Kurbel stand da. Woran erinnerte dieses Gebäude? An ein altes Schiff, das an Land liegt, wo bis zum Horizont kein Wasser zu sehen ist. Über die Breite eines Stockwerks erstreckte sich eine verglaste Veranda. Wir gingen über eine eiserne Außentreppe hinein. Drinnen herrschten Sauberkeit und Armut. Ausdruckslose Dinge und Geräte standen und lagen an ihrem Platz. Gasherd, Spüle, Wachstuch, irgendetwas mit Beulen und Scharten, aber auf stille und heroische Weise immer noch nützlich. Ein Bad mit vergilbter Duschwanne und rosa Kloschüssel, bedeckt mit einem blauen Brett aus dünnem Plastik. Dafür war ich hierhergekommen, an den Rand der Landkarte, um mir diese Dinge anzusehen. Um Einzelheiten zu finden, Details dieses gewaltigen, ungeheuren, zwischen den Ozeanen liegenden Ungetüms. Das Fenster des Zimmers ging auf die Höfe. Die Häuser waren einstöckig, der Ausblick zog sich daher bis zu den weißen Bergen am Horizont. Einige Gehöfte weiter stand eine Moschee aus grün gestrichenen Brettern. Ihr Minarett ragte kaum über die Dächer der Hütten hinaus. Mit Silberblech beschlagen, erinnerte es an eine Kirchenkuppel. Das Dorf bestand fast ausschließlich aus Holzhäusern. Das Hotel hieß Transit. Sergej zeigte uns die Kneipe. Sie gehörte ebenfalls ihm und hieß genauso wie das Hotel. Die kleine, mit Lehm verputzte Baracke stand an der Straßenkreuzung. Morgens und mittags aß ich Buchweizen mit Gulasch. Drinnen war es wie in unserem Hotel: asketisch, alt, sauber. Ja, es erinnerte an meine Kindheit, denn die Armut setzte die Phantasie in Gang. Holz, Wachstuch, weißes Steingut, poröses Aluminium. Von allem gab es nur wenig, deshalb konnte man so leicht in Träume flüchten. Die Materie leistete dem Geist keinen Widerstand, und man konnte diese Revolution machen. Ganz einfach – nichts zu verlieren. Ich aß mit einem Aluminiumlöffel mein Rindergulasch mit Buchweizen, und dann ging ich hinaus, um zu schauen, wie aus dem Innern des Staates Autos kamen. UAZ und koreanische Santanas. Manchmal ein Bus mit einer Schnauze wie ein LKW. Manchmal ein Japaner mit dem Lenkrad auf der anderen Seite. Viele gab es nicht. Rasch verschwanden sie spurlos im Landesinneren. Nach Nowosibirsk waren es achthundertsiebenundachtzig Kilometer. Ich saß da und stellte mir diese Entfernung vor. Kilometer für Kilometer, Kurve für Kurve, ein Kosch-Agatsch nach dem anderen. Wie bei einem Rosenkranz, wie bei einer Meditation, von der die Landschaft zerbröckelt, der Raum verglimmt und sich endlich etwas enthüllen soll. Wie in der Kindheit, wenn alle Gedanken aus dem Geist verschwanden und der reine, nackte Blick, das Schauen in den Sommertag blieb. Es war also keine materia-

listische Revolution. Sie war antimaterialistisch, ein An-
schlag auf das Sichtbare und Greifbare. Es sollte verschwinden und nie wieder stören, uns nie wieder vom Nichts
trennen. Von der Leere, in der die Vorstellung unendlich an-
schwellen kann. Ein gequälter Einwohner kam auf mich zu.
Er musste nichts sagen. Ich gab ihm einen graubraunen
Zehnrubelschein. »Hier kam Tschiklin auf die hohe Vortrep-
pe heraus und löschte die Lampe des Aktivisten – die Nacht
war auch ohne Petroleum hell vom frischen Schnee. ›Geht's
euch jetzt gut, Genossen?‹, fragte Tschiklin. ›Ja‹, kam vom
ganzen Orghof. ›Jetzt spüren wir nichts mehr, in uns ist nur
Staub geblieben.‹ Woschtschew lag abseits und konnte
einfach nicht einschlafen ohne die Ruhe der Wahrheit in seinem Leben – da stand er auf aus dem Schnee und ging mitten unter die Menschen. ›Grüßt euch‹, sagte er dem Kolchos
und freute sich. ›Ihr seid jetzt geworden wie ich – ich bin
auch nichts.‹ – ›Grüß dich!‹, freute sich der ganze Kolchos
über diesen einen Menschen.« Ich saß an der Sowjetskaja
Uliza 78 und betrachtete die blauen Santanas mit großen
gestreiften Säcken auf den Dächern. Sie hielten mitten in der
Siedlung an, und die Leute stiegen aus, um eine zu rauchen
und die Glieder zu strecken. Dann fuhren sie weiter. Die
Luft des Altai schloss sich hinter ihnen, als wären sie nie da-
gewesen. Mit Buchweizengrütze vollgefressen, gab ich mich
der Meditation hin. In diesem Frühjahr habe ich zwei Wochen in Amerika verbracht. Zwischen New York und Chica-
go gelobte ich mir, das sei erst der Anfang, ich würde bestimmt wiederkommen, um kreuz und quer durch dieses
verrückte Land zu fahren, das alle Völker der Welt lockt und
fasziniert. Es genügt, mit der Linie vier, fünf oder sechs

durch den Abgrund von Manhattan zu fahren, um sich davon zu überzeugen. Und jetzt saß ich in der Sowjetskaja 78 und schaute, wie der Staub aufstieg. Manhattan hatte sich entfernt und war auf seinen Platz zurückgekehrt. Ich saß am Rande des Dritten Roms und betrachtete das magere Vieh, das von den Weiden zurückkehrte. Die Luft roch nach trockenem Mist und Benzin mit niedriger Oktanzahl. Ich wusste, dass ich nicht wieder nach Manhattan fahren würde. Ich würde keinen Groschen dafür ausgeben und keinen Tag opfern, um dorthin zu gelangen. Ich war ein Loser und liebte die Endzeit. Das Scheitern in kosmischer Größenordnung gefiel mir. Ich saß vor der Kneipe mit dem Namen Transit und schaute, wie das Dritte Rom das Ohr an die Steppe hielt und nach China lauschte. Auf das emsige Ameisengewusel. In Tschita habe ich auf dem Bahnhof eine Wartehalle für Chinesen gesehen. Fügsam saßen sie zwischen ihren karierten Taschen. Die Polizei hatte sie im Auge. Einen Ausgang gab es nur zum Zug. Sie aßen ihre Suppen, tranken ihren Tee. Aber wie viele Händler kann die Polizei bewachen? Eine Million? Zwei Millionen? Eine Milliarde schließlich nicht. Sie würden kommen und diesen – scheinbar unausgefüllten – Raum ausfüllen. Ihn mit menschlichem Fleisch sättigen, damit er aufhörte, an den Kosmos oder die Ewigkeit zu erinnern. Sie würden ihn bevölkern und in ein Gewimmel verwandeln: Tausch und Gewinn. Mit einem alten Mercedes kam ein vierzigjähriger Tschetschene an. Im Auto saßen zwei Frauen. Er ließ sich auf ein Gespräch mit Sergej ein. Nach fünf Minuten redeten sie nur noch darüber, dass es früher besser gewesen sei. Nach einer Viertelstunde, als die Frauen, ohne aus dem Auto zu steigen, den Tee ausgetrunken hatten, brachen sie nach Süden auf, Richtung mongolische Grenze. Ja, früher war es besser, und so wird es nie mehr sein. Zuerst damals, als sie nach Osten zogen und die Erde endlos und beinahe menschenleer schien. Der Kosake Jermak mochte sich wie ein Urvater gefühlt haben: Er gab den Orten, auf die er stieß, Namen. Die Stroganows hatten von Iwan dem Schrecklichen ein Territorium von der anderthalbfachen Größe der Benelux-Länder erhalten, praktisch unbewohnt. Wochenlang, Tausende von Kilometern konnte man wandern oder auf Flüssen fahren, ohne jemandem zu begegnen. Vierhundert Jahre nach Jermak und den Stroganows breite ich die Landkarten des nördlichen Ostens aus, und darauf ist im Prinzip nur Grün, hier und da durchzogen von blauen Adern. Der Autoatlas, den ich mitgebracht habe, erfasst ein Viertel des Landes gar nicht, weil es dort weder Autos noch Straßen gibt. Es wird nie wieder so werden wie früher. Denn als sie mit dem Raum fertig waren, als sie den Umriss des unendlichen Landes abgeschlossen hatten, begannen sie, an der Zeit herumzubasteln. »Tschiklin zog die gesteppte Wattejacke und die Schuhe aus und lief auf Socken über den Boden, friedlich und zufrieden, dass jetzt niemand mehr Nastja ihr Teil am Leben auf der Welt würde nehmen können, dass der Lauf der Flüsse nur in die Meeresabgründe geht und die auf dem Floß Davongeschwommenen nicht zurückkommen werden, um den Hammerschmied, Michail, zu quälen; jene namenlosen Leute aber, von denen nur Bastschuhe und Zinnohrringe geblieben waren, sollten nicht ewig in der Erde schmachten, aber sie würden sich auch nicht erheben können. ›Pruschewski!‹, Tschiklin wandte sich zu ihm um. ›Ja‹, antwortete der Ingenieur; er saß in der Ecke, den Rücken dort angelehnt, in gleichgültigem Schlummer. (...) ›Pruschewski! Werden die Erfolge der höheren Wissenschaft die verfaulten Menschen zurück zum Leben erwecken können, ja oder nein?‹ – ›Nein‹, sagte Pruschewski. ›Du lügst‹, grollte Shatschew, ohne die Augen zu öffnen. ›Der Marxismus wird alles können. Weshalb liegt denn Lenin in Moskau ganz heil? Er wartet auf die Wissenschaft – will auferstehen!‹«

Wir gingen die Landstraße entlang, um sie gleich hinter der Brücke zu verlassen und in die Randgebiete zu gelangen. Alles war aus grauem Holz. Aus wettergegerbten Brettern. Geplagt, dem Wind aus dem Altai, der Gobi, der Taklamakan ausgesetzt, aus dem Innern der trockenen Erde. Als hätte man Hölzchen hineingesteckt gegen den Kosmos. Aber es existierte, und die Hunde kamen an die Gartentore gekrochen, um uns anzubellen. In grünen Tümpeln lag graues Plastik. Die Straße wand sich zwischen den letzten Behausungen. Es roch nach Harz. Frisch gesägte Bretter lagen auf einem Stapel und warteten, bis sie an der Reihe waren. Sie warteten, dass diese Unendlichkeit sie allmählich zunichtemachen würde, sobald sie einen Zaun oder ein Haus bildeten. In der Ferne, hinter den letzten Häuschen, stand eine einsame Jurte. Das war die einzige Methode, mit diesem Raum fertigzuwerden: umziehen, sich ergeben, mit ihm in den Abgrund fließen, sich über die Dämme der Längen- und Breitengrade ergießen. Diese Häuser hatten etwas Tragisches. Als hätte die Natur selbst sie hierhergeworfen, sie in die Erde gerammt, um sie dann langsam und unerbittlich zu grauem Staub zu zerreiben. Es gab keine Revolution, denn bevor sie beginnen konnte, war sie schon gestohlen worden.

Aus dem Himmel, aus dem Kosmos, aus der Ewigkeit auf die Erde geholt und in den Staub geschleudert wie die Häuser von Kosch-Agatsch. Deshalb wurde Kosch-Agatsch keine Erlösung zuteil, und es steckt da wie eine tragische Handvoll Reisig, dem Abgrund zum Trotz. Mein Exemplar der *Baugrube* hat, locker gerechnet, zwanzigtausend Kilometer hinter sich. Eine bescheidene Ausgabe aus dem Jahr 1990 mit der Reproduktion eines Bildes von Hieronymos Bosch auf dem Umschlag. In Anbetracht dieser Entfernung, der Steppen und Wüsten, hat es sich nicht schlecht gehalten. Ich musste es nur mit einem grauen Band kleben, mit dem man schadhafte Leitungen im Motor und eine auseinanderfallende Karosserie reparieren kann. Ich habe das Buch in Flugzeugen, in Zügen, auf Bahnhöfen, am Lagerfeuer gelesen. Ich habe mir vorgestellt, wenn ich es auf diese Reisen mitnehme, wird die Geschichte das entsprechende Gewicht bekommen. Sie wird zu einer Art Wahrheit werden, ähnlich den realen Ereignissen. Ich wollte Platonow bei mir haben, wenn ich mir all das anschaue. Weil ich wusste, dass ich zu dumm bin, zu sehr an eigenen und fremden Urteilen hänge. Wäre Platonow nicht gewesen, so wäre ich nie hierhergekommen, denn vorher habe ich nicht gewusst, dass es darum ging, den Kosmos für ungültig zu erklären. Dass es um die Erlösung von Kosch-Agatsch ging. Um das Zuschütten des Grabes, das die Welt war, denn die Toten sollten auferstehen bis zu den ältesten Generationen, bis zu Eva und Adam, und die Lebenden sollten nicht mehr sterben. So sollte es sein. Daran glaubte der Schlossersohn aus der Gegend von Woronesh, und dann erlebte er das Scheitern des größten Vorhabens in der Geschichte der Menschheit. Deshalb bin ich dorthin gefahren. Deshalb versuche ich jetzt, am Aschermittwoch, dies zu beschreiben. Diesen Kataklysmus, in dem die menschliche Energie für einen Moment, oder vielleicht nur in Platonows Phantasie, die Kraft eines Elementes erlangte, wie zu Anbeginn der Schöpfung, und alles möglich wurde, einschließlich der Umkehrung der kosmischen Gesetze und der Erweckung der Toten. Als wir schon recht hoch oben waren, sahen wir die Unermesslichkeit Asiens und Kosch-Agatsch, diese Handvoll Späne, unter dem gleichgültigen, schönen Himmel verstreut. Es hatte keine Chance. Aschermittwoch. Mein Gott, dieses trostlose geistige Elend der kalmückischen und ossetischen Versager und Ganoven. Ihre Ideen, die Welt zu elektrifizieren und dann bei Lampenlicht die Armen gegen die Reichen aufzuhetzen, die Dummen gegen die Klugen, die Hässlichen gegen die Schönen, die Jungen gegen die Alten. Elektrizität und Hass. Was hatte das mit Revolution zu tun? Nichts. Es war nur Plünderung im globalen Maßstab, und Kosch-Agatsch bekam einen Rest, einen Fetzen davon ab statt der Unsterblichkeit. Statt der Befreiung aus der Tretmühle von Geburt und Tod – eine staubige Straßenkreuzung in der Nähe von Grenzen, die von Angst und Rekruten in ausgelatschten Schuhen bewacht werden. Ohne die *Baugrube* wäre ich also nie hierhergekommen und den Hang des Kuraiski Chrebet hochgeklettert, um die menschlichen Behausungen von oben zu betrachten. Hundertsechzig Seiten Erzählung von einem Untergang, der an eine zweite, verzweifelte Genesis denken lässt. Als ich im Sommer in Bratsk gelandet bin, sah ich, wie grauer Regen auf alten Beton fiel, auf Rost, auf geborstenes Glas. In einem Augenblick, in einem seltsamen, hellen Aufblitzen, begriff ich, dass ich hier die Spuren einer Niederlage sah. Doch keineswegs der Niederlage, über die wir gewohnt sind, uns überheblich, verächtlich und mit Genugtuung auszulassen, nämlich, dass der russische Kommunismus untergegangen, dass diese Erfindung wilder, ungewaschener Horden zu Staub zerfallen ist, und zwar mit unserer Hilfe, dank unseres ewigen Drangs nach Freiheit. Denn wir hatten nur die Reste ergattert. Als in Bratsk der Regen auf bröckelnden Beton, verrostetes Metall und stumpfes, graues Glas fiel, begriff ich, dass hier, in diesem Land, alles vom Scheitern durchdrungen war, in einer Größenordnung, von der wir keine Ahnung haben. Wir haben uns eine altmodische, antiquarische Revolution vorgestellt, in der die einen den anderen etwas wegnehmen und das Eigentum sowie den überflüssigen Teil der Gesellschaft liquidieren. Wir haben den Zusammenbruch gesehen und dachten, es sei ein Sieg. Doch diejenigen, die den wirklichen Sinn kannten, wussten, dass es um die Annullierung der Materie ging, um die Überschreitung der Materie. Der Materialismus war feige. Schließlich ging es nicht um eine infantile Abschaffung des Eigentums, sondern um die Abschaffung seines Gegenstandes. Die Unterschiede schaffende, die Menschen trennende Materie sollte in die Vergangenheit abtreten, zu all den anderen vergangenen Formen des Aberglaubens. Ich weiß nicht, warum ich das in Bratsk begriffen habe, als das Flugzeug auf dem feuchten, geborstenen Beton zum Stehen kam. Oder besser gesagt, ich begann es zu ahnen. Mit Platonow in der Seitentasche meiner Hose. Und später in Kosch-Agatsch, in Krasnokamensk, in Sabaikalsk, in Ongudai, wo sie uns in keinem Hotel wollten, und in Nowosibirsk, wo drei Tage lang kalter, schwarzer

Regen fiel. Und jetzt, am Aschermittwoch, da ich das alles schreibe.

Am Nachmittag fragte uns im Laden, einem niedrigen Holzgebäude, die Verkäuferin nach Geld. Nach Münzen aus der fernen Welt. Sie saß an der Kasse. Schmal, blass, still. Wie eine Erscheinung sah sie aus in dieser windigen Prärie. Sie sammelte Münzen. Kleine Metallscheiben mit Buchstaben in einem fremden Alphabet. Wir gingen ins Hotel Transit. O. brachte Euro, ich Zloty. Wir versuchten, die Kompliziertheit der Währung des vereinigten Kontinents zu erklären, aber sie drehte die Münzen zwischen den Fingern, als wären es Relikte ferner Länder, in denen Bilder von Städten, Häusern, Menschen und Tieren erhalten geblieben sind. O. sagte, er lebe in Berlin. Mit einem Lächeln – ob es uns oder eher ihren Gedanken galt, weiß man nicht – sagte sie fragend: »Das ist Berliner Geld ...« Nicht ausgeschlossen, dass sie Berlin gesehen hatte, wie man als Kind ferne Länder gesehen hat, auf monochromatischen, unscheinbaren Briefmarken. Sie waren wie Fenster, die sich zur Unermesslichkeit des Unbekannten und Schönen öffnen. Ich kaufte Wodka, und wir gingen. Auf der großen Weide rund um das Lenin-Denkmal trippelten Ziegen, der Wind jagte Staub. Die Menschen saßen irgendwo, geschützt vor diesem Wehen aus der Unendlichkeit. Nur wir trieben uns herum und mit uns die Ziegen. Noch in diesen Laden, in jenen, um uns die Realien anzusehen. Es gab von allem mehr als in der Mongolei. Volle Regale. Wohlstand. Plastik, Aluminium, Farben. Alles in Kyrilliza, und man musste ein bisschen raten, es war geheimnisvoll wie im Sesam-öffne-dich. Unter den niedrigen

Decken der sesshaften Häuser, zwischen diesem vom Wetter gegerbten Holz, mit dem Staub der Gobi in der Luft. Natur, Natur, ein paar Bretter, Balken, Häuser, die diskret und fast natürlich aus dieser Natur herausschauen, und plötzlich dieses Chaos von Farben, Glanz, Blendung. Als hätte jemand eine Handvoll geschöpft und zum Trost in die Gegend geworfen. Verpackungen. Irgendwie sah es pornografisch aus. Diese Schamlosigkeit inmitten der harmonischen Steppentöne, die sich bis zum Horizont streifelten. Und zugleich verzweifelt, denn die Waren befanden sich Dutzende, Hunderte von Kilometern voneinander entfernt, und dazwischen nur diese Leere, die totale Antiware, ein Nichts, nicht zu füllen mit Alufolie, Vergoldung, Angebot und Vertrieb.

Aber ich hatte meinen Wodka und ging ihn trinken. Er schmeckte mild und leicht. Wie mit reiner Luft durchsetzt. Irgendwo hinter mir, hinter der Wand, hinter Kosch-Agatsch ging die Sonne unter. Über den Dächern aus Eternit sah ich in der Ferne die Gipfel des Altai. Im letzten Licht des Tages waren sie schwarz-golden. Im Zimmer nebenan hörte ich Männerstimmen. Vom Flur kam der Geruch von gebratenem Fisch. Ich trank Wodka, der wie kalte Luft schmeckte, und erinnerte mich an die Vergangenheit. Ich erinnerte mich an den unablässigen Niedergang, an dem ich teilgenommen hatte. Die sechziger, die siebziger Jahre. Die Wirklichkeit sah aus, als wäre sie verbraucht, geplagt. Sogar den Kommunismus bekamen wir, als er schon angeschlagen war. Sie schickten ihn her, als man schon wusste, dass er nie funktionieren würde, dass er eine leblose Puppe war, die man lediglich an Strom anschließen und zum Zucken bringen konnte. Die

Starre hing in der Luft. Wie über einer Müllhalde. Noch war der Gestank der verbrannten Körper nicht verweht, und schon hatten wir die Leiche der Weltrevolution. Die Überbleibsel ... Als wäre es unsere Berufung, die globalen Niederlagen anzuschauen. Deshalb saß ich in Kosch-Agatsch, an dem Fenster mit dem abendlichen Ausblick auf den Altai, mit meinem Wodka. Ein Sohn meines Landes.

Nach Murgob fahren, dachte ich, um zu sehen, wie aus Xinjiang chinesische Lastwagen kommen. Ein paar, vielleicht auch ein Dutzend täglich. Außer Ersatzrädern transportierten sie jeweils mehrere Ersatzreifen, mit Gurten an den Anhängern befestigt. Hinter den verdunkelten Scheiben konnte man kaum die Gesichter der Fahrer sehen. Aber man muss ja einen Grund haben, um hierher zu fahren. Vorher, in Kirgistan, auf der Straße nach Osch, waren es ebenfalls viele gewesen. Sie transportierten Rüstungsstahl, Zement, Beton- und Stahlelemente von Viadukten, Brücken und Hochstraßen für den kirgisischen Straßenbau. Hier fuhren nur Sattelschlepper, und man konnte nur vermuten, was sie geladen hatten. Wahrscheinlich transportierten sie alles, was die Menschen in diesem Teil der Welt brauchten. Ich saß in Murgob auf einem Hügel vor dem Haus und schaute, wie sie fuhren. Und ich stellte mir vor, was da drinnen war. All die Dinge, die im Osten in Mengen und Variationen produziert wurden, die gegen unendlich tendierten. Ich schaute, wie sie durch Murgob zogen, wo es fast nichts gab. Warmes Mineralwasser mit dem Namen Dschalalabad und warmes Bier der Marke Baltika. Weil es ständig an Strom fehlte, ich weiß nicht einmal, ob es Kühlschränke gab. Aber das warme Bier störte mich nicht. Es war trotzdem kühler als die Luft um acht Uhr morgens. Ich stand bei Tagesanbruch auf, trank Kaffee, zählte die Lastwagen und wartete, bis die anderen aufwachten.

Murgob mit seinen sechstausend Einwohnern war ein Kaff an der Kreuzung eines holprigen Kieswegs namens Pamir Highway und seiner chinesischen Abzweigung. In die Stadt Chorog waren es dreihundert Kilometer, ins kirgisische Osch ebenfalls etwa dreihundert, bis zur chinesischen Grenze hundert, aber dort gab es auch nur kahle Berge und die Taklamakan. Auf dem Weg Pässe in einer Höhe von über viertausend Metern und ein paar Dörfer, noch größere Käffer als Murgob. Aber ich beschloss, dorthin zu fahren, sobald ich den Namen gelesen und laut ausgesprochen hatte. Murgob. Wie Maghreb. So ähnlich. Das genügt. Obwohl ich nie im Maghreb gewesen bin oder sein wollte. So funktioniert das. Es beruht auf Klang und Phantasie. Du liest es, sprichst es laut aus und fährst hin. Auf dem Weg dorthin ist Verschiedenes, schöne Dinge, Landschaften, die grünen Weiden von Kirgisien mit Herden von Pferden und weißen Jurten, Seen, smaragdene Flüsse, silberne Bäche, das Ferghanatal wie ein Paradiesgarten voller Aprikosenbäume, Weinberge und Reisfelder, aber du fährst an alldem vorbei, gleichsam auf dem Weg. Auf dem Weg nach Murgob. Um mit einem Pott Kaffee auf der Treppe eines weißen Hauses mit Flachdach und hellblauer Tür zu sitzen und zu schauen, wie das Dorf erwacht. Um dem angestrengten Tuckern eines alten Motorrads zu lauschen. Und wenn es verstummt, einem blechernen, ungleichmäßigen Rattern, nicht zu identifizieren, solange das Gedächtnis nicht die Erinnerung an das Geräusch hervorholt, das eine leere Schubkarre auf Schlaglöchern erzeugt. Eine Schubkarre? Im Morgengrauen? In der Entfernung eines Kilometers, unsichtbar, verborgen im Labyrinth der Lehmgassen? Ja. Schließlich tauchte sie da unten auf, in der Ferne, zwischen den Gassen. Eine asiatische Schubkarre mit einem Geräusch, das identisch war mit dem aus der Kindheit oder Jugend erinnerten Geräusch auf einer Baustelle. Deshalb fährt man nach Murgob. Um die Ähnlichkeit der Geräusche zu finden. Falls jemand fragen sollte.

Doch ich habe keinen Kaffee getrunken im Morgengrauen. Nirgends war heißes Wasser zu bekommen, weil alle schliefen. Erst später machte die Mutter von Erali Feuer, mit Reisig von Saxaulsträuchern. Ich trank also nichts, sondern stöberte nur im Hof herum, um mir das Leben der Leute anzusehen: ein angenehmes, geräumiges Klo mit zwei Löchern nebeneinander, hinter der Wand ein Bad, eine mit Reisig geheizte Kanne für Warmwasser, ein Stück weiter eine Kammer mit einem Brotofen. Hinter dem Lehmhaus, das nur an der Frontseite gestrichen war, gab es noch einen Eisenbehälter für Wasser, das ein Tankwagen gegen Geld lieferte. Im Winter hatten sie nur ein kleines Fass im Haus. Das war alles. Eine Schnur mit trocknender Wäsche gab es noch und ein paar mickrige Sträucher, dicht mit Stacheldraht abgezäunt gegen herumstreunendes Vieh und Schafe. Man goss die Sträucher und wartete, bis sie zwei, drei Meter hoch sein würden und etwas Schatten spendeten. In ganz Murgob habe ich nur wenige Häuser gesehen, bei denen etwas wuchs, das größer als ein Mensch war. Die Familie, fünf oder sechs Personen, wohnten nebenan, in einem dreimal kleineren Häuschen als unseres. Dort gab es nichts außer einem Ofen und Schlafstätten auf dem Boden. Aber wir bezahlten pro Person sieben Dollar die Nacht, also stand uns das zu. So dachten sie wahrscheinlich. Nur Erali kam am Abend und legte sich an den Eingang, auf die harte Liege, die uns während der Mahlzeiten zum Sitzen diente. In der Nacht hustete er. Ich denke, er kam, um uns zu bewachen.

Eines Tages gingen wir auf die andere Seite des Flusses. Er hieß Aksu und floss auf einem Kiesgrund. Auf jener anderen Seite war nichts, nur dieser Kies, flach wie ein Tisch, dahinter begannen graugelbe Berge. Aber wir gingen über das flache Gelände, weil wir außer Atem gerieten, sobald wir weiter nach oben wollten. Mein Herz schlug schneller. Kein Schatten, so weit das Auge reichte. Schläfrig und unerbittlich glitt die Sonne über den Himmel. Keine Bäume, keine Wolken. Die Luft vibrierte. Es war nur dreieinhalbtausend Meter hoch, aber die Luft war schon dünner, und es gab keinen Schutz. Ich entdeckte einen steinernen Turm in der Ferne. Wir gingen in die Richtung. Um ein Ziel zu haben in dieser Einöde und um uns zu schützen. Der Turm hatte die gleiche Farbe wie alles Übrige, er konnte also einen Kilometer entfernt sein oder auch fünf. Aber wir erreichten ihn. Ein plumpes Gebäude aus Backstein mit abgerissenen Fensterläden und einem Betonfußboden, aber nirgends vollgeschissen. Dafür lagen überall Patronenhülsen. Dutzende, Hunderte, wahrscheinlich Tausende von Hülsen: 7,62 von der AK-47, 5,45 von der AK-74 und 7,62, wahrscheinlich von einer Gorjunow. Der Rost hatte sie schon durchgefressen. Sie bogen sich zwischen den Fingern und brachen. Es sah so aus, als hätten sie hier an den Fenstern gestanden und in alle Richtungen geschossen. Als hätten sie die Verteidigung einer belagerten Festung geübt. Vielleicht hatten sie sich auf Afghanistan vorbereitet, das schließlich ganz nah war. Nicht so nah wie

China, aber immerhin. Sie hatten in einem steinernen Turm in der Wüste gesessen und versucht, einen erfundenen Feind zu vertreiben. Übriggeblieben waren Tausende mit Sand gefüllte Patronenhülsen. Das Militär hinterlässt immer irgendwelchen Schrott. Alter Beton, rostrotes Eisen und Erdölflecken. Das Nichts dieses seltsamen Imperiums, das die Leere erobert hat, um ein Nichts zu hinterlassen. In sandigen Senken lagen leere Konservendosen. Genauso viele wie die Hülsen. Tausende. Sie sahen aus wie vom Wind angeweht. So kann es auch gewesen sein, denn die Korrosion hatte das ganze Gewicht weggefressen. Sie wogen so viel wie Pappe. Und ringsum nichts anderes. In einem oder zwei Kilometern Entfernung erhoben sich aus der Ebene Berge wie Aufschüttungen aus heißer Asche. Es hatte nicht viel Sinn, in dieser Leere herumzugehen, aber zu Hause hatte ich mir gelobt, dass ich schauen wollte, wie es ist, wenn es keinen Schatten und keinen Schutz gibt. Das hatte ich mir versprochen: egal wohin, nur in diese Gegend, und hoch musste es sein, trocken und heiß. Und nichts sollte da sein. Keine Sehenswürdigkeiten, keine alten Denkmäler, damit man nichts besichtigen und keine Überlegungen anstellen konnte. Kein Buchara, kein Samarkand, keinerlei Sinn, nur das nackte Leben in der verdünnten Luft. Darum ging es mir. Um die Ausdruckskraft des Seins. Darum, mir den postimperialen Rost anzusehen und zu schauen, wie aus diesem Rost Sand rieselte. Das genügt mir, falls jemand fragen sollte, und um das zu sehen, kann man fünf- oder sechstausend Kilometer zurücklegen.

An den Lehmwänden lagen Hunde. Sie waren eher herrenlos, deshalb ließ niemand sie herein. Abgemagert und verfilzt lagen sie in den Schattenresten. Die Sonne stieg höher, und der Schatten, zuerst geräumig, verwandelte sich allmählich in einen Streifen, dann in einen Strich, und schließlich verschwand er. Und die Hunde lagen immer dichter, immer enger, und zogen die Pfoten ein, um in die kühlen Stellen zu passen, wo es ja trotzdem heiß war. Nach ein paar Stunden auf der Hochebene jenseits des Flusses setzten auch wir uns auf diese Hundeplätze. Wir mussten die ganze Siedlung durchqueren. Zwischendurch setzten wir uns immer wieder und zogen die Knie ans Kinn. Sofort kamen Fliegen. Ein alter SIL transportierte einen himmelhohen Haufen Saxaulsträucher. Sonst fuhr nichts. Mit den chinesischen Lastwagen war es vorbei. Bis zur nächsten Stadt waren es dreihundert Kilometer. Das Wasser in den Flaschen schmeckte nach warmem Metall.

Man weiß nicht so recht, wozu man solche Reisen macht. Das alles ist zu anstrengend, um es als angenehm zu bezeichnen. Durchfall, Hitzschlag, Höhenkrankheit. In der Tasche hat man immer Papier und feuchte Tücher. Man bewegt sich in einem unbekannten Raum und fragt sich, ob man es schaffen wird. Man überlegt, wie weit man sich von dem Ort entfernen kann, an dem es etwas gibt, das man als Lokus bezeichnen könnte. Abends zittert man im Schlafsack, als hätte man Grippe, aber das kommt von der Sonne. Das Herz schlägt in schnellem, subkutanem Rhythmus, und man kann nicht schlafen, weil man auf diese viertausend Meter Höhe gefahren ist, auf Biegen und Brechen, ohne Vorbereitung. Alles, was man sieht, dieser übernatürliche, uralte Pamir, wird von Müdigkeit, von Körperlichkeit überschattet. Der eigene, aber ein bisschen fremde Körper trennt einen von den Herrlichkeiten der Welt. Außer dem Gepäck schleppt man warmes Fleisch mit sich. Je weiter weg von zu Hause, desto schwerer ist es. Vergessen kann man es nicht. Es erinnert, fordert einen Tag und Nacht. Man kann Weinbrand der Marke Bischkek trinken, aber so hoch oben wirkt er schwächer und verstärkt nur die Schlaflosigkeit auf den bunten Teppichen. Eines Abends, vielleicht nach der Hochebene jenseits des Flusses, ging ich in ein Badehaus. Ich war halb tot. Das Badehaus war so groß wie zwei Klos. Auf dem zementierten Boden standen eine bauchige Kanne mit warmem Wasser und eine zweite mit kaltem. Auf einer Holzbank befanden sich eine Schöpfkelle und ein Eimer. Ich mischte das warme und das kalte Wasser und begann mich zu übergießen. Den halbtoten Körper und die Haut, die vom Salz brannte, das sie in der Hitze selbst abgesondert hatte. Ich habe im Leben schon viele angenehme Dinge erlebt, aber das war eines der angenehmsten. Ein halber Eimer Wasser, für Geld weiß-Gott-woher gebracht, und ein paar in der Wüste gesammelte Saxaulstängel genügten. In dem Badehaus war ein kleines Fenster. Es ging nach Osten, auf die andere Seite des Flusses, auf die Berge. Über den Bergen ging der Mond auf. Der Vollmond. Silbern und groß stieg er auf, als käme er aus Xinjiang, als hätte er sich in China erhoben. Ich weiß nicht, warum man wegfährt. Um am Morgen das Rattern einer blechernen Schubkarre zu hören? Um vom Fensterchen eines Badehauses von der Größe zweier Klos den Mond über dem Land der Ujguren zu sehen? Nicht Buchara, nicht Samarkand, sondern das? Nicht ausgeschlossen.

Tokmok. Kemin. Toruajgyr. Tscholponata. Grigorewka. Korumdu. Kuturga. Tüp. Kyzylsuu. Darchan. Tamga. Tosor. Bökönbajew. Karatalaa. Ottuk. Ortotokoj. Kotschkor. Sarybulak. Karaünkür. Naryn. Dostuk. Kulanak. Utschkun. Aktalaa. Akkyja. Dödömöl. Kasarman. Ataj. Dschalalabad. Chanabad. Osch. Gültschö. Kyzylkorgon. Akbosogo. Sarytasch. Bordöbö. Markansu. Karaköl. Murgob. Man kann eine Art Mantra daraus machen. Immer wieder lesen: Tokmok, Kemin, Toruajgyr, Tscholponata, Grigorewka, Korumdu, Kuturga, Tüp, Kyzylsuu, Darchan … Von Murgob aus machten wir uns auf den Rückweg. Ich glaube, am dritten Tag.

Mitten in diesem nicht Dorf nicht Stadt stand ein Hotel mit einem grünen Blechdach. Für die Leute aus dem Westen, die mit ihrem Toyota oder Land Rover über den Pamir Highway fuhren. Auf dem Dach hatten sie Kanister. Fünf bis acht Zwanzigliterbehälter. Der Inhalt von einem war so viel wert wie die monatliche Rente in Murgob. Das Hotel sollte westlich sein, aber vor dem Eingang musste man, wie es der Brauch wollte, die Schuhe ausziehen und barfuß weitergehen. Dutzende von Schuhpaaren lagen durcheinander. Ich stellte mir vor, wie ich betrunken hinausgehe und in der Dunkelheit erfolglos alle möglichen Schlappen anprobiere. Im Speisesaal wiederholten französische, amerikanische, israelische und deutsche Globetrotter hilflos: *Potatoes, beer, potatoes, beer* … Die Babuschkas in der Küche mit ihren weißen Hauben betrachteten sie gelassen, unbewegt, aus der Ferne.

Wir begannen mit der Rückfahrt. Ja, nach drei Tagen. Es war schwierig, auch nur vor uns selbst so zu tun, als hätten wir hier etwas verloren. Oder als wären wir nach dem Muster von Berufsreisenden und Reportern auf der Suche nach der Wahrheit. Die Wahrheit interessierte mich nicht, auch Murgob nicht. Ich spürte, wie Wärme und Sonnenschein durch die immer dünnere Luft sickerten. Ich betrachtete meinen eigenen Schatten, der ein Stück der trockenen Erde bedeckte. Ich horchte auf Geräusche, die ich aus einer anderen Zeit kannte. Ich war neugierig, ob meine Existenz in Murgob stärker wird oder eher abnimmt. Murgob drang durch die Haut und berauschte, aber es tat auch leicht weh wie ein im Blut verteilter Schmerz.

Die Höhenkrankheit ließ uns nicht schlafen. Ich erwachte bei Tagesanbruch und ging los, die Farben und Formen betrachten. Das trockene Braun, das schüttere Beige, das staubige Gelb. Adobe. Die flachen Häuser wuchsen aus der Erde wie ein Produkt der Tektonik. Sie sahen uralt aus. Dann erhob sich die Sonne, und schwarze, scharfe Schatten fielen auf den Sand. Wieder wartete ich, bis die Hausherrin aufwachte. Beim Abschied waren wir gerührt. Wir fassten uns an, sahen uns in die Augen. Wir ließen mehr Geld da, als abgemacht war. Wie hätte man sonst seine Dankbarkeit gegenüber Menschen zeigen können, die aus der Gastfreundschaft einen Beruf gemacht haben.

Wir fuhren also zurück. Vielleicht zweihundert Kilometer waren es bis Karaköl. Wieder über Kies, ansteigend, den Stacheldrahtzaun entlang. Er zog sich auf der rechten Seite, und irgendwo dahinter, tief in den wasserlosen Bergen, lag China. Er zog sich von der Ostsee bis zum Pazifik. Jetzt rostete er wie diese Patronenhülsen und Dosen. Einst hat er ein Imperium begrenzt. Er war nicht viel höher als der Zaun um eine Weide. So dachten sie damals: umzäunen, damit die Herde nicht auseinanderläuft, damit nicht das Fremde kommt und sich vermischt. Das waren einfache Ideen. Den einen etwas wegnehmen, den anderen geben, umzäunen, die Ungehorsamen töten. Am besten alle töten und nur ein paar übriglassen, um ganz Neue zu züchten. Wir fuhren an der früheren Grenze dieses Zuchtbetriebs, dieser Weide entlang. Ich war hergekommen, um mich zu überzeugen, wie dieser Zuchtbetrieb aussah, wie weit er reichte, und ob andere es besser oder schlechter hatten.

Karaköl sah von weitem aus wie ein Hafen. Hinter den letzten Häusern schimmerte blau das Wasser eines Sees. Das Blau war grell und klar. Am gegenüberliegenden Ufer erhoben sich in der Ferne die schneebedeckten Berge. Über den flachen Dächern der Gehöfte ragten Dutzende von Holzpfählen auf. Kein Einziger war gerade. Sie neigten sich auf die eine Seite, auf die andere, auf eine dritte, daher dieser hafenartige Eindruck. Als schaukelten weiße Boote auf den Wellen, und oben könnte man die schwarzen Masten in Bewegung sehen. Aber es war nur das Energieversorgungsnetz. Später, als ich durch die Siedlung ging, sprach ich Männer an, wie es mit der Elektrizität sei, und zeigte auf die Drähte. Sie schüttelten den Kopf. Es gab keine Elektrizität. Mit dem Fall des Imperiums war auch der Strom ausgegangen. Es war nur diese Konstruktion aus Holz und Draht geblieben, die aussah wie die Fata Morgana eines Hafens. Das Blau des Wassers war echt. Der See hatte eine Oberfläche von dreihundertachtzig Quadratkilometern und war zweihundertdreißig Meter tief. Außer dem Dorf Karaköl gab es dort keine Siedlungen. Die Alabasterberge spiegelten sich im Himmelblau. In der ganzen Siedlung gab es kein einziges Boot. Ich denke, es gab auch auf dem ganzen See kein einziges Boot. In dem Salzwasser lebten keine Fische. Niemand kam ans Ufer. Die Häuser standen weit entfernt, die blinden Mauern abgewandt. Zwei Männer weichten Yakfelle ein. Sie sagten mir, sie würden ein Pferdegeschirr daraus machen. Die Yaks weideten am anderen Ufer. Einmal in der Woche wurde von den Hirten Milch gebracht. Wenn sie sauer geworden war, hatte sie einen kräftigen, strengen Geschmack und war dick wie griechischer Joghurt. Wir aßen sie mit dem Löffel, dazu das flache, runde Brot, das in den Lehmöfen der Innenhöfe gebacken wurde. Zwischen den Häusern, auf den Plätzen und in den Gassen lag grauer Sand. Hinter dem Dorf wuchs Gras, einzelne, erbärmliche Halme. Zwischen den Halmen trat bitteres Salz aus. Ein weißer Belag, als schwitzte die Erde. Ich ging und ging, begegnete ein paar Hunden und einer Katze. Hier und da sprach ich jemanden an. Die Kinder waren mit den Yaks auf den Weiden, und keiner rief »Hello«. Am Nachmittag setzte ein eisiger Nordwind ein. Vorher mäßige Hitze, und jetzt sah es nach Schnee aus. Ich musste alles anziehen, was ich im Rucksack hatte. Im Laden gab es kein Licht, und die Dämmerung brach schon herein. Die Frau stand im Dunkeln, und ich spürte, da ich schon eingetreten war, sollte ich auch etwas kaufen. Und was? Reis? Tee? Zucker? *Owalnyje sigarety* ohne Filter mit dem Namen *Poljot*? Es gab fast nichts. Nicht einmal den Geruch, den ein Laden gewöhnlich verströmt. Sogar der ärmste, in einem Dorf in Podlasie oder Mazowsze in den siebziger Jahren des vorigen Jahrhunderts. Dort war es auch ärmlich, aber irgendwelche Düfte irrten umher. Brot, Kekse, Bier. Und hier nichts. Als würde ein kalter, geruchloser Wind aus dem Pamir durch den Laden wehen. Ich hatte Angst, dass es gleich dunkel würde, und so kaufte ich zwei blaue Päckchen *Poljot* und Bonbons. Die Verkäuferin sagte mit stillem Stolz: »Das ist Konfekt aus der Ukraine.« Sie schmeckten furchtbar. Ich kehrte in mein Quartier zurück und rollte mich auf der Matratze zusammen. Ich konnte nicht schlafen und horchte auf das Pochen meines Herzens. Es schlug schnell und flach. Karaköl lag in viertausend Metern Höhe. Draußen ratterte ein kleines Aggregat. Gleich hörte es auf. Ich spürte, wie die Kälte durch die Wände drang. Wann war beschlossen worden, dass ich hierher fahren würde? Ich hatte nie eine solche Entscheidung getroffen, und doch lag ich jetzt in der Dunkelheit und der Kälte des Ostens. Jahr für Jahr. Land für Land. Immer älter werdend. In der Erwartung, dass sich etwas wie ein Sinn offenbart. Mit ein bisschen Verachtung für die mit ihren *potatoes, beer, potatoes, beer*. Als wären sie Eindringlinge. Als wäre ihre Anwesenheit hier nur Arroganz, meine dagegen Prädestination. Ich wollte allein sein, mit meinem Schicksal unter vier Augen. Eingerollt lag ich da und horchte auf den Wind. Eintönig und massiv fegte er über den Rücken des Pamir. Er streifte den eisigen Korpus mit dem Gipfel Kuch-i-Garmo, der einst Pik Lenin hieß.

Du versuchst das Vergangene einzuholen. So denke ich, wenn ich müde und resigniert bin und über dem Pamir kalter Wind weht. Ich kann an keinem Lenin vorbeigehen, ohne ein Foto zu machen. Und ich empfinde eine Art Freude, wenn ich auf einen weiteren treffe. Sie schuppen sich, blättern, bröseln, aber man hat sie nicht angetastet, damit sie in Ruhe den Geist aufgeben können. Ich weiß noch, wie vor vielen Jahren in dem gagausischen Dorf Baurci, als wir in der Abenddämmerung an einer Büste des Revolutionsführers vorbeigingen, eine Frau sagte: »Ein sehr guter Mensch.« Mein Russisch war damals schlechter als heute. Außerdem wollte ich die Frau nicht kränken. Doch in Gedanken hielt ich eine erhabene Rede über Verbrechen, Freiheit und Demokratie. Heute mache ich einfach Fotos. Ich denke an die roten Metallsterne mit seinem Profil. Ich erinnere mich. Hinten hatten sie eine Sicherheitsnadel. Wir warfen sie verächtlich weg, wie Falschgeld oder leere Nüsse. Wie die ganze kommunistische Wirklichkeit, die uns als Fälschung der Welt erschien. Unser Leben war anderswo. Wir verachteten das sowjetische Kino, die sowjetische Literatur, den sowjetischen Sport, die »sowjetische« Sprache. Niemand hätte sieben Zloty ausgegeben, um einen sowjetischen Film zu sehen. Niemand hat sich je nach einem sowjetischen Auto umgeschaut. Niemand hat je freiwillig ein Wort Russisch gesprochen. Wir waren frei. So kam es mir damals vor. Habe ich den Schatten nicht bemerkt, in dem wir lebten? Möglich. Wenn man jung ist, strömt man eigenes Licht aus. Man phosphoresziert hell und warm, und für eine gewisse Zeit genügt das. Wir schwänzten die Schule, also konnten wir auch das weltweite System schwänzen und unsere Seelen und Körper auf den grünen Wiesen der Phantasie weiden. Ist es so gewesen? Nicht ausgeschlossen.

Deshalb liege ich jetzt hier, kann nicht schlafen und horche auf den Wind im Pamir. Auf der Suche nach der Zeit, die ich verachtet habe. Deshalb riskiere ich meine Gesundheit und gebe Geld aus – um zu schauen, bis wohin das alles reiche, wie es die Gegend verändert und welche Spur es hinterlassen hat. Deshalb stört mich die Gegenwart der »Beerpotatoes«. Mit ihren Geländewagen, die fünfundzwanzig Liter auf hundert Kilometer verbrauchen, fahren sie meine Kindheit kaputt. Sie zertrampeln meine Jugend, die ich in Murgob und in Karaköl suche. Ich setze mich zu den alten Frauen und frage sie über ihre Enkel und über die Vergangenheit aus. Sie wundern sich, dass ich Russisch spreche, und halten mich für einen von denen. Sie sagen, früher sei es besser gewesen, aber jetzt sei es auch in Ordnung, immerhin gebe es keinen Krieg. Sie sind wie meine Großmütter. In Kopftüchern hocken sie auf der Türschwelle, und sie haben diese Kriegsweisheit, die ihr Schicksal erträglich, vielleicht auch glücklich gemacht hat. Eine Weisheit, die es ihnen erlaubte, in der falschen Welt des Kommunismus zu existieren und nichts von der Wahrhaftigkeit des Lebens einzubüßen.

Man kann über vieles nachdenken, wenn man dem Nordwind lauscht. Im Winter musste es hier wirklich kalt sein. Die Fenster hatten einfache Scheiben. Die Leute saßen in einem Raum und legten in dem eisernen Ofen kleine Ziegel aus Yakdung nach. Ziegel um Ziegel, Stückchen um Stückchen zählten sie ab, damit es bis zu den ersten warmen Tagen reichte. Auf das Dröhnen der schwarzen Luft horchend. Man kann sich an vieles erinnern, wenn man auf die Geräusche des eigenen Organismus horcht und das Klo weit weg in der Dunkelheit ist: ein Verschlag ohne Dach, darin ein Brett mit einem Loch und ein Eimer mit ungelöschtem

Kalk. Da tauchen die Großmütter auf, die Großväter, Tanten. An Winterabenden sah ich kaum ihre Schatten. Unter der Decke hing eine Petroleumlampe. Wir saßen in der Küche. Der Rest des Hauses war nicht geheizt. Zwei Zimmer warteten auf Gäste, die im Sommer manchmal kamen. Aber im Winter saß man wie am Lagerfeuer, nah beieinander, um nicht Licht, Wärme und Geborgenheit zu verlieren. Auf den Betten, auf einem Schemel, den Rücken an die erwärmten Kacheln gelehnt. Durch den nackten Obstgarten kam der Wind vom Cholerafriedhof. Das Haus stand abseits. Man musste nah beieinander sitzen und durfte nicht allzu laut sprechen. Der Krieg war scheinbar vorbei, aber es gab keine größeren Ereignisse, keine wichtigeren Erinnerungen. In diesem Zusammensitzen und diesen Gesprächen lag daher eine Danksagung für den Frieden, aber auch ein Horchen, ob durch den Wind und den hohen Schnee nicht ein Laut dringt, der Gänsehaut verursacht. So saßen sie wie Menschen und irgendwie auch wie Tiere zusammen, nah beieinander. Inmitten der schwarzen Nacht, inmitten der Welt, nur mit dieser Flamme hinter Glas, das langsam zurußte. Ich sah das alles aus der Ferne, vom Bett aus, schläfrig, und wahrscheinlich waren sie deshalb wie Schatten. Ängstlich, zugleich aber auch ruhig, denn das Schlimmste war vorüber. Und auch wenn sie ihre Angst vor dem Krieg und vor der Welt letztendlich nicht loswurden, so fühlte ich mich, ihrer langsamen Erzählung lauschend, doch geborgen und schlief schließlich ein.

Wie in Karaköl. Tausende Kilometer von zu Hause. Hunderte Kilometer von ebenso vergessenen Siedlungen dieser Hochebene. Ich schmiegte das Gesicht an die Matratze und

entdeckte den Staubgeruch und die Ausdünstung der Körper, die vorher darauf geschlafen hatten. Durch einen Spalt
an der Tür sickerten Gerüche aus dem Haus: erhitztes Fett,
ein bisschen Rauch, menschliche Wärme und ein Wölk-
chen Tabak. Ich stellte mir vor, dass draußen Winter ist, hoher Schnee und Dunkelheit, die sich so weit erstreckt, dass
sie schließlich überläuft und über die Krümmung der Erde
fließt. Aber ich habe es warm und still, ich muss nicht aufstehen, und gleich kommt der Schlaf.

Etwa zu der Zeit, als ich geboren wurde, aßen im Kreis Qu in Sichuan die Menschen Lehm. Wir wohnten damals im Parterre. Das Fenster ging auf den Hof hinaus. Zu den Holzschuppen, in denen Kohle aufbewahrt wurde, zu der gusseisernen Pumpe, zum Klo. Aber einen Wasserhahn und eine Spüle gab es in der Wohnung. Bevor ich diese Dinge bemerkte, mussten einige Jahre vergehen. Wir heizten mit Kohle, in einem Herd, der die Ecke des Zimmers ausfüllte. Am Anfang hatte das Feuer eine satte, schwärzliche Färbung. Erst später wurde es richtig rot, um sich schließlich in orangene Glut zu verwandeln. Der Raum war eng, niedrig und feucht. Ja, nur ein Fenster. Mit Ausblick auf das Scheißhäuschen, den Taubenschlag und den städtisch-vorstädtischen Himmel mit schwarzen Steildächern, mit blinden Wänden aus rotem Backstein, mit Krähen. Für meine Eltern muss es eng gewesen sein, wenn sie auch nie darüber sprachen. In den Dorfhäusern hatten sie eine weite Aussicht gehabt. Und selbst wenn es nicht so war, musste man nur um die Ecke gehen, hinter den Stall, hinter den Garten, und schon öffnete sich der Blick. Und hier nur der Hof, im Winter unbewegt, an warmen Tagen von einer Kinderschar erfüllt. Oder das schmale Tor und dann gleich das Scheppern der Straßenbahnen, die Autos und die Menschen, die gingen und gingen, ununterbrochen, ohne offensichtliches Ziel. Völlig anders als dort, woher sie kamen. Aber so hatten sie es gewollt. Die offene Landschaft dort hatte sie eingesperrt. Sie wünschten sich ein anderes Schicksal, auch für mich. Damit ich nicht auf die wellige Ebene und die Pappelhaine schauen musste. Keine Zapfen sammeln musste zum Anfeuern des Herdes. Damit ich nicht den mit Kiefernrauch vermischten Geruch von erhitztem Öl einatmen musste. Damit ich nicht all das tun musste, was sie hatten tun müssen, sondern sofort bekam, was sie immer gewollt hatten, wofür sie hatten kämpfen müssen. Vom Brachland, vom Sand der Vergangenheit, von den kurzen Tagen direkt auf den Zement, auf die Trottoirs und unter die Laternen der Zukunft, die brennen würden bis ans Ende der gerechten Geschichte, ein Ende, das nie eintreten würde, weil nicht nur die Unterdrückung, sondern auch der Tod überwunden werden würden. Deshalb saßen wir in diesem finsteren Loch und warteten, bis die Geschichte in Gang kommen würde. Mit diesem Scheißhäuschen im Hof; aber an Kälte kann ich mich nicht erinnern, also muss ich wohl einen Nachttopf benutzt haben in der Zeit, als die Menschen in Sichuan Lehm aßen.

Wir aßen Sand. Daran erinnere ich mich. An den Geschmack des feuchten Sandes, den ich aus einem kleinen Loch in der Düne am Fluss holte. Kalt, rauh. Ich dachte, gleich würden sich die Körner auflösen und der Geschmack von Essen würde sich einstellen. Aber das geschah nicht, und ich musste den grauen Klumpen ausspucken; er rollte den Hang hinunter, war sofort mit Quarzkörnern bewachsen, kullerte noch einen Moment und erstarrte dann wie etwas Lebendiges, aber Erschrockenes. Ich war vier oder fünf Jahre alt. Vielleicht war ich allein. Ich hatte den Hof verlassen, mich auf dem braunen Weg davongestohlen, bis zu den Knöcheln im Schlamm versinkend. Auf der anderen Seite waren Gemüsegärten, der Sand wurde heller, die Düne begann. Ich buddelte ein Loch und versuchte zu essen. Aber nach einer Viertelstunde ertönte unten im Hof ein Schrei: »Wo ist er denn? Wo ist er hin? Mein Gott, an den Fluss!« Denn der Fluss war wie ein böser Magnet: Er hatte eine starke Anziehungskraft, manche zog er für immer weg, und das Dorf lebte von den Geschichten, wer wann und an welcher Stelle hinausgeschwommen war. Aber die Kinder, mit ihrer Neugier und ihrer Vertrauensseligkeit, schienen ihm wehrlos ausgeliefert zu sein. Jemand kam angelaufen, holte mich da weg und schloss gewissenhaft das Tor. Essensgeruch erfüllte den Hof. Am meisten roch das Gebratene. Das Öl. Zwiebeln in Öl. Fisch. Kartoffeln. Und Schmalz. Schweinefleisch in Schmalz gebraten. Ohne alles, nur mit Salz. Nach dem Schlachten Grützwurst, in viereckigen Kasserollen gebraten. Kartoffelteig in denselben Blechen. Kuchen aus weißem Mehl, denen man, damit sie schneller aufgingen, statt Hefe Soda beifügte; man legte sie ins spritzende Öl. Milch und Brot. Und noch mal Kartoffeln, aber jetzt für die Schweine, in gusseisernen Töpfen gekocht, und dann im Dampfkessel zubereitet, der mit Holz geheizt wurde, und eben dieser Kartoffelgeruch, vermischt mit dem Rauch aus Holzfeuern hing über dem Hof, und es war ein Geruch der Sattheit, denn damit wurden die Schweine gefüttert. Ja. Und es genügte, zwei Stufen in den Keller hinunterzugehen, direkt vom Innenhof aus, um den feinen, aber ausgeprägten Geruch des Quarks zu spüren. Zart-säuerlich stach er in die Nase. Der Quark hing in weißer Gaze und tropfte ab. Die älteren Batzen lagen da, bedeckt mit einem Leinentuch. Das helle Weiß sah unwirklich aus in dem erdigen, feuchten Halbdunkel. In einem Topf stand Sahne. Kühl und dick. Im Speicher, unter dem Dachbalken, hing der Speck.

Aber das war schon anderswo und später. Hundert Kilometer flussaufwärts, bei meinem Onkel. An Sommertagen herrschte trockene Hitze unter dem Dach aus Eternit. Aus den Holzwänden sickerte Harz. Allein saß ich da, schwitzte und las *Die gute Erde* von Pearl S. Buck. Damals dachte ich, das sei einfach irgendein chinesisches Buch über die Qual der Bauern. Ich schnitt kleine Stückchen Speck ab und aß Brot dazu. Von unten hörte ich das Herumhantieren. Herd, Töpfe, das Quietschen der Tür, Schritte auf dem Holzfußboden. Dann wurde es still. Die Erwachsenen gingen zur Arbeit aufs Feld. Ich war ganz allein mit dieser chinesischen Geschichte, die sich mit der Landschaft des Dorfes am Bug verflocht, mit der Geduld der Erwachsenen, mit dem Bild ihrer gebeugten Rücken, wenn sie ausdauernd, Reihe um Reihe, die Kartoffeln jäteten. Oder wenn sie in der hohen Mittagssonne den Weizen zu Garben banden. Gebeugt und hartnäckig. Verschwitzt. Auf dem hellen Stoff der Hemden zeigten sich dunkle Flecken. Die Rücken der Pferde glänzten dunkelbraun, die Feuchtigkeit rann ihnen die Seiten herunter bis zum Bauch. Wenn sie anzogen, brachten ihre kurzen, angespannten Tritte die Erde zum Zittern. Das alles verband sich für immer mit der chinesischen Geschichte. Ich saß zwischen den harzigen Wänden, las, horchte auf die Geräusche und wartete, bis sie verstummten. Dann wusste ich, dass ich nicht mitmusste zur Arbeit, ins Heu, zum Einbringen, dass ich mir selbst überlassen war – süße Beute meiner vagen Gedanken und Gefühle.

Trockener, gesalzener Speck und Brot. China. So aß mein Großvater. Auf einem Brettchen schnitt er einen Streifen des Leckerbissens ab, legte ihn auf ein Stück Brot und kaute langsam und andächtig. Genauso machte es mein Vater, obwohl er schon lange in der Stadt wohnte. Genauso machte ich es in jenem Sommer. Ich dachte über China nach. Die Familie meines Onkels verwandelte sich in meiner Phantasie in eine Gruppe chinesischer Dorfbewohner. Sie standen im Morgengrauen auf, führten gewissenhaft die notwendigen Tätigkeiten aus, sprachen über wichtige Dinge, bisweilen, wenn sie meinten, es sei die richtige Zeit, erlaubten sie sich einen Scherz oder eine Anekdote. Arbeiten, ausruhen, essen, schlafen. Vielleicht stellte ich mir so ganz China vor? Nur etwas rauher, heißer, staubiger, schweigender vielleicht? Das Schicksal des chinesischen Paares, Wang Lungs und seiner hässlichen Frau, erschien mir jedoch härter, denn sie mühten sich in der vorrevolutionären, vorkommunistischen Epoche ab. Der Protagonist hatte keinen Parteiausweis und keinen Orden in der Schublade mit dem Küchenkram. Seine Befreiung sollte erst noch stattfinden.

Zum Mittagessen gab es Kartoffeln mit Grieben, gestandene Milch und einen Salat aus dem Garten, mit etwas Zucker angemacht und mit Sahne übergossen. Am Abend genügte ein großer Becher warme Milch und eine dicke Scheibe Brot, schweres Brot, das sehr langsam altbacken wurde und mindestens eine Woche lang seine feuchte Säuerlichkeit bewahrte. An Essen fehlte es nie. Neben dem Speck hing auf dem Speicher auch Wurst. Das Fett tropfte ab, und sie trocknete in der heißen Luft. Man konnte jeden Moment ein Stück abschneiden, aber offensichtlich tat man das nur selten. Die Wurst diente eher als gelegentlicher Imbiss zum Wodka, den der Onkel aus Spiritus herstellte und mit Honig aus der eigenen Imkerei versetzte. Im Brunnen lagerte eine Fünfzehnliterkanne mit Malzbier.

»Wenn überhaupt nichts Essbares mehr zu finden war, schluckten die Hungernden weichen Guanyin-Schlamm (…). Es war wie ein Bild der Hölle: Geisterhafte Gestalten, die ausgemergelten Körper schweißnass von der Sommerhitze, standen Schlange vor tiefen Gruben und warteten darauf, in eines der Löcher hinabsteigen und ein paar Hände voll porzellanweißen Lehm aus der Wand kratzen zu können. (…) Manche Dorfbewohner füllten sich noch in der Grube den Mund mit Lehm. Aber die meisten von ihnen mischten ihn mit Wasser, Spreu, Blumen und Gräsern und kneteten Kuchen daraus (…). Im Bauch wirkte die Erde wie Zement, trocknete den Magen aus und absorbierte die Feuchtigkeit in den Gedärmen. Die Darmentleerung wurde unmöglich. (…) He Guanghua erinnerte sich, dass in Henan viele Menschen ein als *yanglishi* bezeichnetes Gestein aßen, das gemahlen und zu Kuchen verarbeitet wurde. Die Folge war, dass die Leute einander gegenseitig helfen mussten, die Exkremente mit Zweigen aus dem After zu holen.«

Deshalb musste ich schließlich dorthin fahren. Weil es Geschichten gibt, die eine Fortsetzung verlangen. Unser Gedächtnis fordert seine Rechte. Als wollte es an die Gegen-

wart heranreichen. Also wieder der alte Flughafen Scheremetjewo, und wieder dieses Antreiben, diese Hetze durch die
Sperren, um gleich danach in dem grau-gläsernen Raum zu
erstarren. Die Menschen waren jetzt anders. Imperialer. Hier
begann Asien. Bewohner asiatischer Länder. Angehörige
asiatischer Völker. Sie verdünnten die weiße Masse. Mit Gesichtern, in denen man nicht viel lesen konnte. Man konnte sich die Orte vorstellen, aus denen sie kamen oder zu denen sie aufbrachen. Es regnete. Alles war teuer. Neben den
üblichen Sorten Whiskey, Weinbrand, Zigaretten in Stangen, zollfrei, gab es normale Stände mit Baltika-Bier, Süß-
kram und irgendwelchem Glitzerzeug. Wie auf der Kirchweih in Podlasie vor vierzig Jahren. Der Airbus hatte blaue
Sitze. Wir starteten und flogen der anbrechenden Nacht entgegen. Aber ich stellte mir vor, ich flöge gegen den Strom
der Zeit. Um all das zu finden, was mir entgangen war. Um
das Epizentrum der Ereignisse zu finden, die sich, bevor sie
mich erreichten, erschöpft hatten, erloschen waren, sich wie
die Wogen eines entfernten unterseeischen Bebens geglättet
hatten. Ich flog in die Vergangenheit. So stellte ich es mir
vor. Als wäre ich ihr etwas schuldig. Die Stewardessen trugen
elegante orangerote Uniformen. Doch für den Wein musste
man zahlen. Ich zog es vor, auf den Bildschirm zu schauen,
auf dem die Strecke, die Position und der nach Westen glei-
tende Rand der Nacht angezeigt wurden. Das war das Inte-
ressanteste: auf den Raum zu schauen. Ich versuchte auch,
mir Filme anzusehen. Sie hatten etwa fünfzig, alles amerikanische. Wir flogen nach Osten. Gleich würde der Ural kommen, Jekaterinburg, wo Jurowski die Zarenfamilie ermordet
hatte und die Kugeln aus der Mauser 96 an den in die Mie-

der der Prinzessinnen eingenähten Brillanten abgeprallt waren. Ich dagegen hatte zehn Zeichentrickfilme, fünfzehn Actionfilme und ebenso viele Liebesfilme zur Auswahl. Deshalb schaute ich lieber, wie der Schatten des Düsenflugzeugs über die unendliche Weite glitt und die Einheiten der Zeit sich mit denen der Entfernung verflochten und so das mathematische Muster der Reise bildeten. Tjumen, Omsk, Nowosibirsk. In Nowosibirsk war zwei Jahre zuvor im September ein kalter, schwarzer Regen gefallen. Vier Tage in diesem Regen, in einer Stadt, in der es nichts Bemerkenswertes gab, in einer zufälligen Wohnung, gemietet von einer neurotischen Frau, die sich wünschte, einen Deutschen zu heiraten, weil das deutsche Volk Bach und Beethoven hervorgebracht hatte. An der Wand hing ein Teppich, auf dem sich eine halbnackte Frau an einen Tiger schmiegte. Und eine Barockuhr aus Plastik. Als es zu regnen aufhörte, ging ich hinaus in die Stadt, in der es nichts gab. Nur Betonblocks, breite Arterien, veraltete Moderne und einen grünen Bahnhof in Form einer Lokomotive, wo in einem Wartesaal voller Asiaten eine Frau am Klavier und ein Mann auf der Geige, beide in Abendgarderobe, klassische Musik spielten. Ich konnte den Blick nicht von dieser Stadt wenden. Es gab nichts hier, nur schiefe, eilig geformte Materie, die sie zusammengesetzt hatten, um so schnell wie möglich den Raum zu beherrschen. Wohnblocks, Beton, Eisen, Rost, alte Farbe. Ein Hochhaus mit himmelblauer Fassade. Ein paar alte, schattige Gassen. Aber hauptsächlich regnete es. Ich wartete, bis es aufklarte, und ging hinaus, um mir vorzustellen, das sei eine Insel, gleich wäre sie zu Ende, und weiter gäbe es nur Sibirien, Asien, die Unendlichkeit, die sich unmerklich ins Nichts verwandelte.

Deshalb zog ich es jetzt im Airbus vor, zu schauen, wie sich auf dem Bildschirm der Rand der Nacht in meine Richtung schob, statt mir Hollywoodfilme anzusehen. Irkutsk, Ulan-Ude, Tschita. In diesen Städten war ich damals. Es wurde dunkel. Ich las die Namen und blickte in das Schwarz vor dem Fenster. Ich stellte mir die Grenzenlosigkeit vor, in der sie aus dem Boden wuchsen. Aber es genügte mir nicht, Tschita gesehen zu haben. Ich musste China sehen.

Weil ich ein Kind des Kommunismus war, weil mein Onkel in der Schublade zwischen Ventilen, Zangen und Korkmaschinen seinen Parteiausweis aufbewahrte. Russland war die Quelle, aber China sollte die Woge werden, die die Welt überschwemmen würde. Deshalb musste ich dorthin fahren, um zu sehen, wie sich jetzt der Kommunismus verwandelte, dessen Kind ich war. Sein Ende in meinem Land erschien mir zu belanglos, zu banal, als dass daraus eine Erzählung hätte entstehen können. Ich musste mich überzeugen, dass meine Geschichte Teil eines größeren Ganzen war.

Staub. Von den grundlegenden Dingen sah ich zuerst den Staub. Gleich hinter dem Flughafen wuchsen an einer mehrspurigen Straße Pappeln und irgendwelche Sträucher. Und auf alldem lag grauer Staub. Vielleicht sonderte die Stadt ihn ab, vielleicht trug der Nordwind ihn von der Wüste her? Nicht ausgeschlossen, dass beides zutraf. Und dann das gräuliche Licht, das ganz anders einfiel als bei uns. Irgendwie stechend. Und als wir so fuhren, fielen mir Bratsk und Ulan-Ude ein, mit den gleichen Pappeln, mit diesem Staub und dem unter der Erde hervorkriechenden Beton. Auf dem Seitenstreifen standen zwei Taxifahrer neben ihren grün-gelben Wagen. Einer pisste. Wir fuhren in einem Strom von Autos durch die von Gestrüpp bewachsene Peripherie. Wortlos. Der Fahrer nickte nur, als ich ihm die Adresse auf Chinesisch zeigte. Er machte das Fenster ein Stück auf und rauchte. Ich hatte das seltsame Gefühl, die Wirklichkeit gewechselt zu haben. Ich hatte meine Wirklichkeit, der ich immer angehört hatte, verlassen und befand mich jetzt in einer anderen. Hier gab es ramponiertes Grün, Autos, Zigarettenrauch, Staub, aber all diese Dinge nahmen eine völlig unbekannte Bedeutung an. Die Menschen hier waren zu Tausenden in Gruben hinuntergestiegen, um Lehm zu essen, und jetzt gab es Zigarettenrauch, Starbucks auf dem Flughafen und lärmende Typen, Treiber, die die Taxischlange lenkten. Die Hölle verwandelte sich in Alltag, und ich fuhr jetzt mitten in diesen Wandel hinein. Zusammen mit meiner Erinnerung an die Gerüche der Kindheit und die chinesische Lektüre aus jener Zeit. Wozu? Um trotz allem zu der Einheit der Welt zu stehen? Um sie zu entdecken? An einem grauen Pekinger Morgen auf der Autobahn, neben einem Fahrer mit reglosem Gesicht, der schon die zweite Zigarette aus der roten Packung nahm?

Nach einer guten Viertelstunde tauchten allmählich Gebäude auf. Hinter den Bäumen, weit von der Straße entfernt. Massive Hochhäuser. Neu, mächtig. Schwer zu sagen, ob sie schon bewohnt waren. Dazwischen und dahinter Kräne, die noch höher waren, denn das alles steckte wohl noch in den Kinderschuhen, kam erst langsam in Schwung, sollte erst richtig losgehen. Dann verschwand das Gestrüpp und wir fuhren jetzt einfach durch die Stadt – groß, immer größer, immer gläserner, immer vergoldeter, immer traumhafter, immer phantasmagorischer, immer wahnwitziger. Denn sie war ähnlich, aber doch anders. Sie schillerte und blendete. Am meisten mit diesem allgegenwärtigen Gold, und dann mit diesen Formen der Bekrönungen, der gebogenen Dächer, aufgesetzt auf schlichte, kantige und gläserne dreißigstöckige Bauten. Als würden sie sagen: »Wir haben etwas von euch übernommen, aber unser eigenes Ding gemacht.« Es ging die ganze Zeit geradeaus, gut fünfzehn Kilometer, und dann nur eine Kurve nach rechts, und da sollte schon die Straße sein, die sich von Osten nach Westen erstreckte und am Tian'anmen vorbeiführte. Ich holte den Reiseführer heraus und fand den Stadtplan. Eigentlich nur einen Teil des Reiseführers. Zu Hause hatte ich vorsichtig etwa ein Fünftel herausgeschnitten, mit der Beschreibung von Peking und dem Gebiet im Nordwesten der Stadt. Und hinten hatte ich eine Art Umschlag gebastelt. Die ganzen tausend Seiten brauchte ich nicht. Auf dem Plan stimmte alles. Nur meine eigene Anwesenheit hier beunruhigte mich. Ich musste diese Gründe erfinden – Sichuan zur Zeit meiner Geburt, Pearl S. Buck, eingeschlagen in graues Papier. Ich versuchte mich zu rechtfertigen, indem ich in Zeit und Raum eine Linie zog, die Grochów, Podlasie und Peking verband.

Wir schliefen bis zum Nachmittag des nächsten Tages. Im Hotel Forbidden City, in einem fensterlosen Zimmer, zehn Minuten zu Fuß vom Platz des Himmlischen Friedens. Traumlos, still. Gleich nach dem Aufwachen gingen wir hinaus. Es regnete, und wir mussten uns immer wieder verstecken, mal unter Bäumen, mal in einer Unterführung. Es war

schwül: Die Dämmerung setzte ein. Im bevölkerungsreichs-
ten Land der Welt. Es war also eng und schwül unter dem
niedrigen Himmel, aus dem Blitze schossen – irgendwo auf
die Vororte, vielleicht auch weiter, hinter der Mauer, auf die
Mongolische Hochebene. Eng von Menschen und Feuchtigkeit, von Regen und Schweiß. Im Westen schimmerte rot ein
schmaler Streifen Himmel, darüber die Wolken. Irgendwie
war es dunkel auf dem Platz, und ich hatte Angst, dass es
gleich vollkommen dunkel werden könnte, wenn der Himmel sich ganz zuziehen würde, und nur die Autos noch ein
wenig leuchteten, die gar nicht so zahlreich waren. Zu groß
dieser Platz, doch zugleich auch eng. Zwar gab es ringsum
keine hohen Gebäude, aber allein der Raum lastete schwer
und war bedrückend. Vielleicht durch dieses Porträt am Tor
des Himmlischen Friedens. Es war fünf mal acht Meter oder
sogar mehr. Rosig, in schimmerndem Helldunkel, tot, wie
aus Wachs, mit dieser Warze am Kinn. Bekleidet mit einem
grauen Hemd ohne die Spur einer Falte, als wäre es aus Zel-
luloid genäht. Er blickte scheinbar geradeaus, aber eigentlich irgendwie darüber hinweg. Als wäre nichts geschehen.
Als hätten die Menschen in Sichuan nie Lehm gegessen. Als
hätten sie nicht – in anderen Provinzen – den noch lebenden
Feinden Leber und Nieren herausgerissen, um sie zu fres-
sen. Doch es ist nicht ausgeschlossen, dass er gerade darauf
schaute und zugleich durch all das hindurch. 1957 sagte er in
Moskau, er sei bereit, dreihundert Millionen Chinesen für
den Sieg der Weltrevolution zu opfern. Das war damals die
Hälfte der Bevölkerung. Im Dezember 1958 meldete er der
Parteiführung: »Der Tod kann nützlich sein. Mit Leichen
kann man die Erde düngen.« Und jetzt schaute er mit leerem

Blick; es war ja nichts geschehen. Er schaute aus den Porträts heraus, aus allen Banknoten, von Mützen, Taschen, Briefmarken, Weckern, Bechern, Umschlägen; er war aus Porzellan, Metall, Plastik, Papier, Gips, sicher irgendwo auch essbar, aus Zucker, Kuchen, aus Marzipan. Er schaute von überall her. Er schaute auf sein Volk wie auf die Geologie, auf die Tektonik, auf Flora und Fauna, auf das Entstehen und Aussterben von Gattungen. Auf eine Milliarde dreihundert Millionen. Und sie lebten weiterhin unter seinem Blick, als schaute die Ewigkeit auf sie.

Im Süden, im Südwesten des Platzes brodelte es. Der unmenschlich weite Raum war verschwunden, und es wurde enger, dichter. Essen, Dinge, Gestank. Aus den Kneipen Aromen, aus der Kanalisation Scheiße, aus den Mülltonnen Verfaultes. Leben. Gewimmel. Sie setzten sich für einen Moment, aber sofort sprangen sie wieder auf, um irgendwas zu tragen, zu schieben, zu überreichen, um zu schreien, sich mit Bündeln durch die Menge zu quetschen, etwas ins Telefon zu schnattern, etwas auszuteilen, sich herumzustreiten, ein Geschäft abzuschließen – und weiter, ins Gewirr dieser Häuser oder auch Stände, in den Raum, der auch nicht einen Augenblick Leere erfahren durfte, der heiß und schwül war von Menschen und Bewegung. Gleich hinter diesem Platz. Nach Einbruch der Dunkelheit sprühten Funken von den Gebläsen, die die Grillroste anzündeten. Die Leute saßen auf dem Beton, auf Ziegelsteinen, auf jedem freien Stückchen Boden und spielten ihre Spiele, aßen und spuckten Reste aus. Einer hockte einsam an einer Ecke und briet auf einem kleinen Feuer etwas an einem Stock. Abgerissen, in

Gummischlappen. Aber das könnte in Eren Hot gewesen sein, sechshundert Kilometer nordwestlich und viele Tage später. Jedenfalls sah es aus, als wären die Millionen Leichen, das Essen von Lehm, der Kannibalismus und die ganze Hölle früherer Jahre nur eine Episode gewesen. Oder eine Art biologisches Experiment, nach dem das Leben mit vervielfachter Kraft explodieren sollte.

Ich habe dreißig Jahre im Kommunismus gelebt, deshalb zog es mich so sehr dorthin. Ich habe in ihm gelebt wie in einer normalen Welt. Mein Vater brachte seinen Lohn nach Hause, in roten Banknoten mit dem Bild einer Fabrik. Auf der Rückseite war das Porträt eines Arbeiters. Die Banknote war Fiktion, aber sie beschrieb die Wahrheit. Je älter ich werde, desto weniger bedaure ich, dass ich in jener Zeit gelebt habe. Ehrlich gesagt, bedaure ich es überhaupt nicht. Mein Onkel bewahrte seinen Parteiausweis zwischen den Gummis für Weckgläser auf. Es war, als hätten wir ein Feuer irgendwo am Horizont betrachtet. Als hätten wir von einem fernen Lichtschein erhellt gelebt. Fern von den Ereignissen, im Halbdunkel. Deshalb fahre ich dorthin, um die Spuren des wirklichen Feuers zu sehen, um die Brandstellen zu suchen. Vielleicht ist es Neugier, vielleicht auch eine Art Schuldgefühl, weil ich das Feuer am Horizont gesehen habe, aber keinen Lehm essen musste. Ich saß im warmen Dachgeschoss, schnitt dünne Scheiben vom gesalzenen Speck ab, las Pearl S. Buck und stellte mir das bäuerliche China vor, seinen gebeugten Rücken unter der sengenden Sonne und die Revolution, die ihn aufrichtete.

Datong wirkte ausgestorben vom Fenster des Waggons aus. Es sollte drei Millionen Einwohner haben, aber auf den breiten Arterien sahen die einzelnen Menschen wie Krümel aus. Fünfzehnstöckige Wohnblocks schossen aus zerwühlter Erde auf. Vielleicht befanden sich alle in den Bergwerken, in den Kokereien? Am Bahnhof stieg niemand ein oder aus. Ein einsamer Bahnbeamter begleitete den Zug mit dem Blick. Wir fuhren in die Vororte, zwischen ziegelgedeckte Lehmhütten. Der Zug rollte langsam. Nahe an den Gleisen saß auf einem Betonblock ein Mann. Er hatte die Hosen heruntergelassen und schiss. Gleichgültig starrte er vor sich hin, direkt in die Fenster der Waggons. Es kam mir vor, als hätte ich für einen Moment seinen Blick erhascht.

Es war die Kirchweih zur Verklärung des Herrn. Die Buden standen auf dem Platz vor der Kirche. Ich war zwölf Jahre alt, und der Weg an den Ständen entlang schien mir unendlich. In Wirklichkeit waren es nicht mehr als zehn dieser mit Zeltstoff überdachten Holzbuden. Dazu kam noch die Abteilung Freizeit und Unterhaltung, das heißt ein Schießstand, eine Lotterie, Eis in drei Geschmacksrichtungen und Zuckerwatte. Aber die Stände waren das Wichtigste. Vielleicht nicht einmal zehn, sondern nur acht oder sechs? Man ging hinein, und die normale Welt – mit ihrem Sommerlicht, ihrem blauen Himmel, dem grünen Gras und den Holzhäusern – blieb zurück. Dort, innerhalb dieser kleinen Strecke, verdichteten sich Luft und Licht, Formen und Farben. Alles so bunt und vielgestaltig, dass es mit nichts zu vergleichen war. So etwas gab es damals nirgends. Es war, als käme man am helllichten Tag plötzlich in eine Wunderhöhle. Ein Halbdunkel, in dem es glänzte, lockte und schillerte. Violett, Smaragdgrün, Rubinrot, Purpur, Azur, Türkis, Saphir, Gold, Silber, Weihrauch und Myrrhe. Und eines verwandelte sich ins andere, verpuppte, transformierte sich, verhöhnte die erstarrten, ein für alle Mal gestalteten Formen, wie ein ostpolnischer Proteus, ein Kirchweihgott aus Podlasie, der zur Verklärung des Herrn in die Herz-Jesu-Gemeinde gekommen war, um plastisch vor Augen zu führen, dass das, was wir bisher als Schöpfung betrachteten, nur ein ärmlicher, trauriger, matter Abglanz war. Vor allem die Paläste zogen den Blick auf sich: aus farbigem Glas, zwei-, drei-, vierstöckig, mit Anbauten, Türmchen und allem Drum und Dran. Geschickt geklebt aus Täfelchen, Rechtecken; die kleinen Satteldächer, mit gemahlenem Glas bestreut, schimmerten diamanten, vielleicht sollten sie ja sogar ein bisschen an Kirchen erinnern, aber wenn das Licht auf sie fiel und kreiste, in allen Ecken blendete und sich vervielfachte, dann wurden diese Kirchen eher zu Kirchen Luzifers. Man konnte die Wunderdinge kaufen, und man konnte sie in der Lotterie gewinnen, die aussah wie ein Roulette aus Brettern. Das heißt, es gab eine große Holzplatte, auf der die Sachen standen, an der Platte war ein Stock angebracht, der sich drehte wie ein Zeiger, der Stock hatte einen Schnurrbart aus elastischem Plastik, und dieser Schnurrbart konnte nacheinander an einem guten Dutzend Nägeln hängenbleiben, die außen am Rand der Platte befestigt waren. Er blieb hängen, ratterte, sprang weiter, bis er endlich stehenblieb. Der Spieler zahlte, setzte die Vorrichtung in Gang und wartete ab, worauf der magische Stock zeigen würde. Auf einen Palast oder auf die Hütte der Baba Jaga. Aber das war nur der Anfang, denn ein Stück weiter begann der Verkauf von überflüssigen, aber begehrten Dingen. Spielzeugpistolen in vielen Modellen, aber wie bei Ford waren alle schwarz. Die stärksten und teuersten Korkenpistolen hatten sogar zwei Läufe, sie waren schwer und lagen angenehm in der Hand. Die Knallkorken, zu fünfundzwanzig Stück in Pappschächtelchen abgepackt, waren aus Pappmaché und mit einer rosaroten Substanz gefüllt, die unter dem Aufprall des Schlagbolzens explodierte. Pistolen mit Zündkapseln gab es für nur einen Schuss und solche mit einem Band. Ein einzelnes Zündplättchen sah aus wie ein Stück Konfetti mit dem schwarzen Pünktchen der Ladung in der Mitte, und das Band wie eine Papierschlange mit vielen dunklen Klecksen drauf. Außerdem gab es Gewehre für Bengel, die noch nicht im Pulveralter waren. Sie sahen aus wie hölzerne Fahrradpumpen – auf der einen Seite ein Griff, der in einem Kolben endete, auf der anderen eine Öffnung, die mit einem normalen, durch einen Pechdraht befestigten Flaschenkorken verschlossen war. Und diese Farben – rein, grell, eindeutig: Feuer, Himmel, Dschungel.

Das war noch die Mongolei, aber schon die Innere. Immer noch die Gobi. Am Morgen waren wir in Eren Hot losgefahren. Der Bus war alt, der Himmel bewölkt. Manchmal regnete es in dieser Wüste. Sie war dieselbe wie jenseits der Grenze, und doch sah sie ganz anders aus. Die Chinesen hatten ihr ihre Schönheit genommen. So weit das Auge reichte, standen Windräder, die Strom produzierten. Ich sah Hunderte, sicher waren es Tausende. Zu beiden Seiten der Straße, die ebenso leer war wie die Wüste. Sie standen in einer Landschaft, die sich seit Jahrtausenden nicht verändert hatte. Hirten verändern die Landschaft nicht. Das Gras wächst nach. Es bleiben nur Tierknochen. Und in dieser uralten Landschaft hatte China mitnichten etwas Zeitgenössisches aufgestellt, sondern gleich etwas, das vollkommen in den Bereich der Zukunft gehörte. Der Wind über der Gobi setzte Tausende von Turbinen in Bewegung. Auf der mongolischen Seite hatte ich nachts der rasenden Luft gelauscht und mir vorgestellt, das sei der wildeste und freieste Wind der Welt. Hier geriet er sofort in Gefangenschaft. Sie spannten ihn dafür ein, dieses Land anzutreiben. Es aufzurichten. Es aus der Tiefe der Erde emporzuheben und zu Formen zu bringen, die die Welt noch nicht gesehen hatte, und mit diesen Formen eine unvorstellbare Fläche zu bedecken. Vierundfünfzig Prozent des weltweiten Verbrauchs an Zement – das war doch was. Und dreißig Prozent des weltweiten Stahlverbrauchs ebenso. Sowie dreiundzwanzig Prozent des Energieverbrauchs. Die Energie kam von hier. Aus der menschenleeren Einöde und vom Wind der Gobi, dem man die Freiheit geraubt hatte.

An der Straße standen Dinosaurier. Manche fast noch auf dem Seitenstreifen, manche weiter weg und andere ganz weit entfernt, als tauchten sie eben erst am Horizont auf. Auf der rötlichen Erde, die mit hartem Gestrüpp bewachsen war. Sie standen meist einzeln, aber bisweilen auch paarweise, um diese Hunderttausende von Jahren zu überleben. Protoceratops, Velociraptor, Changchunsaurier, Fusuisaurier, Mongolosaurier, Gobisaurier, Gobititan. Nur sie, die Turbinen und die Einöde, die sich Tausende von Kilometern nach Westen erstreckte bis zur Taklamakan und dem Tarimbecken mit einem Atomversuchsgelände irgendwo auf dem Weg. Die urzeitlichen Tiere waren aus demselben Material wie alles hier, aus einer billigen Zementmischung und Draht. Aus Bruchteilen des errechneten Gesamtverbrauchs. Ein bisschen schuppten sie sich schon und blätterten ab. In ihrer kläglichen Wortwörtlichkeit erinnerten sie an die sowjetischen Monumente, die auf moldawischen Feldern verrotteten. Die hier tauchten jedoch aus dem Abgrund der Erde, aus der Vorgeschichte, aus der Urheimat auf und betrachteten die vereinzelten Autos. Über ihnen wehte ein

Wind, dessen Anfänge in die Anfänge der Welt zurückreichten. Eine seltsame und beunruhigende Landschaft. Sie enthielt die entfernteste Vergangenheit und eine unvorstellbare Zukunft. Die Vergangenheit war aus schiefem Beton, die Zukunft vernichtete mit diesen insektenartigen Monstern von Windrädern für Jahrhunderte die Landschaft, die mühelos die Spuren der Nomaden und ganze Karawanen von Kamelen geschluckt hatte, die gepressten Tee und Seide nach Urga transportierten.

Wenn ich die Uliza Kościuszki Richtung Sącz fahre und ein bisschen Zeit habe, kann ich mich in der Regel nicht beherrschen. Ich biege rechts ab und parke zwischen zwei – wie man heute sagt – Einkaufspassagen. In Wirklichkeit sind es zwei düstere, unförmige Baracken. Ein verzweifelter Kompromiss zwischen Billiglösung und dem Anschein von Eleganz. Ich betrete das linke Gebäude, gehe an der Drogerie im Parterre vorbei und die Treppe hoch in den ersten Stock. Es riecht schon von weitem: ein bisschen nach Gummi, ein bisschen nach Plastik, ein bisschen nach Leim – jedenfalls entschieden chemisch. Wenn ich an der zierlichen schwarzhaarigen Kassiererin vorbeikomme, kann ich mir wie immer das Vergnügen nicht verkneifen, klar und deutlich »Guten Tag« zu sagen und auf die Antwort zu warten. Ich warte, dass sie versucht, die Tonlage ihrer Muttersprache für einen Moment zu ändern, um diese zwei Worte auszusprechen. Ich zwinge sie dazu. Diese zierliche, schwarzhaarige junge Frau. Die Vertreterin eines Volkes, das bald die Welt beherrschen wird. Eine von einer Milliarde dreihunderttausend. Sie antwortet ohne ein Lächeln, mit flachen, zwitschernden Lauten. Sie muss nicht lächeln, denn sie weiß, der Sieg ist ohnehin auf ihrer Seite. Aber ich bin ein bisschen eklig und will mich mit diesem berechnenden Gruß rächen. Ich will mich für ihren zukünftigen Sieg rächen. Und für Jining. In dieser Stadt stiegen wir an einem späten Nachmittag aus dem Bus, der uns von Eren Hot dorthin gebracht hatte. Alle schauten uns an. Manche blieben stehen, um uns anzuschauen. Sie taten es ganz offen. Völlig ungeniert. Jining hatte etwa dreihunderttausend Einwohner und war ein Provinznest. Nur, dass hier die Bahnlinie verlief, und die Straße nach Peking. Aber es war ein Nest, und wer weiß, ob sie dort jemals einen Weißen gesehen hatten. Sie glotzten also und zeigten mit Fingern. Es war nicht einmal verletzend, denn sie sahen uns eher mit kindlicher Neugier an, lächelnd und erheitert. Seltsam war das Bewusstsein, dass man sich nirgends verstecken, dass man nicht so tun konnte, als wäre man jemand anders. Dass man nackt, hilflos und vor allem Weißer ist, und erst in zweiter Linie vielleicht Mensch. Nach zwei Wochen in der Gobi sahen wir etwas abgerissen aus mit unseren Rucksäcken, und zweihunderttausend Augenpaare verfolgten unsere ungeschickten Schritte, unsere Suche nach einer Übernachtungsmöglichkeit in der Stadt Jining. Daher nahm ich jetzt diese sanfte Rache, indem ich auf das chinesische »Guten Tag« lauerte.

An jenem Tag, kurz vor Weihnachten, ging ich an der Schuhabteilung vorbei in das Geschäft hinein. Hinter der gläsernen Trennwand zogen sich Reihen von Regalen entlang. Bestimmt sah ich das schon zum zehnten Mal, aber wieder konnte ich den Blick nicht losreißen, denn dort gab es alles. Für fünf oder sieben Zloty, Tausende von Dingen, deren Bestimmung – über ihre bloße Existenz hinaus – oft schwer zu definieren war. Denn was macht man mit einem Herzen aus Glas, das mit goldenem Plastikpulver gefüllt ist? Oder mit einem grünen Fisch in einer Glaskugel, der bei Berührung leichenstarr mit Flossen und Schwanz wackelt? Oder mit einer Mini-Schaufensterpuppe, die statt eines Kopfes sieben Haken hat, an die man was weiß ich hängen kann? Mit den Sachen auf dem letzten Regal, ganz in der Ecke, am Boden, auf dem Stapel von zusammengeklappten Zylindern, Narrenkappen, Schals und weiß-roten Flaggen verstauben? Mit einem Päckchen klotziger Poker-Chips für zwei Zloty? Mit Tigern, Elefanten, Papageien? Einer gläsernen Uhr mit einem Zifferblatt, auf dem in 3D die Basilika von Licheń schimmert? Was macht man mit einer batteriebetriebenen Muttergottes, die im Dunkeln leuchtet? Man kann diese Dinge hinstellen, damit sie an unserem Leben teilhaben in ihrer ganzen Hässlichkeit, mit ihrer Herkunft aus diesem unvorstellbaren Land oder auch Kontinent oder auch eigenen Planeten. Ich kam hierher, nach Jasło, nach Krosno, in den Laden an der Umgehungsstraße, um in der Erinnerung nach Eren Hot, nach Jining, nach Datong und Peking zurückzukehren und mir diesen Abgrund vorzustellen, der Trillionen überflüssiger Dinge hervorbringt, wie der Kosmos gleichgültig und ohne Anstrengung eine unendliche Zahl von Planeten, Sternen und kleinerer Materie gebiert. Deshalb kam ich immer wieder hierher. Um zu lernen. Um Gegenstände zu betrachten, deren Existenz überflüssig und vorübergehend war, weil sie bald zerbröseln, auseinanderfallen, zerbrechen, eingehen oder ausleiern würden; aber es warteten schon die nächsten, sie standen in einer endlosen Schlange, um den Platz ihrer toten Genossen einzunehmen und die Einsamkeit des Menschen zu lindern, um unsere Augen und Hände zu sättigen, unseren Wunsch nach Besitz zu befriedigen. Ich wollte mich an jene Reise erinnern, die fast etwas Religiöses hatte, denn China zu sehen heißt, die Geburt einer neuen Welt zu sehen. Ich nahm Messerchen in die Hand, die zu nichts nütze waren, lichtreflektierende Aufkleber, Kartenspiele mit halbnackten Damen, Sticker für den Kühlschrank mit dem Namen »art article«, ebenfalls dreidimensional wie Licheń: Schmetterlinge, Hündchen, Kätzchen, Vögelchen, Fürzchen, Blümchen, und das Ganze nicht nur in Stereovision, sondern auch noch mit Gummi unterlegt, damit es sich weich anfühlte. Ich watete, tauchte in diesen Überfluss der Nichtigkeit ein und stellte mir mein zukünftiges Leben vor, in dem ich unablässig etwas berühre, das zerfällt, also muss ich das nächste kaufen und wieder das nächste, und ständig erscheint etwas Neues, das es noch nie gegeben hat, also nehme und probiere ich es; eigentlich verbraucht es sich von selbst, nutzt sich ohne mein Zutun ab, denn die Abnutzung ist schon in die Produktion integriert, also brauche ich das Nächste und wieder das Nächste, und China muss immer wieder nachkommen, denn hinter mir drängen sich die Nächsten, meine Landsleute aus Gorlice, aus Małopolska, aus dem Karpatenvorland und all die Verdammten dieser Erde, die nie etwas besessen haben, sich jetzt aber endlich ihre Wünsche erfüllen, ihre Bedürfnisse stillen und Dinge benutzen können; Tag für Tag, Jahr für Jahr werden sie benutzen und verbrauchen, statt sich vor dem Tod zu fürchten.

Ich schlenderte, nahm Sachen in die Hand, strich darüber und konnte die Vielzahl und Vielfältigkeit kaum fassen.

Weiße Frauen beobachteten mich wachsam. Sie arbeiteten bei den Chinesen und bewachten andere Weiße, damit diese nicht stahlen. Damit sie sich anständig benahmen in dieser Welt oder diesem Weltall der Mitte, geschaffen für die Bedürfnisse der Armen, für die Bedürfnisse von uns allen, die wir nie mehr Linderung oder Befriedigung erfahren würden. Die wir in alle Ewigkeit vor Verlangen keuchen würden wie Hunde.

In der Dorflandschaft wirkte es wie ein Exzess: Vielfarbigkeit und Überflüssigkeit. Wozu brauchte jemand einen schwarzen Gummiteufel, der auf Druck die rote pneumatische Zunge herausstreckte? Oder eine abgeflachte Kugel aus regenbogenfarbenem Stanniol mit Pfauenaugenmuster, die mit Sägemehl gefüllt und an einem Gummi befestigt war? Oder goldene Ührchen mit blauen und rosa Zifferblättern, bei denen die aufgemalten Zeiger unverändert auf Viertel vor zwölf standen? Statt eines Uhrbands hatten sie einen einfachen Unterhosengummi. Oder Flöten mit fünf Öffnungen, aus denen Klänge einer exotischen Tonleiter kamen? Mit einer Wasserbeize bemalt, die farbige Spuren auf dem Mund hinterließ, als wäre es kein Instrument, sondern eine verdächtige Leckerei. All das diente einer Feier. Am Nachmittag packten die Stände zusammen, die dörfliche Landschaft schloss sich wieder, wuchs restlos mit Alltäglichkeit zu. Die farbigen Wunderdinge blieben in einigen Häusern zurück. Wie bei Onkel und Tante in dem Zimmer, wo hin und wieder Gäste untergebracht wurden: ein gläserner Palast, eine schwarz-goldene Gipskatze, die ägyptisch anmutete, und eine Zigeunerin mit ausgebreitetem, mit Flitter besetztem Rock, die auf einem Stapel von Zierkissen saß. In dieses Zimmer ging ich selten, nur wenn niemand im Haus war, und immer etwas verzagt. Es war ein festliches Zimmer. Die Tür zu ihm war immer geschlossen, um den kühlen, feierlichen Raum vor den Küchengerüchen zu bewahren. Ich betrat dieses Zimmer also beinahe, wie man eine Kirche betritt, und ließ den Blick über die Andenken an das vergangene Fest schweifen, über die Überbleibsel des sommerlichen Karnevals. Die Zigeunerin, die Katze, der Palast leuchteten im dunklen Licht der Versuchung. Draußen der grelle Tag, der hohe Himmel, der glitzernde Fluss zwischen den grünen Weiden, doch die künstlichen, vulgären Kirchweihfarben, die Farben der traurigen Fiesta schlugen die Phantasie in den Bann. Die gelben, orangenen, violetten und roten Flammen brannten das Alltägliche durch, es verkohlte, wurde schwarz an den Rändern, rollte sich ein wie angezündetes Papier, und dann offenbarte sich ... Ja, was offenbarte sich da? Wahrscheinlich die äußerst merkwürdige, übernatürliche Künstlichkeit inmitten einer Welt, die unerträglich natürlich war. All dieser unbrauchbare Ramsch, diese Gewehre mit Korken, diese Ührchen mit der erstarrten Stunde, die Nichtigkeit der mit Sägemehl gefüllten Bälle gewährten für einen kurzen Augenblick Ablass von der Erbsünde der Sinnhaftigkeit, von dem »wer a sagt, muss auch b sagen«, dem »die Welt ist, wie sie ist«, dem »Hans und Lotte gehen in die Schule«. Die Paläste aus Glas waren sowohl Wunder als auch Lästerung in einem Land, das für alle Ewigkeit ohne Lästerungen und Wunder auszukommen gedachte. Deshalb fand ihre Produktion irgendwo im Verborgenen, fast im Untergrund statt, halblegal, im schweren Schatten der kommunistischen

Steuerämter, deren Hauptaufgabe nicht das Eintreiben der Steuer, sondern die Verfolgung der sogenannten Privatinitiative war. Vor allem einer solchen, die schwarze Teufel mit roten Zungen herstellte. Also wurden die Sachen in kleinen Werkstätten hergestellt, in Heimarbeit, in den Vororten, an der Peripherie, bestimmt in irgendeinem Kałuszyn oder Mińsk Mazowiecki, im Gestank von Leim, giftigen Farben, in permanenter Angst. Um diese unsichere Ware dann Wanderhändlern zu übergeben, die durch die Gemeinden und Städtchen Polens zogen, auf den Wegen aller Schutzheiligen, nach Jabłonna an Mariä Himmelfahrt, nach Czekanów am Festtag von Andrzej Bobola, nach Nieciecz an Sankt Martin, nach Rozbity Kamień am Nikolaustag und so weiter durch das ganze Land, durch das ganze Jahr, bis der Kalender erschöpft war.

Etwa jede Stunde oder alle anderthalb hielten wir an einem Bahnhof. Xil, Tsagaan Teg, Qihreght, Gurban Obo, Sonid Youqi, Derst, Bayan Har, Ulaan Had. Nicht an allen, aber drei bis vier Mal. Ich stieg aus und ging die Waren in den Lädchen anschauen, die Zigaretten, deren Geschmack ich nur erahnen konnte. Alles war ärmlich und mit Staub bedeckt. Ich erinnerte mich an den Flughafen in Bratsk, die Bar mit der tristen Holzverkleidung und den Bechern, die von der Hitze in den Händen schmolzen. Ich kaufte ein paar Kuchen, da wusste man, woran man war. Sie waren fettig und süß, schmeckten gut, aber ungewohnt. Und ich glaubte diesen Staub zu spüren, obwohl es nieselte. Das Land fing gerade erst an, wir hatten es vor kurzem betreten. Hundert Kilometer von der Grenze entfernt, von diesem Eren Hot, das am Tag aussah wie ein Provinznest, wie eine übermäßig in die Steppe ausgedehnte Stadt mit Wohnblocks zum Hineinwachsen und mit breiten, leeren Gehwegen aus glattem Stein. Für die Zukunft gebaut. An den Ecken, direkt auf der Erde, reparierten sie Fahrräder. Rikschas gab es genauso viele wie Autos. Vielleicht standen die Häuser sogar zur Hälfte noch leer. In unserem Hotel, ein Stockwerk tiefer, wohnten Arbeiter. Sie wuschen sich in einem Gemeinschaftsbad. Sie kamen von irgendeiner Baustelle und trugen orangerote Helme. Alles wartete darauf, dass die Mongolei Asphaltstraßen baute und eine Bahnlinie einführte, um das Gold und all die anderen Reichtümer abtransportieren zu können, die seit undenklichen Zeiten tief in der Steppe in der Erde ruhten. Und in die andere Richtung sollten Notizbücher gebracht werden für einen Yuan das Stück, Taschenlampen mit Kurbeln, Sonnenblenden für Autos, aus Plastik, mit Saugnäpfen, mit Tiger- oder Papageienmuster zur Auswahl. Weil alle Völker und Nationen ihr Leben verändern wollen. In der Dämmerung gingen in der halbleeren Stadt Neonlichter an. Es handelte sich nicht um Reklame oder Schriftzüge, es waren nur farbige Linien, die an den Umrissen der Häuser entlangliefen. An den Rändern der Dächer entlang, um die Fenster herum, senkrecht die Schlankheit der Gebäude betonend, waagerecht ihre Breite. Die Lichtkonturen vervielfachten die ohnehin schon zu große, über das Ziel hinausschießende Architektur, die auf die Zukunft wartete. Für wen also brannten sie? Gelb, rot, violett, grün, blau. Sendeten sie ihren luziferischen Glanz ins Dunkel der mongolischen Wüste? In den Kosmos? Nach dem Motto: Es beginnt eine neue Ära? Straßenlaternen gab es nicht viele, hauptsächlich erleuchteten diese phosphoreszierenden Lichter die Stadt. Der Bahnhof schimmerte golden und metallen. Um zehn Uhr war keine Menschenseele unterwegs, nur zwei Alte. In ihren langen Gewändern, die an einen schmutzigen Kontusz erinnerten, der in der Taille von einem schäbigen Gürtel zusammengehalten wurde, sahen sie aus, als kämen sie aus dem Altertum oder direkt aus einem Stück von Beckett. Sie hatten irgendwelche Bündel bei sich und unterhielten sich laut. Im Leichenschein der Neonlichter, in der schwarzen Leere des Platzes wirkte ihre Anwesenheit irreal und heldenhaft zugleich. Sie schritten durch diesen falschen Glanz, als schritten sie durch ihre Wüste. Alte Männer aus einem Nomadenstamm. In dunkelroten, verschlissenen mongolischen Deels.

Später las ich, dass die Stadt nicht ganz sechzehntausend Einwohner zählte. Sie war um ein Vielfaches größer konzipiert. Darin hätten auch hunderttausend Platz finden können. Sie war nicht verlassen. Sie wartete. Wie das ganze Land. Wie das ganze Land hatte sie eine Mission. Sie sollte die Wünsche und Bedürfnisse der Welt befriedigen. Durch ihre noch im Halbschlaf liegenden Eingeweide sollte all das ziehen, was die Menschen sich erträumen. Durch Eren Hot sollte ein schillernder Fluss fließen – die Vervielfältigung der Welt. Der Transport der Neuen Schöpfung. Dieses unfassbare Land mühte sich wie ein kosmischer 3D-Drucker, um uns alles zu liefern, was wir bisher nicht hatten. Hier wurde die Antwort auf das Rätsel unseres Daseins geboren, auf das Geheimnis der Existenz: Sie ließ sich nicht ergründen, aber produzieren. Ding um Ding, Form um Form, Wunsch um Wunsch.

Wenn ich durch die chinesische Peripherie und die chinesischen Läden irrte, konnte ich mich des Eindrucks nicht erwehren, dass all das auf den Augenblick zustrebte, da dieser Leviathan in der Lage sein würde, aus rosa Plastik, aus Gummi und Folie auch unsere Gedanken und unsere Träume herzustellen.

Vor Sonid Youqi begann es richtig zu regnen. Durch das Fenster war kaum etwas zu sehen. Auf der Straße stand das Wasser. Schwer beladene Motorroller fuhren durch braunen Schlamm. Die Ausfallstraße entlang zogen sich zweigeschossige Baracken mit Läden und Werkstätten im Parterre. Stapel von Gemüse und Stapel von Reifen. Unter den Dächern standen Typen und warteten, dass der Regen aufhört. Am Rande der Wüste, am Rande der Stadt wuchsen die Pfützen zu Teichen an. Die Aufschriften waren auf Chinesisch und auf Mongolisch, mit uigurischem Alphabet. Hier und da blitzten plötzlich große Halden auf, aber es war schwer zu erkennen, ob es sich um Müll oder um Sekundärrohstoffe handelte. Das alles ähnelte einem Lager, aber es war eher ein technisches als ein Hirtenlager. Auf diese braune Erde geworfen in der Hoffnung, dass die Dinge Wurzeln schlagen, wachsen und Früchte tragen würden. Es sah durch und durch trostlos aus in diesem Regen, mit diesen Typen, die warteten, dass er aufhört. So begann dieses Land, wurde größer, stieg allmählich an wie eine kosmische Welle, die über die Welt rollen wird. In Sonid Youqi, hundertzwanzig Kilometer südlich der mongolischen Grenze. Es kam in Schwung wie der Wind in der Ebene. Weiter wollte ich gar nicht fahren. Ich stellte es mir lieber vor. All die Läden in Gorlice, in

Jasło, Nowy Sącz, in Bardejov, Košice, Miskolc, auf der ganzen Welt. All die Leute und mich selbst, wie wir die Läden betreten und die Ständer, die Bügel, die Regale und Bretter durchkämmen auf der Suche nach dem besten Rezept fürs Leben, bis wir schließlich in irgendeiner eingeschweißten Packung unsere eigenen Gestalten finden, gebrauchsfertige Figuren, die – wenn wir die Batterie eingelegt haben – in einer von zwanzig programmierten Sprachen sprechen. Deshalb war ich hierhergekommen. China selbst interessierte mich nur mäßig. Es war zu alt, zu kompliziert, als dass ich mich ernsthaft mit ihm hätte beschäftigen können. Es überforderte mich in jeder Hinsicht, aber es verriet mir meine Zukunft. Es war das älteste Land auf der Erde, deshalb wusste es am besten, was geschehen würde.

In Jining kamen wir am späten Nachmittag an. Das Gefühl, mitten in eine fremde Menschenmenge zu geraten, an einem Ort, von dessen Existenz wir vorher nichts ahnten, ist mit nichts zu vergleichen. Es ist betäubend und setzt sich aus Angst, Erregung und hundert anderen Empfindungen zusammen, für die wir keine Namen haben. Das war nicht mehr Eren Hot. Hier musste man sich durchdrängen. Der Rucksack war im Weg. Zu beiden Seiten der Straße zogen sich Betonblocks. Die Farbe des Himmels glich der Farbe der Gebäude. Wohnblocks kannte ich. Diese hier waren ähnlich, aber von etwas Fremdem und Anziehendem durchdrungen. Wie von einem anderen Licht gesättigt. Einem trockeneren, sandigen, fern vom Wasser. Irgendwie musste ich es benennen. Die Hypnose eines fremden Ortes, wo keiner dich erwartet oder braucht. Beton, rote Aufschriften, in denen du nur die arabischen Ziffern erkennst. Automarken, die du nie zuvor gesehen hast. Auf den Motorhauben Zeichen wie altertümliche Amulette. So kommt es dir vor. Du hast das Gefühl, je tiefer du hineingerätst, desto schwieriger wird es sein, zurückzufinden, bis es schließlich unmöglich wird. Das Gefühl, dass nur die Feigheit dich rettet, obwohl du Rettung eigentlich gar nicht willst.

Aus dem ersten Hotel warfen sie uns praktisch hinaus. Ein hagerer Typ in der verglasten Rezeption machte eine Handbewegung, dass wir verschwinden sollten. Es sah aus wie in einem alten Friseursalon. Grünliches, schmutziges Glas und braune Politur auf altem Holz. Er sagte etwas zu einer Frau weiter drinnen, als wollte er sich bestätigt wissen. Sie stimmte ihm auf Chinesisch zu. Wir gingen auf die andere Seite der breiten Straße. Hier hingen in der Rezeption vier Uhren: London, New York, Tokio und Peking. Alle lächelten, aber keiner verstand etwas. Weder sie noch wir. Sie meinten es gut, berieten sich, aber sie waren unentschlossen. Drei Frauen und ein Mann. Alle in dunkelroten Uniformen. Man spürte, dass es hier teurer war als auf der anderen Seite. Schließlich gaben sie uns die Schlüssel, aber ohne große Überzeugung. Als hätten wir es erzwungen.

Kurz vor Mitternacht machte ich einen Spaziergang. Die Straßen hatten sich etwas gelichtet. Aber das bedeutete nichts, die Menschenmenge war die ganze Zeit da, sie keuchte hinter den Betonwänden, hinter Fenstern, in denen gelbe Glühbirnen brannten. In Irkutsk oder Ulan-Ude habe ich einmal gesehen, wie chinesische Arbeiter schliefen. In einem großen, leeren Saal ohne Einrichtung lagen Hunderte von dünnen Matratzen, und auf diesen Matratzen die Chinesen,

Hunderte, reglos, auf dem Rücken, so schnell wie möglich schlafend, denn um fünf mussten sie wieder aufstehen. In der chaotischen Landschaft von Irkutsk oder Ulan-Ude erweckte der Anblick der gleichmäßig angeordneten schlafenden Körper den Eindruck großer Ruhe und noch größerer Kraft. Ich schaute durch die schwarze Fensterscheibe und prägte mir diesen Anblick ein, um ihn mitzunehmen, bis hierher. Ich ging zum Bahnhof, um mir die Zugverbindungen anzusehen. Die Tafel »Beijing« war mit lateinischen Buchstaben geschrieben, der Rest nicht. Die Stadt wirkte irgendwie dunkel, schwärzlich, ein wenig kohlenartig, aber im Parterre leuchtete es hier und da grünlich, bläulich, regenbogenfarben, synthetisch. Ich betrat eine dieser Höhlen. Hinter der Theke lag ein langhaariger Mann mit Bart. An eine Frau gelehnt, deren Gesicht ich im Halbdunkel nicht sehen konnte, klimperte er auf einem Saiteninstrument mit langem, dünnem Griff. Ich ging zwischen die Regale und fand einen Rotwein, der sich, wie übrigens vieles hier, Great Wall nannte. Er war ekelhaft. Der Merlot und der Cabernet schmeckten identisch. Aber immerhin kannte ich sie und wusste, was mich erwartete. Ich nahm noch ein paar Bier mit, deren Namen entweder das Wort »Tiger« oder »Drachen« enthielten. Die Frau gab mir das Wechselgeld, indem sie mit der Hand in die Schublade griff, ansonsten blieb ihr Körper unbewegt. Der Mann unterbrach sein Spiel nicht. Dieses Klima einer Opiumhöhle, der Geruch und das Halbdunkel gefielen mir. Aber die beiden hatten entschieden keine Lust auf Gesellschaft.

Vor dem Eingang zum Hotel hielt mich ein zwei Meter langer junger Chinese an. Zwei zierliche, lächelnde junge

Frauen begleiteten ihn. Er zeigte mir einen Ausweis und sagte, er sei von der Polizei. Er war verlegen. Die Mädchen halfen seinem Englisch nach. Wir sollten das Hotel verlassen, weil es uns nicht erlaubt sei, dort zu wohnen. In der Stadt gebe es nur ein Hotel für Ausländer, dorthin sollten wir umziehen, und die drei, der zwanzigjährige verlegene Zweimetermann in zu kurzen Jeans und die zwei reizenden Polizistinnen, sollten uns dabei helfen. Das geht jetzt nicht, erwiderte ich, alle schlafen schon, wir sind müde, wir bedanken uns für die Fürsorge, auf Wiedersehen. Und ich ging ganz unverschämt weiter und ließ sie mit ihrem schüchternen Lächeln zurück. Dabei war mir keineswegs nach Unverschämtheit zumute. Wir versammelten uns alle vier in einem Zimmer und berieten uns bei einer Flasche Great Wall. Es war mitten in der Nacht, die Stadt dunkel, und gegen uns der gigantische Staat. Gegen ein paar Weiße, die sich hierher verirrt hatten. Ein Staat, der ohne mit der Wimper zu zucken Tausende seiner Bürger mit einem Schuss in den Hinterkopf ins Jenseits beförderte, um danach die Körperteile der Leichen zu verkaufen. Uns war nicht zum Lachen, aber die warmen Betten wollten wir auch nicht verlassen. Wir hatten zwei Wochen im Schlafsack hinter uns. In Unterwäsche saßen wir da, mitten in der chinesischen Nacht, und überlegten, was sie mit uns anstellen würden. Nach einer Stunde erschienen die drei von der Polizei. Sie lächelten jetzt noch mehr und waren noch schüchterner. Der Junge verkündete entschieden erfreut und erleichtert, sein Chef sei einverstanden, dass wir im Hotel blieben. Dann kramte er zwei flache rote Schächtelchen hervor und reichte sie uns auf seinen großen, geöffneten Händen. Sie waren für die Frauen. Unter den roten Deckeln, auf rotem Seidenpapier, lagen zwei weiße Armbänder aus Plastik, Alabasterimitat.

Nicht auszuschließen, dass ich seit meiner Rückkehr unter dem tausendfachen Ramsch der »Chinamärkte« in meinem und den umliegenden Kreisen und in der Slowakei unbewusst nach ähnlichen Armbändern suche. Jedenfalls ist mir seit der Rückkehr die Geringschätzung für diese Orte vergangen. Ich betrete sie wie Zeitvehikel, die mich in die Zukunft des Planeten bringen. Oder in die Vergangenheit, in meine Kindheit. In die Gemeinde des heiligsten Herzens des Herrn Jesu, zwischen die Buden, die Schießstände und die Lotterien. Zwischen die Wunder, die den Alltag einen Nachmittag lang erleuchteten, um danach im Dämmerlicht der feierlichen Zimmer zu verblassen und zu erlöschen. Aber ihre diskrete Anwesenheit, der sanfte Schimmer, der Widerschein des Flitters, der gläserne Glanz waren ein Versprechen, dass Karneval und Kirchweih wiederkehren, wenn es Zeit ist, wenn die Zeit und wir unsere Arbeit getan haben. Es braucht nur Geduld und Sehnsucht.

Der chinesische Laden in meinem Gorlice hat geöffnet. Alle anderen Läden sind schon längst geschlossen, aber dort kann man noch hingehen. Nur die Lebensmittelläden und dieser chinesische sind noch in Betrieb. An Winterabenden ist es leer. Meine zierliche Chinesin, die mit dem »guten Tag«, legt Patiencen im iPhone. Weiße Frauen wischen den gekachelten Fußboden. Es ist hell, sehr hell, wahrscheinlich ist es der hellste Ort in der Stadt, die sparen muss. Heller als im Biedronka, heller als im Lidl. Aber diese Helligkeit ist nötig, damit all die Formen und Farben sichtbar werden, das Wunder der Neuschöpfung der Welt, dieses ganze Welt-all, Abteilung für Abteilung, Regal für Regal, Brett für Brett, in dem man nicht bis 19.00 Uhr wird herumirren können, sondern vierundzwanzig Stunden und in alle Ewigkeit, in diesem Licht, das nie erlöschen wird. Deshalb komme ich hierher: um mich an China zu erinnern. An den zwei Meter langen, schüchternen jungen Mann, den Polizisten eines Landes, das seine Verbrecher auf öffentlichen Plätzen tötet, und an sein kindliches Lächeln, als er die großen Hände ausstreckte, auf denen die Armbändchen lagen. Plastikschmuck wie in der Pfarrgemeinde am Bug vor vierzig Jahren.

Der Sommer ist vorbei, und ich denke an die Gobi. Ich erinnere mich an die Orte, an denen wir übernachtet haben. Auf dem Sand schlugen wir das Zelt auf. Es war still. Weder aus der Nähe noch aus der Ferne drang irgendein Laut. Nur unsere eigenen Geräusche. Tagsüber wehte Wind, aber abends ließ er nach. Ich kletterte auf die Dünen, um trockenen Dung zu sammeln. Kilometerweit waren keine Tiere zu sehen, aber der Dung lag überall. Wie die Steine. Ein Zwischenzustand zwischen dem Lebenden und dem Toten. Etwas fast so Altes wie die Wüste. Der Dung glühte in der Feuerstelle aus flachen Steinen. Er verströmte einen unbekannten, etwas teerigen Geruch. Wo es keine Saxaulsträucher gab, blieb nur diese Substanz, leicht wie Bimsstein.

Etwa alle vierzig, fünfzig Kilometer trafen wir unterwegs auf Brunnen. Es waren gewöhnliche Erdlöcher, über die man ein paar Bretter gelegt hatte, damit man auf etwas stehen konnte. Dazu eine Kelle aus Leder, befestigt an einer Stange. Daneben stand ein Trog aus Zement oder Stein. Wenn wir anhielten, kamen hinter den Hügeln Tiere hervor. Pferde, Kamele. Sie warteten, dass jemand Wasser schöpfte. Manchmal kämpften sie untereinander um den Zugang zum Wasser. Der nächste Brunnen lag fünfzig Kilometer entfernt. Einmal verirrten wir uns. Gamba, unser Fahrer, schüttelte den Kopf. Da war nichts außer Kies und Hügeln. In der

Ferne entdeckte ich eine Jurte, einen Ger. Wir fuhren hin, um zu fragen. Die Leute waren arm. Ein abgemagertes Fohlen konnte kaum die Beine bewegen. Der Hund rührte sich nicht aus dem Schatten. Im Sand lag eine Schaufel mit abgebrochenem Stiel. Keinerlei Hab und Gut war zu sehen. Man begrüßte uns ohne ein Lächeln. Eine knochige Frau erklärte etwas und wies in die Tiefe der endlosen Landschaft, aus der wir gekommen waren.

Darüber denke ich jetzt nach. Über mich an jenen Orten. Über die Eigentümlichkeit des Lebens, das sich in Tausende von Ereignissen aufspaltet, zu denen wir später Zugang haben. Wie zu jenen Tagen in der Gobi, zu denen ich jetzt die passenden Ortsnamen suche: Bulgan, Bogd. Wo die Berge aus grünlichem, gläsernem Stein waren und bei Sonnenuntergang fast schwarz wurden. Ja. Man ging wie über Glas. Von den Gipfeln reichte der Blick über Dutzende Kilometer, und da war nichts als rosa-graue Wüste. Hinter einem Bergrücken, der wie ein angewinkelter Arm aussah, in einer Vertiefung, die vor dem Wind schützte, verbarg sich ein Anwesen. Ein paar Gers, ein UAZ, ein Motorrad, eine Antennenschüssel und ein Sonnenkollektor wiesen darauf hin, dass es diesen Nomaden sehr gut ging. Daneben standen Kamele, bei denen sich das Fell ablöste. Die Wolle füllte einen Zweiradwagen. Auf der Erde stand ein auseinandergenommener Motor – schwer zu sagen, was für einer. Wir betraten die weiße Jurte und setzten uns auf den mit einem Teppich bedeckten Boden. Zwei junge Frauen waren in der Hocke an einem eisernen Herd beschäftigt. Sie reichten uns Tee. An der Wand saß eine alte Frau und lächelte uns zu. Die Gesichter der jungen waren undurchdringlich. Zwei Kinder kamen herein. Sie schauten sich vorsichtig um und warfen hin und wieder einen Blick auf ihre Angehörigen. Wir bekamen süßlichen Zwieback und getrockneten Käse und gaben ihnen Schokolade. Eine der Frauen ging hinaus. Die zweite kümmerte sich um Küche und Kinder. Manchmal trafen sich unsere Blicke, aber sie wendete die Augen nicht ab. Aus der Tiefe unserer Welten heraus sahen wir uns an. Wir waren darin gefangen, und nur Vermutungen oder Phantasie konnten uns für einen Augenblick aus dem Eingesperrtsein befreien.

Fast unwillkürlich kehre ich in Gedanken in jene Gegend zurück. Ich beginne an die fernen Orte zu denken, und sofort erscheinen die Wüste und die Steppe im Osten. Manchmal stellen sich auch andere Bilder ein, aber die muss ich herbeirufen. Die Landschaft erscheint auf so natürliche Weise, als hätte ich sie von Geburt an unter den Lidern. Vielleicht, weil es um den Raum geht, der dort in nahezu reinem Zustand auftritt. Ich wende mich jener Gegend zu und sehe, wie eine Schicht nach der anderen sich zeigt, ein Vorhang nach dem anderen aufgeht, der Wind aus dem Weltall, der seit Anbeginn wehende Wind, trägt eine durchsichtige Materie aus mit Entfernung gemischtem Licht heran, und es erscheint die Urgestalt der Welt. Ein Ort, wo es uns noch nicht gibt, und zugleich ein Ort, an den wir zurückkehren sollten.

Später, als wir das Anwesen schon verlassen hatten und weiter nach Osten fuhren, sah ich sie noch einmal. Offenbar hatte sie aufgehört zu kochen und fuhr jetzt mit dem Motorrad über die gläsernen Hügel, um nach den Herden zu schauen.

Sie war weit weg, aber es war gute Sicht, und ich konnte ihre rote Bluse erkennen. Auf einem Bergrücken blieb sie stehen und hielt nach den Ziegen und Kamelen Ausschau, ohne von der chinesischen Maschine abzusteigen. Vielleicht schaute sie auch uns nach, den Fremden, die sie nie wieder sehen würde. Ich jedenfalls behielt sie so lange im Blick, bis die Landschaft ihre Gestalt restlos verschluckt hatte.

Warum kehren die Gedanken nicht zu den Orten des Überflusses zurück? Zu einer gesättigten Landschaft? Ich kann mir vorstellen, dass die Seele Linderung braucht. Dass die Leere der Wüste wie die Unendlichkeit des Wassers ist, aus dem wir einst an Land gingen. Unwiderruflich.

Einige Tage zuvor hatten wir noch in der Steppe übernachtet. Etwa hundert Kilometer südwestlich von Ulan Bator. An einem See weideten Kühe und Pferde. Es war trocken, aber das Gras reichte noch. Die Tiere hatten glänzende, rundliche Flanken. Wir schlugen das Zelt auf und stiegen bergauf zwischen die Felsen, um zu sehen, wie die Sonne untergeht. Wie die endlose Landschaft in Streifen zerfällt. Violett, rot, fast schwarz. Wir wollten uns das Grün anschauen, bevor die Wüste begann. In der Mitte des Abhangs fanden wir zwei Gräber, zwei Steine. Auf einem war eine Sonne eingraviert. 1927-2008 und 1987-2010, so lauteten die Daten. Mitten in der Steppe, auf halber Höhe des Abhangs. Daneben lagen zwei menschliche Schädel im Sand. Sie mussten von früheren Bestattungen stammen, aus einer Zeit, als man noch keine Grabsteine mit Daten aufstellte. Man trug den Körper einfach hinaus und überließ ihn dem Himmel, den Vögeln, den Tieren. Ausgetrocknet, mineralisch, weiß wie Steine lagen die Schädel da. Gereinigt von dem Leben, an das wir gewöhnt sind. Von der Wärme, die sich später in Zersetzung verwandelt. Dann bleibt nur geruchlose, glatte Kälte, die fast so lange dauern wird wie die Ewigkeit. Zumindest wie die geologische. Unten, in der Ferne, weideten die Herden. Als hätte jemand eine Handvoll Steinchen geworfen. Sie waren gekullert und erstarrt: weiß, braun, schwarz auf einer grünen Fläche, die sich bis zum Horizont hinzog.

Das Sterben, die Zersetzung unter freiem Himmel ließen mir keine Ruhe. Ich habe einmal Fotografien einer Bestattung in Nepal gesehen. Mönche in roten Gewändern zerhackten Leichen. Mit Messern schabten sie das Fleisch ab. An den Händen hatten sie Latexhandschuhe. Sie warfen die roten Stücke in die Luft. Geier ergriffen sie im Flug. Im ersten Moment dachte ich: Barbarei. Die Mönche hatten ruhige, konzentrierte Gesichter. Sie halfen der Welt, in ihre ursprünglichen Bahnen zurückzufinden. Als hätten das menschliche Leben und der menschliche Tod zeitweilig die Ordnung ins Wanken gebracht, als wäre eine chirurgische Intervention notwendig, um die Harmonie wiederherzustellen. Weil wir nicht selbständig sterben können, weil wir Hilfe brauchen.

Konstantin Rengarten, der Ende des 19. Jahrhunderts zu Fuß von Riga nach China aufbrach, wanderte auch durch die Mongolei. In der Gobi traf er auf einen Leichenzug. Das Gefolge von Frauen, Männern und Hunden begleitete die Überreste einer Mongolin, die »in der Blüte der Jugend« gestorben war. Nach einiger Zeit legten sie das Bündel auf die Erde und gingen weg, wobei sie Rengarten zu verstehen gaben, er solle das Gleiche tun. Doch er hörte nicht auf sie und blieb da, in der Hoffnung, es werde ihm gelingen, die Leiche zu bestatten. Doch die Hunde kamen ihm zuvor. Er schoss mit der Flinte auf sie, bis die Munition verbraucht war, und flüchtete dann in die Wüste. »Als ich später in der dunklen Nacht in der Wüste keine Jurte finden konnte, stand mir dieses schreckliche Bild ständig vor Augen.« Was hat der Europäer – und vermutlich Christ – gesehen? Dass nicht die Erde, sondern die Hunde den Körper verschlingen? Dass die Erde älter ist als die Hunde und ihr Recht auf die Überreste, auf die Teilnahme an dem Brauch deshalb größer? Dass Würmer und Bakterien und allmähliches Verfaulen würdevoller sind als Hunde, die mit Gewalt ihren Hunger stillen? Vielleicht hat er gesehen, wie sein Körper in Stücke gerissen wird? Von seinem eigenen Hund, mit dem er unterwegs war?

Wohin gehen wir nach dem Tod? Worauf warten wir? In diesen palastähnlichen Grabmälern aus Granit und Marmor. In Mausoleen. In diesen Todeshäusern voller Luxus. Aufbewahrt in Krypten, unter verzierten Platten, hinter schmiedeeisernen Türen. Auf Friedhöfen, die stillen Städten gleichen. Als würden wir nicht glauben, dass der Herr kommt, und müssten uns selbst um alles kümmern. Aufbewahren bis weiß nicht wann. In Häusern aus Marmor, in dunklen Wohnungen aus Terrazzo. Weil wir keine Hunde und keine Geier haben. Weil wir nicht glauben, dass der Herr uns wieder erschaffen wird aus Staub, aus Rauch. Dass er uns wiederfinden wird im Atem des Hundes. Wir glauben nicht.

Man fährt immer nach Süden, und allmählich verschwindet das Grün. Es bleicht aus und nimmt die Farbe des Sandes an. Wir schliefen irgendwo hinter Guchiin Us, schon näher an Bogd. Die erste Übernachtung in der Wüste, mit Sand bis zum Horizont. Ein goldener Mond schien. Ich sammelte Dung und machte Feuer. Neben dem Mond erschienen ein paar Sterne. Mehr war da nicht. Der Umriss der nackten Hügel, das rote Feuer, der Himmel. Deshalb war ich hierhergekommen. Damit zwischen meinem Körper und dem Rest der Welt möglichst wenig ist. Selbst das Gedächtnis hatte weniger zu tun, weil ich die Geschichte dieses Landes nicht kannte. Es gab nichts hier, worüber ich hätte nachdenken können. Das heißt, ich dachte über mich selbst nach. Ich überlegte, wo es leichter sei zu sterben: hier oder bei mir zu Hause.

Ich fuhr also dorthin, damit nichts die Aussicht auf das verstellte, was einmal sein würde. Düne um Düne, Hügel um Hügel, Fels um Fels – sonst nichts. Aber sie trugen die Toten nicht an eine beliebige Stelle, sondern dorthin, wo sie es leichter hatten, die bisherige Welt zu verlassen. Wo Durchzug war, Luftzug, auf einen Pass, mit einem hungrigen Vogel, Hund oder Wolf. Der Geier riss einen Teil weg und verwandelte ihn in Flug. Hund und Wolf in geduldigen Trab.

Meine Großmutter haben wir im Sommer bestattet. Ich schaute, wie sie den Sarg an Seilen hinunterließen. Die ausgehobene Erde war graugelb. Das Loch kam mir sehr tief vor. Ringsum stand das ganze Dorf. Ich wusste nicht, was ich tun sollte. Das erste Mal sah ich, wie jemand begraben wurde.

Ich war sieben und wusste nicht, was der Tod bedeutet. Ich wusste nur, dass Großmutter im Sarg lag und ich sie nie wieder sehen würde. Als wir sie küssten, bevor der Deckel geschlossen wurde, war sie kalt wie die Erde aus dem Grab. Ich stand reglos da und weinte nicht. Die Frauen schluchzten. Vater hatte Tränen in den Augen. Ich wusste noch nichts. Kinder sind unsterblich. Ich schaute auf die fallende Erde. Ich stellte mir die kühle Dunkelheit vor, in der Großmutter ruhte. Aber sie war ja vorher schon kalt gewesen, deshalb hatte ich keine besondere Angst um sie. Sicher spürte ich, dass ihr Leben oben, über der Erde geblieben war. In den Tagen, die vergangen, aber nicht verloren waren. Deshalb hatte ich keine Angst. Deshalb weinte ich nicht. Ich schaute, wie die Erde langsam den Sarg bedeckte. Mit einem dumpfen Laut, als sie auf dem Deckel aufschlug, wenige Zentimeter über Omas Gesicht, über dem ausgestreckten Körper mit den auf der Brust gefalteten Händen. Ringsum lagen noch andere Körper, ebenfalls in Kisten, und warteten. Der Friedhof war klein und schön. Weit weg vom Dorf. Im Schatten alter Bäume. Hinter der Straße öffnete sich nach Osten der Ausblick auf eine sanfte Ebene: Felder, Wiesen, Pappelhaine, Holzhäuser mit Obstgärten. In einem von ihnen war sie am Morgen gestorben. Über Jahrzehnte brachten sie ihre Toten hierher und legten sie nebeneinander. Manchmal Sarg auf Sarg, weil kein Platz mehr war. Das Warten der Toten außerhalb des Dorfs, im Schatten hoher Bäume hinter einem Metalltor schien mir ganz natürlich. Der Friedhof schmiegte sich ans Leben wie die Haut an den Körper. Eines Tages würden sie auferstehen. Wir würden uns mit ihnen treffen. Wahrscheinlich habe ich deshalb nicht geweint.

An all das erinnerte ich mich, als ich weiter in die Wüste hineinfuhr. Manchmal übernachteten wir bei Leuten. Die Gers waren durchtränkt von Essens- und Tiergeruch. Dieser Geruch schien stärker, materieller zu sein als die Filzwände. Es war windig und dunkel. Über hundert, über tausend Kilometer. Die Quartiere waren ein zerbrechlicher Schutz. Eines Tages verschwanden sie, und es blieb nur ein festgetretener Kreis im Gras. Die Leute nahmen alles mit. Sie luden es auf den Anhänger eines Traktors, auf einen Wagen, auf Kamele, nichts blieb übrig. Die Erde wie vor Jahrtausenden. Abgenagte Tierknochen, eine Wodkaflasche, Kohle vom Feuer. Der Horizont schloss sich. Ähnlich war es mit den alten Gräbern. Sie verschwanden. Es blieben Sand und Staub. Daran dachte ich. In den Gers und am Feuer. An die Harmonie, die dieses Land ausstrahlte. Die Bereitschaft zu sterben. Im alten Ulan Bator bestatteten die Chinesen ihre Toten nicht, sondern sammelten sie im Handelsviertel in aufeinandergestapelten Kisten, und wenn eine ausreichende Anzahl zusammengekommen war, bildeten sie eine Karawane und brachen Richtung Eren Hot auf, durch die Wüste, um die Toten in der Erde ihrer Vorfahren zu bestatten. Weil sie nichts verlieren wollten und seit Jahrhunderten Gegenstände, Kunstwerke, Städte, Bücher, Statuen und unterirdische Armeen aus Ton anhäuften, die die Einsamkeit des Kaisers lindern sollten. Sie sammelten Tote. All die Materie, in der sie Trost fanden. Schicht für Schicht, Jahrtausend für Jahrtausend, wie ein Fluss, der Schlamm führt.

Wo Dschingis Khan begraben liegt, weiß niemand. Es heißt im Nordosten, in der Gegend, wo er geboren wurde. Es heißt, alle, die auf den Trauerzug trafen, seien getötet worden. Was mit dem Trauerzug selbst passiert ist, weiß man nicht. Vielleicht töteten die Letzten, die Treuesten der Treuen, auch das Gefolge des Trauerzugs und nahmen das Geheimnis mit ins Grab. Dschingis Khan kam aus dem Nichts und verschwand spurlos in der gebirgigen Steppe, wo sich der Fluss Onon windet und die ersten Wälder beginnen. Ist er dorthin zurückgekehrt, wo er herkam? Und hat lediglich die Erinnerung an Grausamkeit und Ruhm hinterlassen? Das ist das Leben? Das Gedächtnis derer, die geblieben sind, und derer, die erst noch kommen werden? Gibt es nichts außer den Ereignissen, die von keinem Ding gerettet oder bewahrt werden können? Weder auf der Erde noch im Grab? Können wir anhäufen und anhäufen, und nichts schützt uns? Wir stapeln unsere Toten in Schichten, in der Hoffnung, dass sie uns verteidigen, uns abgrenzen werden, wenn die Zeit da ist? Wir bauen ihnen Stätten aus Stein, damit wir einen Ort haben, wo wir hingehen können, damit sie nicht entkommen. Das Fleisch schwindet, aber die Knochen bleiben, das tröstet uns. Knochen. Um sie zu erhalten, machen wir das alles. Weil wir nicht an die Erinnerung glauben.

Dies ist ein Land der Knochen, daran muss man sich gewöhnen. Überall liegen sie. In der Steppe, an der Straße, in Siedlungen, in Städten. In Ulaangom lagen Kuhschädel vor dem Tor eines Klosters. Irgendwo habe ich die ausgetrocknete Hälfte eines schwarzen Hundes gesehen. Es war mitten in einem Dorf, die Räder der Autos verwandelten die Hundereste allmählich in Staub. Oder unweit von Bajandzag, als wir stundenlang durch die offene Wüste gingen, um plötzlich auf einen Kreis aus Skeletten und kleinen Schädeln mit Hörnern zu stoßen – die Überreste einer Ziegenherde. Vielleicht alle zusammen niedergemetzelt, ausgeweidet, abgezogen und dann als Fleisch und Häute weitertransportiert. Oder hinter Manlaj, die letzte Nacht in der Gobi: Wir schlugen das Zelt neben einer schwachen Quelle auf. Sie speiste eine sumpfige kleine Wiese und versickerte im Sand. Am Morgen fand ich in der Nähe das Skelett eines Kamels. Es schien nichts zu fehlen. Weiß und ruhig lag es da, wie der Tod es angetroffen hatte. Ein schlafendes Tiergerippe, konnte man denken. Einen Kilometer weiter sah ich drei lebendige. Sie gingen auf den Horizont zu.

Knochen. Auch an Dutzenden von anderen Orten. Manchmal mit Resten von rötlichem oder grauem Fell. Manchmal ans Ufer der Steppenflüsse geworfen. Aber immer gereinigt, ohne eine Spur von Gewebe, geruchlos, mineralisch und glatt. Man konnte sich vorstellen, dass sie sich seit Jahrtausenden in der Erde ablagern, Schicht für Schicht, zusammen mit Gräsern, zusammen mit der Jahr um Jahr sterbenden Flora. Dass wir über einen großen Friedhof gehen. Über ein Gräberfeld alles Lebendigen.

Es wird immer schwieriger, sie zu überreden, aus dem Haus zu gehen. Sie trippelt durch die Küche. Wenn es wärmer ist, über den Hof. Hin und her. Hin und her. Sie erinnert an einen Vogel im Käfig. Ab und zu fliegt er noch auf, aber die Kraft schwindet. Ich schäme mich ein bisschen für meine Beweglichkeit – immer auf der Durchfahrt, immer eilig, nie extra zur ihr, immer nur bei irgendeiner Gelegenheit. Sie fragt nicht mal mehr nach. Was sollte ich ihr auch erzählen?

Dass dort Sand ist? Dass es kein Wasser gibt? Wie das so ist in der Wüste? Dass da Schlangen kriechen, Schädel liegen? Also sage ich nichts. Höre ihren abgerissenen Sätzen zu. Manchmal frage ich nach der Vergangenheit, weil wir beide wissen, dass das die einzige sichere Zuflucht ist. Sie erzählt. Bruchstücke. Einfache, klare Bilder tauchen auf, als gäbe es all die Jahre nicht. Ich sehe sie so deutlich, als wären sie in meinem eigenen Gedächtnis. Vielleicht wird ja die Erinnerung mit dem Blut weitergegeben. Ich sehe ihren kleinen Bruder, wie er auf der sandigen Straße spielt. Die Deutschen kommen angefahren und rufen ihm etwas zu, aber er beachtet sie nicht. Schließlich zieht einer von ihnen genervt die Pistole. Aus dem Haus nebenan läuft jemand heraus und erklärt in Zeichensprache, das Kind sei taubstumm, es könne nichts hören. Er reißt den Jungen fast unter den Rädern weg, und das Auto fährt weiter. Der Bruder taucht jetzt häufig in den Erzählungen auf. Er zeichnet Pferde. Oder er schneidet sie aus Papier aus und läuft über die Straße, auf der sie ihn töten wollten. Als ich klein war, zeichnete er für mich Pferde. Sie waren schön, sahen aus wie lebendig. Jetzt also erzählt sie, er sei ein ungewöhnlicher Mensch gewesen, nur diese Krankheit und der Krieg hätten bewirkt, dass er später ein einsames, stilles Leben führte. Es macht mir keine Mühe, mir all das vorzustellen, und mühelos erinnere ich mich auch an mich selbst auf dieser grauen Straße zwischen den Holzhäusern, zwanzig Jahre später. Sicher schaute sie nervös hinter den Zaun, ob ich nicht irgendwo verschwunden, nicht zu der Düne gegangen war, hinter der sich grün und weit der Bug erstreckte. Oder ob nicht irgendwelche neuen Deutschen im Anmarsch waren. Ich höre ihre fragmentarischen

Geschichten und rieche den Holzrauch, der aus den Schornsteinen steigt. Im Sommer warf man, wenn man etwas kochen wollte, Zapfen in den Ofen. Die sammelten wir in Jutesäcken im sogenannten »Kiefernwald«. Dorthin ging selbst am Tage kaum jemand, denn die Erzählung von Hunderten von Leichen, die zwischen den Bäumen lagen, als 1944 die Russen durchmarschierten, war noch immer lebendig. Die Zapfen gaben ein heißes, heftiges Feuer. Der Duft von Harz, gekochten Kartoffeln und erhitztem Öl erfüllte die Luft. Ich muss mir nichts vorstellen, wenn sie mir von der Zeit erzählt, als es mich noch nicht gab.

Von ihrem Bruder spricht sie oft, weil er vor kurzem gestorben ist. Sie verlässt kaum mehr das Haus, aber als ich sage: »Komm, wir fahren«, ist sie sofort einverstanden und protestiert nicht. Weil sie keine Kraft hatte, weil sie zu krank war, um auf die Beerdigung zu gehen. Und so fahren wir jetzt gleichsam auf eine erneute Beisetzung. Der Herbst beginnt gerade erst. Wir fahren nach Nordosten. Mal näher am Geflecht der Flüsse, mal weiter weg davon. Zuerst der Bug mit dem Narew, dann der Bug allein. Es ist Sonntag. Die Leute kommen aus den Kirchen und setzen sich in die Autos. Dutzende von Autos versperren die Straße. Und ich erinnere mich an Pferde im Geschirr, Säcke mit Futter und den scharfen Schweißgeruch, vermischt mit dem Staub unter den Hufen. So wie sie sich an ihren Bruder als Jungen erinnert, der mit Papierpferden über den sandigen Weg jagt, auf dem sie ihn erschießen wollten. Beide fahren wir gegen den Strom der Zeit Richtung Friedhof. Und beide ängstigen wir uns ein wenig. Aber es stellt sich heraus, alles ist gut. Der Friedhof liegt ein Stück hinter dem Dorf, auf einer Lichtung.

Das goldene, kühle Herbstlicht lässt die Gräber deutlich erscheinen wie schwarze kalligraphische Zeichen. Der Sand ist gelb, trocken; von Wasser, das unter der Oberfläche steht, tief im Boden, Wasser, das den Sarg und die Leiche verzehrt, kann keine Rede sein. Ich lasse sie allein, gehe ein wenig zur Seite und schaue. Leicht gebeugt steht sie über dem grauen Grabstein. Sie sollte beten, aber sie schaut nur und stellt ihn sich wahrscheinlich vor, dort unter der Erde, mit geschlossenen Augen, schlafend, mit auf der Brust gefalteten Händen, in der Pose, in der wir auf die Ewigkeit warten. Deshalb ist dieser lockere Sand so wichtig, der kein Wasser hält. Damit der Körper es trocken hat. Damit er sich nicht quälen muss, bevor die Ewigkeit kommt. Wahrscheinlich versucht sie also, ihn sich vorzustellen, wie er aussieht da unter der trockenen Erde und dem Holz des Sarges. Sie sieht den Jungen, der dem Tod entkommen ist, um mit Papierpferden über den Weg zu fegen. Sie sieht all das, was vorbei ist, auf dessen Wiederkehr wir nun warten. Mit Erde bedeckt, unbewegt. Wir warten, dass sie sich auftut. Auf trockenen Lichtungen im Wald, wenn wir Glück haben. Sicher sieht sie ihn, denn ihr Gesicht wird sanft. So stehen wir beide da, etwas entfernt voneinander, und denken an ihn: Ob es ihm gutgeht, ob ihm die Wartezeit schnell verstreicht.

Und dann müssen wir schon zurück, denn die Sonne ist kalt, das Licht durchdringend, und außer Erleichterung verspürt sie auch Müdigkeit. Wir fahren durch Dörfer mit Rasen, Thujen und Figuren griechischer Tänzerinnen aus Kunststein. Es ist kalt, und ich kann nicht die Scheiben herunterdrehen, um den sumpfigen Geruch des Flusses zu riechen, der uns, wenn auch unsichtbar, auf der rechten Seite begleitet. Kühe und Pferde gibt es nicht mehr, und so sind die Wiesen am Ufer mit Weidengestrüpp zugewachsen. Ich fahre und erkenne nichts wieder, aber erinnern kann ich mich an alles.

Zu Hause zieht sie gleich ihre Alltagssachen wieder an und trippelt. Ein bisschen in Gedanken, als wäre sie noch nicht ganz herausgetreten aus der kalten Sonne dort. Aber ich sehe, sie ist glücklich nach dieser Reise zum Grab.

So verlasse ich sie. Gebeugt steht sie da, ein halbes Lächeln auf dem Gesicht. Aber ich kann nicht genau hinsehen, weil ich im Rückspiegel die Torpfosten im Auge habe. Und ohne zu schauen, hebe ich die Hand zum Abschied und fahre los.

Jetzt, da sie all die Dinge und Ereignisse allmählich vergessen, versuche ich, an die beiden zu denken. Sie leben jeder in seiner Gegenwart, wie sie in ihren getrennten Zimmern leben. Er oben, sie unten, weil sie kaum trippeln kann. Beim Essen treffen sie sich und reden darüber, was an diesem Tag geschehen ist. Oder dass man am nächsten wird einkaufen müssen. Dann gehen sie ihrer Wege. Ich erzähle ihnen nichts mehr. Sie fragen nach nichts mehr. Wenn ich spät heimkomme, horche ich an Mutters Tür. Das Radio spielt die ganze Nacht. Schwer zu sagen, ob sie zuhört oder döst. Vielleicht träumt sie von der Vergangenheit. Von all den Dingen und Ereignissen. Sie erwacht und kann sich an nichts erinnern. Vielleicht füllt das Radio die Leere im Gedächtnis. Oder es ist wie ein Traum im Wachzustand. Anstelle all der Dinge und Ereignisse. Abwechselnd Radio und Fernsehen. Manchmal überlappt eines das andere, und sie sind nicht mehr zu unterscheiden, vermischen sich. Es rauscht unablässig, denn die Stille ist schrecklich und fühlt sich an wie das Nichts.

Ich erzähle also nichts mehr. Sie fragen nicht, wohin ich fahre oder woher ich komme. Ich lasse einfach das Auto stehen und gehe mit dem Rucksack weg. Ich gehe zur Bahnstation und warte auf die S3. Es ist warm, ich habe viel Zeit und kann mir all die Dinge und Ereignisse ins Gedächtnis rufen. Zum Beispiel die Dampflokomotiven und die mechanischen Ampeln mit einer Petroleumlampe drin. An den Gleisen entlang lief ein Trampelpfad, ausgetreten von den Bahnbeamten, die täglich Petroleum nachgossen und das rote und grüne Glas putzten. Um die Ampel umzustellen, musste ein großer, massiver Hebel im Raum des Bahnhofsvorstehers bewegt werden. Manchmal konnte man durch die Fensterscheibe sehen, wie sich die Schmächtigeren mit dem ganzen Körpergewicht daranhängten. Der Hebel senkte sich langsam und spannte die Drähte, die an den Gleisen entlangliefen. Zur Ampel waren es ein paar Hundert Meter. Alles ging mit der Hand, alles mechanisch. Ja, unter der Ampel roch es nach vergossenem Petroleum. Wie auf dem Land. Auf dem sandigen Pfad. An warmen Tagen spürte man in der Luft das Kreosot von den Schwellen. 1968. 1969. Die Waggons waren dunkelgrün und schmutzig. Sie transportierten das Proletariat. Morgens und nachmittags. Der Zug kam nur langsam in Gang. Das Gemisch aus Rauch und Dampf hatte einen ganz eigenen Geruch. Das Bahnhofsgebäude war mit Holz verschalt und mit grüner Farbe gestrichen. Der Wartesaal erinnerte an die dunkle Stube eines Landhauses mit nur einem Fenster. In der Ecke stand ein Kachelofen. Der Fußboden war aus breiten, rohen Brettern. Vielleicht hatten die Schuhe der Reisenden die Farbe abgerieben. Staub und Tabakrauch hing im Raum. Gleich hinter dem Bahnhof begann der Wald. Am Zahltag stiegen die Arbeiter aus den Nachmittagszügen. In der zum Bahnhof führenden Straße war ein Laden mit Wodka. Sie stiegen aus, um vor der weiteren Heimfahrt zu trinken. Später lagen sie reglos im Gebüsch. Manchmal wurden sie bestohlen. Von der abendlichen Kälte geweckt, fuhren sie dann mit dem letzten Zug weiter.

Sie erinnerten mich an meinen Vater, obwohl er nie trank

und auch nicht Zug, sondern Bus fuhr. Sie erinnerten an alle Männer, die durch das Haupttor der Fabrik herausströmten. Sie lebten im Schatten der Fabrik und würden in ihrem Schatten sterben. Das dachten sie, weil sie ihrem Schicksal treu sein wollten. Doch sie wurden verraten. Sie bekamen Geld, das sie zu Sklaven machte. Auf dem roten Hunderter qualmten in einer düsteren, blutigen Landschaft schwarz die Schornsteine, und quer über die Banknote fuhr eine altmodische Lokomotive. Die Fabrik bezahlte sie mit Bildern von sich. Flucht war unmöglich. Auf der Rückseite des graubraunen Fünfhunderters wühlten Arbeiter mit Spitzhacken in einem Haufen Kohle. Sie trugen helle Hemden mit kurzen Ärmeln. Ich betrachtete den Geldschein und stellte mir vor, die Schlesier hätten es noch viel schlechter, weil sie in einer Art Höhle gefangen waren. Aber das war anscheinend das Leben. Die Männer lagen mit ausgebreiteten Armen im Gebüsch. Sie sahen aus, als wären sie bei einem Fluchtversuch erschossen worden. So war es in Wirklichkeit auch. Wie Gespenster machten sie sich in der Abendkälte auf. Wie Geister fuhren sie mit dem Zug nach Norden, in ihre stickigen Zimmer, in die Hütten mit dem Vieh hinter der Wand. Innerlich leer, mit einem bitteren Geschmack im Mund. Ein bisschen fürchtete ich mich vor ihnen, ein bisschen bewunderte ich sie. Was von ihnen blieb, war zerdrücktes Gras.

Eines Tages ging ich die Gleise entlang. Nachdem ich den Bahnhof hinter mir gelassen hatte, kam ich in den Wald. Ich war neun oder zehn. Ich ging auf dem sandigen Pfad der Bahnwärter, die die Ampeln bedienten. Nach einer Stunde war der Wald zu Ende, und ich erreichte ein Nebengleis, auf dem ein paar kaputte Waggons standen. In einen davon kletterte ich hinein. Es roch nach alter Schmiere und etwas Chemischem. Der Geruch war so stark, dass er fast zu einem Geschmack wurde. Zum ersten Mal befand ich mich in einem Güterwaggon. Ich fühlte mich wie ein Dieb und empfand eine berauschende Erregung. Ich hörte einen nahenden Zug und duckte mich in die Ecke. Ein schmutzig grüner Personenzug fuhr vorbei. Einige Hundert Meter weiter stand ein Zementwerk. Die drei oder vier Silos waren so hoch wie mehrstöckige Wohnblocks. Alles wirkte ausgestorben und unbewegt. Nur der Wind trug Schwaden von grauem Staub, und mir tränten die Augen. Ich schaute durch die Ritzen in den Brettern, die Landschaft erschien mir schön und fern. Wie Asien sah sie aus, mit diesem staubigen Wind und dem wogenden, wilden Gras. Ich stellte mir einen grauen Geldschein mit irgendeiner hohen Zahl und dem Bild der Silos auf der Rückseite vor. Auf der anderen Seite war das Gesicht eines Mannes. Vielleicht einer der auf dem Rücken Schlafenden.

Zum ersten Mal war ich so weit von zu Hause weggegangen. Ich hatte das Haus, ich hatte mein bisheriges Leben verlassen. Ich war wirklich in Asien damals. Für immer verändert, machte ich mich auf den Heimweg. Ich hatte das Zeitgefühl verloren. Ich ging denselben Pfad, der jetzt aus der Tiefe der Welt herausführte. Unter der Ampel roch es nach Petroleum. Die Gleise beschrieben einen weiten Bogen, und in der Ferne hob sich vom grauen Band des Himmels der Umriss des Bahnhofsgebäudes ab.

Jetzt gibt es dort nichts mehr. Die Station ist flach und leer. Niemand braucht das grün gestrichene Haus mit dem Kachelofen. Man steigt ein und aus. Innerhalb von vierzig Minuten erreicht man den Flughafen. Ich stehe allein hier und erinnere mich an Ereignisse und Dinge. Vor dem Hintergrund des Waldes erscheint pünktlich die S3. Rot, schnell, leise. Sie fährt an, ohne zu rütteln, und nimmt rasch Geschwindigkeit auf. Kein Geräusch von Rädern, nur ein anschwellendes, metallisches Zischen ist zu hören. Der Bahndamm liegt höher als früher, und ich schaue von oben, wie eine ausdruckslose Bebauung die wilden Orte verschlingt. Sie kriecht immer weiter und macht das Frühere endgültig zunichte. Aber mir ist das egal. Ich sehe die Vergangenheit deutlicher als die Gegenwart. Schließlich erhält das, was ist, erst Sinn, wenn es vorbei ist. Und so fahre ich und blicke durch die Aussicht hindurch. Nach der Eisenbrücke überqueren wir den Kanal. Waghalsige haben dort früher Kopfsprung von der Brücke gemacht. Das Acapulco von Żerań. Über der Gegend hing Aasgestank von den Fleischbetrieben. An entlegenen Stellen hatte man Löcher gegraben, in denen die Skelette und Schädel des Viehs verfaulten. Ein Stück weiter begann rechts die Fabrik. Heute ist sie verlassen und tot. Aber ich muss mich keineswegs anstrengen, um die Gerüche, die Geräusche und das Beben des mit Holz gepflasterten Fußbodens wiedererstehen zu lassen. Die Fabrik war wie etwas Lebendiges, es war, als liefe ein Schauer durch den Körper einer gigantischen Bestie. Tausende Maschinen vibrierten ununterbrochen, permanent, vierundzwanzig Stunden lang. Im Presswerk, in der Schmiede, in der Härterei, in der Gießerei, der Lackiererei, in der Schweißerei, in der Montageabteilung, in der Reparaturabteilung. Vater verließ kurz nach fünf das Haus und löste die Männer ab, die von der Nachtschicht kamen. Einmal in Gang gesetzt, konnte die Fabrik nicht mehr stillstehen. Für die Ewigkeit geplant, wie die Herrschaft des Proletariats, die man diesem wegnahm, bevor es sie erlangt hatte. Wieder und wieder sollten die Autos herausfahren, bis die Wünsche sowohl hier als auch in China, in Indien, Ägypten, Syrien, auf Kuba, in Guinea und in der Mongolei befriedigt wären. Deshalb stand Vater kurz nach vier auf und ging ins kalte Badezimmer, dessen Fußboden mit Steinfliesen in einem gelb-roten Spiralmuster ausgelegt war. Unter meiner warmen Decke horchte ich auf die Geräusche. In diesen dunklen winterlichen Morgenstunden war ich mir sicher, ich würde nicht in seine Fußstapfen treten, obwohl er nicht imstande war, sich vorzustellen, es könnte anders kommen. Mutter stand noch früher auf, um ihm Frühstück zu machen. Jahrzehntelang. Für ein paar belegte Brote. Ich lauschte im Halbschlaf. Wie sie wortlos hantierten. Dann das Geräusch des Riegels an der Tür, und er ging in die eisige Dunkelheit hinaus, weil das Volk auf Autos wartete. Es wartete vergeblich, denn die Fabrik bezahlte nur mit ihren Bildern.

Aus den Fenstern des leisen, schnellen Zuges schaue ich auf die Ruinen. Vielleicht sind es die Hallen des Presswerks, vielleicht einer anderen Abteilung. Das Presswerk hatte wohl den höchsten Raum von allen. Dort mussten die grünlichen Kolosse Platz finden, die in das Blech die Karosserieformen stanzten: Motorhauben, Türen, Kotflügel. Der Lärm war apokalyptisch. Die Maschinen hatten eine Höhe von zehn Metern. Man brauchte beide Hände und einen Fuß, um sie anzuschalten. Als Absicherung gegen eine zufällige Ingangsetzung. Sie waren gefährlich und riesig wie Godzilla. Als die Fabrikgebäude etwas niedriger werden, zeigen sich die Hochhäuser jenseits des Flusses. Der Himmel ist blau, sie glänzen in der Sonne. Aber ich kann mir mühelos vorstellen, dass sie nicht da sind. Letztendlich erinnern sie sehr an das Nichts. Neben mir sitzen junge Leute und blicken gleichgültig auf die Stadtlandschaft, die für sie nichts verbirgt. Ich dagegen sehe durch die Luft hindurch all die vergangenen Dinge und Ereignisse. Ich sehe, wie sie in der Küche über dem Häufchen Geldscheine sitzen, die Vater gerade gebracht hat, und halblaut reden. Ich höre ihre traurige Beratung hinter der Tür. Sie sind beide dem Elend auf dem Land entkommen, um in der Stadt den Wohlstand zu genießen, der sich nur als mildere Form der Armut entpuppte. Sie legen die Banknoten ihrem Wert nach zu Häufchen. Es ist sicher die Zeit vor den Tausend-Zloty-Scheinen, daher sieht Vaters Lohn sogar üppig aus. Sie legen die Scheine von einem Häufchen aufs andere und sprechen leise, mit trauriger Stimme, als schämten sie sich. Kurz danach stieß ich zufällig auf die Stelle, wo sie die Banknoten aufbewahrten. Sie lagen im Schrank zwischen den kühlen, gestärkten Laken, die in Wasser mit Waschblau gespült wurden, damit sie einen kalten, reinen Farbton bekamen. Wie Schnee, wenn die Dämmerung anbricht. Und zwischen ihnen lagen die Bilder schwarzer Bergwerke und glühender Hütten. Ganz und gar nicht von der Kühle der Bettwäsche durchdrungen. Wenn ich sie anfasste, waren sie warm und weich. Ich dachte mir, sie könnten die Wäsche verschmutzen, aber ich getraute mich nicht nachzusehen, die Ordnung im Schrank anzutasten, und zog die Hand wieder zurück.

Aber selbst mit diesem dünnen Stößchen zwischen den Laken müssen sie eine Art Befriedigung empfunden haben.

Sie lebten in der Stadt. An ihrem Rand, aber immerhin. Sie rochen nicht den Gestank des Stalls. Sie stapften nicht gebückt durch Kartoffelfurchen. Mutter benutzte Parfüm. Sie hatten einen Plattenspieler und Schlager von Jerzy Połomski und Halina Kunicka. Aber im Garten neben den Astern wuchsen Kartoffeln, und auch an ein Schwein oder einen Eber in einem Verschlag hinter dem Haus kann ich mich erinnern. Mit ihm gab es Ärger, denn er zerbrach immer wieder das Gatter und gelangte in die Freiheit, sicher weil er sein Schicksal ahnte. Das Dorf war meinen Eltern gefolgt. Sie hatten es mitgenommen. Wir waren Dörfler mit einem Eber, Bürger mit einem Plattenspieler und Proletariat, das um sechs Uhr morgens an der Maschine stand. Und zugleich waren wir eigentlich niemand. Wie alle, die aus ihrem Schicksal, aus ihren Orten, aus ihrem Leben vertrieben sind. Die gekauften Möbel transportierten wir mit dem Zug, weil es billiger war. Als Ganzes. Abgepackt wurden sie nicht verkauft. Wir schleppten eine ganze Kommode. Sie sah aus wie eine einfache, mit braunem Papier beklebte Kiste. Lauter Kanten. Der Laden lag in der Nähe des Friedhofs. Dunkel wie ein Keller. Wir nahmen die Sachen und trugen sie zum Bahnhof. Die Leute guckten neidisch. Ich schämte mich. Das Zeug schlug gegen die Beine und tat weh. Dann vier Stationen fahren und wieder tragen. Eine Kommode, eine zweite Kommode, ein Schränkchen, ein Regal und noch etwas, alles aus Spanplatten, mit gestreiftem Papier beklebt, das wie Palisander aussehen sollte. Die ganze Zeit schämte ich mich, dass wir die Sachen schleppten wie Kulis, dass wir ihn überhaupt brauchten, diesen Ramsch. Zum Zug, vier Haltestellen und nach Hause. Sie waren aus dem Dorf geflohen, weil das Land, weil die Welt Proletarier brauchte, aber sie wollten leben wie Bürger. Und trugen aus Sparsamkeit die Möbel auf den Schultern. Die Revolution konnte nicht gelingen. Sogar in China erlosch sie allmählich, wie sollte sie also hier funktionieren. Es gab keine Chance auf die Überwindung des Schicksals. Für immer sollte die Menschen das Gefühl begleiten, dass sie am falschen Ort waren. Dass sie diese Möbel aus gepressten Spänen schleppten, aber nie eingerichtet sein würden. Sie würden die roten Bilder der Fabrik von einem Häufchen aufs andere legen, aber die Rechnung würde nie aufgehen. Sie würden stets Vertriebene bleiben.

Wenn ich spätabends zurückkehre, spielt immer noch das Radio in ihrem Zimmer. Wenn ich nach längerer Abwesenheit wieder einmal komme, erzählt sie mir, was sie im Fernsehen gesagt haben. Die Welt selbst ist uninteressant geworden. Vielleicht hat sie einfach genug von ihr. Vielleicht hat sie zu viel davon gehabt. In letzter Zeit verstehe ich sie nicht mehr. Vor kurzem hat im Krankenhaus ein schwarzer Arzt sie untersucht. Vor Aufregung zitternd kam sie zurück. Deshalb zieht sie ihr Radio und ihren Fernseher vor. Da sind die Ereignisse und Menschen die ganze Zeit bei ihr, aber sie verlassen nicht die Plastikkiste. Sie erzählt mir von ihnen. Dass der das gesagt hat und die jenes. Ein bisschen ist sie mir böse, dass ich über solche Dinge nicht reden will. Als würde ich ihr Leben nicht ernst nehmen. Wahrscheinlich hat sie recht. Ich habe ihr selbst diesen Fernseher gekauft. Im alten waren die Farben schon total ausgebleicht. Ich habe in Włocławek angehalten und den Apparat gekauft. Damit sie eine Art Morphin hat gegen die Angst, die sie nicht schlafen lässt.

Die Fabrikgebäude enden allmählich. Die S3 fährt geradeaus. Der Vorortzug ist früher rechts abgebogen. Zwar gab
es auch damals diese Gleisabzweigung, aber nur die Lang-
streckenzüge fuhren dort. Die Gleisanlagen zerstreuten sich
in einem auf allen Seiten von hohen Bahndämmen einge-
schlossenen Birkenwäldchen. Damals waren die Ruinen des
Cholerafriedhofs überwuchert und unsichtbar. Inzwischen
ist der Friedhof restauriert. Damals kletterten wir zu den
Gleisen hoch und gingen ins Zentrum dieses seltsamen Ortes, der im Lärm und Trubel der Stadt so still wirkte. Es war
ein wenig wie auf dem Grund des Kraters eines erloschenen
Vulkans. Inmitten golden-grüner Birken im Frühling. Wir
hatten eine Kiste Obstwein dabei und waren vielleicht zu
zehnt. Ein Drittel der Klasse aus der Berufsschule der Autofabrik. Wir wärmten uns in der Sonne und hatten keine Ahnung, dass unter der Erde die Skelette der Choleraopfer von
vor hundert Jahren lagen. Die Bäume waren natürlich kleiner als heute. Oder gab es vielleicht gar keine? Sind sie vielleicht erst später gewachsen? Ich fahre zum Flughafen und
kann mühelos die Umrisse der Jungs erkennen. Die Flaschen haben gelbe Aufkleber mit dem Baum der Erkenntnis
und den nackten Gestalten Adam und Eva. Der Wein heißt
Rajskie, »Paradies«. Die Körper der ersten Menschen haben
einen dunklen Farbton. Als wären sie in Urlaub. Die Schlange windet sich um den Stamm. Gleich wird es geschehen,
und wir werden unsere Unschuld nie wiedererlangen. Wir
haben damals eine ganze Kiste gekauft. Manche schafften
es, sich zu erheben, andere schliefen ein, und erst die abendliche Kälte weckte sie. Die Leute in den Zügen betrachteten
die schlafenden Körper. Mit ausgebreiteten Armen, auf dem

Rücken oder zusammengerollt, auf der Seite, wie im Mutter-
leib. Ich fahre und sehe sie, als wäre es heute. Aber ich kann
nicht aussteigen, denn in zwei oder drei Stunden geht mein
Flugzeug in die Ferne, in den Osten, über Moskau oder Istanbul.

Wenn die Fabrikhallen verschwinden, öffnet sich der
Blick auf die andere Seite des Flusses, zur Innenstadt. Vor
dem Himmelblau sieht man all die Hochhäuser. Aus der
Perspektive des Waggons wachsen sie direkt aus den Schuppen, Buden und Lauben hervor, die sich an den Gleisen ent-
langziehen. Diese Schuppen stammen aus alten Zeiten und
haben überlebt. Sperrholz, Blech, Reste, niedriger als ein
Stockwerk, umgeben von bebauten Flecken in der Größe
von drei Sandkästen. Drei Schritte von den Schienen entfernt, haben sie über Jahrzehnte den Rauch aus den Dampf-
loks und die Abgase aus den Dieselmotoren aufgesogen. Alles muss geschlottert haben, wenn die Züge vorbeifuhren.
Die Wände, die Böden und die aus den Wohnungen mit-
gebrachten Möbel müssen gebebt haben. Die Töpfe schepperten und die Teller aus unvollständigen Servicen klirrten.
Miniaturheime, die drei mal drei Schritte maßen – alles nur,
um herauszukommen aus dem Wohnblock, aus der Beton-
schublade. Puppenhäuser aus dem, was übriggeblieben war.
Geflickt, abgestützt, auf Sand, im mickrigen Schatten eines
Bäumchens, mit Grün in Reichweite. Ein ruhiges Bild der
Zerstörung gegenüber den Libeskind-Bauten jenseits des
Flusses, gegenüber diesem traurigen Babylon. Nichts dazwischen. Der Heroismus des Überlebens und dann gleich
der Hochmut der armen Teufel, die sich eine Existenz aufgebaut haben. So ähnlich war es in Sabaikalsk. Auf der russi-

schen Seite Beton, unter dem die Armierung hervorschaute, und Holzhäuschen mit geschnitzten Verzierungen um die Fenster, und auf der chinesischen Seite golden schimmernde Hochhäuser, gekrönt von Pagodendächern. Die beiden Welten trennte ein Zaun aus Stacheldraht. Früher begann er an der Ostsee und endete vermutlich am Japanischen Meer, wo die Grenzen von Russland, China und Nordkorea zusammenliefen. Reste davon habe ich in der Nähe von Beniowa gesehen. Doch dort, wo er notwendig war, hat er sich gehalten. Manzhouli leuchtete in der Sonne wie eine Stadt aus Tausendundeiner Nacht. Es sollte die Russen anlocken. Die Kirche in Sabaikalsk erinnerte an eine Holzhütte mit Satteldach. In Manzhouli hielten die Chinesen für sie eine riesige blaue Kirche bereit. Überhaupt gab es für sie wohl alles, was das Herz begehrt, denn die Chinesen können jedes Ding herstellen und alle Wünsche der Welt erfüllen. So sah diese Märchenstadt aus, die direkt aus der grünen Steppe hervorwuchs. Sogar eine gigantische Matrjoschka stand dort, damit die Ankömmlinge sich wie zu Hause fühlten. Irgendwas gab es bestimmt da drinnen, Handel oder Zerstreuung. Die riesige Puppe lockte die Menschen aus ihren Holzhäuschen heraus, aus den von Rohren umflochtenen Betonblocks, aus denen Bündel von Isolationskabeln hervorkrochen. Manzhouli war luziferisch. Zehn Kilometer von den postkommunistischen Ruinen entfernt. Es schillerte wie eine Eidechse. Es flackerte wie ein Irrlicht. Man konnte nicht widerstehen. Es zitterte in der heißen Luft wie eine Fata Morgana. Das verratene Revolutionsvolk setzte sich in die Marschrutkas und fuhr über die Grenze, um sich zu verlieren, um zu vergessen. Aus Krasnokamensk, aus Daurien, wo in Kasernen, die »an

ein mit Blut gestrichenes Schlachthaus erinnerten«, Ungern
von Sternberg residierte, vielleicht sogar aus Ulan-Ude und
Tschita. Aus den Versprechungen war nichts geworden. Sie
hatten die Macht nicht errungen. Sie schauten zu, wie der
Beton barst, wie das Unkraut wuchs und die Häuser langsam
im Dauerfrostboden versanken. Die Fenster rutschten tiefer und tiefer, bis sie die Erdoberfläche erreichten. Sie waren
noch immer Sklaven. Noch immer träumten sie davon, sich
etwas kaufen zu können. So war es damals, und so ist es heute. Ein Schränkchen aus Faserplatten, beklebt mit Papier, das
Palisander imitiert. Trainingsanzüge und Adidas aus China.
Die Träume der Verdammten dieser Erde. In Sabaikalsk oder
hier, auf der Linie S3, in den Schuppen aus Sperrholz mit
Blick auf Libeskind und die anderen. Sie konnten zwischen
ihren mit Mineralölprodukten getränkten Beeten sitzen und
schauen, wie in der Dämmerung die rote Sonne hinter das
Cosmopolitan Twarda oder das Warsaw Spire rollte. Trostlos
und verlassen – die in den Schuppen der Schrebergärten und
die im Cosmopolitan. Gleichermaßen gefangen. Von Wand
zu Wand im Glasbau, von Wand zu Wand aus Spanplatten
und Zement, aus Abrissmaterial. Ich sehe das nur einen Augenblick. Dann wird es grün, und der Birkenhain mit dem
Cholerafriedhof kommt. Wir waren Söhne der Männer, die
den Sozialismus aufbauten, die – erschöpft vor Anstrengung – mit ausgebreiteten Armen im Gras schliefen. Wenn
sich am Abend der Tau auf ihre Gesichter legte, standen sie
schwerfällig auf und tasteten ihre Taschen ab. Sie stiegen in
dampfbetriebene und in elektrische Züge und fuhren nach
Norden. Mit schlechtem Geschmack im Mund. Sie durch-
suchten ihre Brieftaschen und zählten den Verlust. Wahr-

scheinlich tranken wir den Wein mit dem Namen Paradies, um ihnen ebenbürtig zu sein im Scheitern. Damals standen jenseits des Flusses nur zwei Hochhäuser und das Peking.

Dann beginnt die eigentliche Stadt. Der Zug kriecht über den hohen Bahndamm, und unten sieht man Häuser, die Ruinen ähneln. Die Haut des Verputzes ist abgeblättert, darunter kriechen die roten Wunden der rohen Mauern hervor. Die Straßen sind leer. Fast keine Autos. Fremde kommen nicht hierher. In den Eingängen stehen blasse Männer und blasse Kinder. Frauen sind nicht zu sehen. Jemand wartet darauf, dass alle wegsterben, sich mit Alkohol vergiften oder fliehen. Dann werden Bulldozer, Bagger, Kipper und Kräne kommen und die Häuser, Straßen und Viertel aufladen, um sie abzutransportieren, weg aus der Stadt. Denn schließlich will diese Seite des Flusses, die östliche, auch nicht schlechter sein, auch sie wird einmal ihre Libeskindbauten hochziehen. Auf den Trümmern des Lumpenproletariats. Für zwanzigtausend der Quadratmeter. Dort, wo blasse Kinder spielten. Dort, wo der Tesco stand, der jetzt aussieht, als sei er direkt aus dem All herabgefallen, so glatt, regelmäßig und sauber ist er in dieser Landschaft kalter Brandreste. Sie wird ihren Spire bauen, um sich beliebt zu machen, um der Vergangenheit, die tagelang an den Hauseingängen steht, den Rücken zu kehren.

Ja, ich erinnere mich, ich fuhr an jenem Tag zum Flughafen, um nach Peking zu fliegen. Tags darauf sollte die Europameisterschaft beginnen. An den Bahnhöfen sammelten sich schon Menschen aus aller Welt.

Ich sollte nach Peking fliegen, aber ich steckte in der Vergangenheit. Statt von Warschau fuhr ich von Gott weiß wo los. Aus der Tiefe meiner Erinnerung, aus der Tiefe der Erinnerung zweier alter Leute. Ich fuhr aus der Tiefe jenes Sommertages los, als ich in den Schubladen meines Onkels kramte und auf den Parteiausweis stieß. Es war vollkommen still damals. Irgendwo im Haus tickte eine Uhr. Ich war elf oder zwölf Jahre alt. Ich öffnete das rote Büchlein mit dem harten Einband und schloss es wieder, öffnete und schloss es. Darin war ein Foto meines Onkels. Ich wusste nicht, was ich davon halten sollte. Die Partei war etwas Fernes, Unbekanntes und ein bisschen Bedrohliches. Und etwas Todlangweiliges, wenn man an all die korpulenten Alten dachte, die man im Schwarzweißfernseher sah. Sie wirkten wie Tote in ihren kantigen Anzügen. Mein Onkel dagegen war quicklebendig. Der kleine, agile Mann war unablässig in Bewegung. Er redete auf interessante und witzige Art. Als ich mit dreizehn nachts total betrunken aus dem Dorf zurückkam, sagte er nichts, sondern veranlasste nur, dass man sich um mich kümmerte. War das also die Partei, die das Fernsehen mit starrer Langeweile erfüllte und die schwarzweiße *Trybuna Ludu* drucken ließ, die man nur im Notfall kaufte, wenn es kein »Abendblatt« mehr gab? Dieselbe Partei? In meinen Augen schadete das dem Onkel keineswegs. Es machte ihn nur geheimnisvoller. Er führte zwei parallele Leben. Die anderen täuschte er, und für uns hatte er sein lächelndes, menschliches Gesicht. So stellte ich es mir vor. Das geheime und das wirkliche Leben begegneten sich in keiner Weise. Wann war der Onkel wohl in der Partei? Nachts? Wenn niemand zu Hause war? Wenn es keiner sah? Wenn er manchmal für den ganzen Tag wegging? Das Geheimnis war unergründlich und ist es bis heute geblieben. Ich fahre mit der S3 Richtung Peking und kehre in der Erinnerung zu jenen Tagen zurück, als sich herausstellte, dass zwischen Gummiringen, alten Taschenlampen und Blecheinsätzen zum Wurstmachen ein Parteiausweis liegen kann. Ich kehre in jene Tage zurück, während ich auf der Suche nach weiß Gott was nach China fahre. Sicher, um mir etwas erklären, mich noch besser erinnern zu können. Jeder Grund ist gut, um mit der leisen, schnellen S3 nach China zu fahren. Am besten, ohne auszusteigen, ohne all das Umsteigen, ohne die Kontrollen, die Stempel. Um mich zu überzeugen, dass all das irgendeinen Sinn hat von den ersten Tagen an bis heute.

Szwedzka, Stolarska, Lęborska, Letnia, Kamienna, Kowieńska, Strzelecka, Stalowa – dort ging man nicht hin. Von dem hohen Bahndamm aus sieht man, dass sich nichts geändert hat. Durch die Stalowa zu der 11 Listopada, links durch die Inżynierska, dann durch die Wileńska und rechts in die Targowa. Gleich um die Ecke war die schmale Stahltür mit dem Spion. Nicht ausgeschlossen, dass ich auf der Spur jener Soldaten reise. Ich fahre in ihre Heimat, um im Sand zu schlafen oder auf dem Boden in Häusern am Weg. Vielleicht begegne ich ihnen sogar. Sie sind Fahrer, Polizisten oder führen eine Kneipe. Sie erinnern sich an ihren Dienst in Polen, an Mädchennamen, an Städte, rufen sich Wörter in Erinnerung. Sie waren damals nicht viel älter als ich. Ich begegne den ehemaligen Besatzern, und es macht mir Spaß. Ich sehe mir ihr Land an und verstehe kaum etwas. Ich bin fremd hier wie sie damals in der Targowa fremd waren. Eine Armee habe ich nicht hinter mir, aber sie glauben, hinter mir stünde der Reichtum und die Macht des Westens. Sie fragen, wie viel ich verdiene. Ich gebe eine ausweichende Antwort und wechsle das Thema. Sie versuchen, das Ziel meiner Reise zu erraten. Vielleicht bin ich Bergsteiger und will klettern? Aber ich verneine und sage, ich reise einfach. Wir sprechen über die »Vier Panzersoldaten«. Ich könnte ihnen nicht erklären, wozu ich hierhergekommen bin. Ich weiß es selbst kaum. Auf der Suche nach der Vergangenheit? Um zu sehen, was mit den vergangenen Tagen geschehen ist?

Aber vielleicht bin ich damals gar nicht nach Peking geflogen. Vielleicht brachte die S3 mich zum Flugzeug nach Kirgistan? Über Istanbul? Vielleicht. Jedenfalls war der Ostbahnhof renoviert: grau, durchsichtig, ohne Geruch, ohne Eigenschaften. Es gab Aufschriften in drei Sprachen, und in der Bahn liefen Ansagen auf Englisch. Das war das Omen der Zukunft. Das glänzende Grau und das Englisch. Aber gleich ging es weiter nach Westen, auf dem Viadukt über die aufgegrabene Targowa. Ja, nicht nach China, sondern nach Bischkek, denn das Stadion war tot. Wie ein Modell oder eine sogenannte Visualisierung. Wie ein wehmütiges Denkmal des Bemühens und Schritthaltens. Mit diesem idiotischen Geflecht, als hätte jemand versucht, mit einem Isolierband einen alten Schirm zu reparieren. Natürlich tat es mir leid um den Basar. Hätte es ihn noch gegeben, hätte ich nicht nach Asien fahren müssen. Auf seinen Trümmern und Knochen stand das Stadion. Etwas Totes stand an der Stelle von etwas Lebendigem. Hier bin ich früher hergekommen, um Sprachen zu hören und zu erraten. Ich habe mir die Gesichter angesehen und mir ferne Länder vorgestellt. Tausende von Händlern schleppten ihre Bündel, ihre karierten Taschen. Aus Vietnam, Usbekistan, aus der Mongolei, aus

Jakutien, aus Kirgistan, aus dem Kaukasus. Auch Afrika war vertreten, also versuchten sie sich auf Polnisch zu verständigen, und wahrscheinlich war dieser gigantische Basar der einzige Ort, an dem Polnisch den Rang einer internationalen Sprache erhielt. Ramsch aus China, Ramsch aus Indien, Ramsch aus Pakistan. Gold und Silber, Polymere und Gummi, Karton und armselige, brüchige Legierungen, die in den Händen zerfielen. Baumwolle, Nylon, Polyamid, Erdölderivate. Kleidung und Dinge aus allen Teilen der Erde. Eine Wunderkippe. Der Klebstoffgestank von Synthetik und Fett von den Rosten, Gebratenes, Soja- und Fischsoße. In diesem Teil der Welt gab es nichts Größeres und Schöneres. Ein Lichtschein schien über diesem Ort zu stehen. Es war das Leben, das diesen Glanz ausstrahlte. Und jetzt dieser Sarkophag. Im Schatten des Viadukts streunten dunkelhäutige Typen, in der Hand eine Zigarette verborgen. Sie sind unseren Pennern ähnlich geworden. Die gleiche Wachsamkeit, der gleiche Gang, der gleiche Blick, der permanent die Umgebung sondiert. Sie sind geblieben, wie die Marodeure einer großen Armee. Sie fluchen auf Polnisch. Vom Prager Hafen her weht kalter Wind.

Von hier aus fuhren die bauchigen blauen Busse mit den braunen Plastiksitzen. Langsam, überfüllt mit Landvolk. Im Sommer war es heiß und stickig. Man öffnete sperrangelweit alle Fenster und die Klappen im Dach. Jemand rief ängstlich, es zieht, aber die anderen übertönten ihn. Sie waren auf dem Heimweg von ihren Geschäften, die Körbe leer. Jetzt transportierten sie Sachen aus städtischen Läden. Verzinkte Eimer, Fußmatten, Anoraks. Ich saß zwischen Körper und Bündel eingequetscht. An der Scheibe klebend. Die Welt floh mit fünfzig Stundenkilometern nach hinten. Ich konnte nie herausfinden, was wichtiger war: die Tatsache, dass sie floh, oder die Tatsache, dass sie auftauchte. Dass ich wegfahre oder dass ich ankomme. Der erste Halt war in Kałuszyn. Eigentlich davor, denn in der Stadt selbst hielten wir nicht, um den Ansturm von Passagieren auf unseren überfüllten Bus zu verhindern. Die Männer setzten sich an den Rand des Straßengrabens und rauchten. Unter den hochgezogenen Hosenbeinen blitzte das Weiß der langen Unterhosen. Im Juni oder Juli. Bauernarbeiter. In grauen Anzügen. Hager vom Rauchen, von dem schwarzen Tabak. Die Sprache verriet sie. Sie unterhielten sich mit dem Fahrer. Die Frauen rauchten nicht, also stiegen sie auch nicht aus. Sie hatten ein bisschen Angst, dass der Bus ohne sie abfahren könnte. Die Angst der Bauern vor der Zivilisation der Stadt. Die Körbe rochen nach dem Weidengeflecht und nach Käse. Das war der Kommunismus: Das Dorf kam in die Stadt. Die Dorfbewohner dachten, irgendwann würden sie dort bleiben. Um Arbeit zu finden, musste man gemeldet sein. Ständig hörte ich: hier gemeldet, da gemeldet. Es war nicht einfach, sich anzumelden. Der Kommunismus reglementierte den Zugang zu sich. Er brauchte das Proletariat, aber es durfte sich nicht der Kontrolle entziehen. Hinter Kałuszyn bogen wir nach Norden ab, und der Schatten der Großstadt blieb zurück. Jetzt kamen nur noch Dörfer und Städtchen, die nicht viel größer als Dörfer waren. Grębków, Liw, Węgrów. Ein gelblicher Fluss, durch den der sandige Boden schimmerte. Kleine Häuser, feuchtes Tiefland, Weiden. Sokołów war aus Holz gebaut, einstöckig und braun gestrichen. Noch jüdisch damals, nicht vollständig kolonisiert von den Polen, die die Häuser besetzt hatten und zu leben versuchten, als wäre nichts geschehen. Dort war ebenfalls eine Haltestelle, man konnte aussteigen. Ich war zwölf und hatte wie die Dorffrauen Angst, dass der Bus wegfahren könnte. Aber ich stieg aus, um ein paar Schritte in einem fremden Raum zu tun. Wie irgendwo in der Ferne, in einem anderen Land, auf einem anderen Kontinent. Um einen dunklen Laden in einem Holzhaus zu betreten. Drinnen war es kühl und leer. Am Ende des Raums stand eine Theke mit Glasvitrinen, in denen bunte Süßigkeiten lagen. Karamellbonbons, Schokolinsen, vertrocknete Kuchen, türkischer Honig, farbiger Wackelpudding. Hinten auf dem Regal standen Siphons aus Glas und Orangeade in Flaschen mit Bügelverschluss. Das Licht fiel von der Seite ein, von einem Fenster, hinter dem ein dichter Baum wuchs. Es zerstreute sich und setzte sich wie Staub auf den Gegenständen ab. Ich erfinde das alles, aber die Wahrheit muss ähnlich ausgesehen haben. Das Licht könnte noch aus der Vorkriegszeit gestammt haben. Wie auch der Laden. Davon hatte ich damals keine Ahnung. Ich sah nur diesen staubigen Glanz, die schimmernden Würfel und die Kreise der Götterspeise, die hinter dem Glas blitzten wie im Schaufenster eines Juweliers. Von nichts hatte ich eine Ahnung. Ich ging einige Schritte, als wäre ich in einem fernen Land ausgestiegen. Alles war schön, neu und seltsam. Die braun angestrichenen Holzhäuser, der Pferdegeruch in den Gassen, die warme Luft, erfüllt vom feuchten Duft der Gärten, das Gegacker der Hühner hinter dem Holzzaun, die Benzinwölkchen, die die wenigen Autos hinter sich herzogen. 1972, 1973. Dorf mit Stadt gemischt. Ein Märchen. Unschuld. Der Bus fuhr los, um den rechteckigen

Marktplatz herum. Nach ein paar Minuten begannen Felder mit Weiden an den Rainen. Irgendwo hinter Nieciecza fiel die Landstraße auf den Grund des flachen Tals ab, und vom höchsten Punkt aus konnte man die lange, flache Linie des Horizonts über der Ebene erkennen. Ganz so, als befände sich dort ein anderes Ufer oder ein anderes, fremdes Land. Der Ausblick dauerte nur ein paar Sekunden, aber mein Herz blieb vor Sehnsucht fast stehen. War ich doch das Kind einer engen Tiefebene. Der Bus fuhr hinunter, zwischen die Wiesen und Haine, und ich bewahrte das Augenblicksbild vor meinem inneren Auge und stellte mir vor, wir würden mit dem blauen Jelcz irgendwann dort ankommen. Das ist nie geschehen, aber den bläulichen Streifen in der Ferne habe ich auch nie vergessen. Nicht ausgeschlossen, dass es das gut zehn Kilometer entfernte östliche Ufer des Bug gewesen ist.

Bestimmt bin ich also damals nach Bischkek aufgebrochen mit der S3. Rechts ließen wir den Prager Hafen zurück mit seiner Trostlosigkeit, seiner Verlassenheit und dem stehenden Wasser. Hier legte kein Schiff an. Die Ulica Jana Zamoyskiego ging in die Krowia über. Gleich begann die Brücke, und man konnte von oben sehen, wie am anderen Ufer die Hochhäuser emporragten. Immer bin ich dorthin wie in eine fremde Stadt gefahren. Ich war ein Bewohner dieser Seite des Flusses. Ein Bewohner der Armenstadt. Ein Sohn der Verdammten dieser Erde, die aus der dunklen Tiefe des Landes kamen, vom Spuk der Emanzipation angelockt. Aus dem gequälten Inneren des Landes. Aus dem Reich der Fliegen. Ich betrachte die Menschen auf alten Fotos. Vor dem Hin-

tergrund von Holzwänden. Unter der Traufe eines Stroh-
dachs. In feierlicher Ordnung aufgestellt. Festlich und in alle
Ewigkeit erstarrt. Jung. Meine Mutter hat Ähnlichkeit mit
June Carter. Ich erinnere mich an alles, was außerhalb des
Bildausschnitts liegt. An den Sand und den Geruch der
Brennnesseln. An den Gestank deutscher Leichen und die
von den Russen hinterlassenen Brandstätten. Meine Großmutter setzte sich keinen Augenblick hin, als fürchtete sie,
dass ohne ihre Bewegung die Welt stillstehen würde. Dass
irgendwelche Reiter angesprengt kämen. Dass Hunger, Pest
und Tod auf rotem, schwarzem und fahlem Pferd über Felder und Höfe jagen, dass sie in gestrecktem Galopp aus den
vergangenen Tagen heranpreschen könnten. Und so blieb sie
in unablässiger Bewegung zwischen Scheune, Stall, Haus,
Sommerküche, Gemüsegarten und Keller, wo im Dunkeln
der Käse abtropfte und die Milch sauer wurde. Zwischen
Frühstück und Mittagessen tunkte sie Brot in Wasser und
bestreute es mit Zucker. Barfuß wirbelte sie herum, in stän-
diger Gegenwart, glücklich, dass das Vergangene und das
Zukünftige nicht anrückten. Mit diesem Brot kletterte ich
auf die Düne und ging in die endlosen Wiesen hinein. Sie
waren sandig, fast wüstenhaft, mit Gras bewachsen, das in
die Kinderhaut schnitt, bis es blutete. Am Fuße der Pappeln,
die so groß waren wie Baobabs, suchte ich Donnerkeile. Ein
zottiger Hirte im Regenmantel trieb die Gemeindeherde von
einem graugrünen Flecken zum nächsten. Er stank ziemlich
nach Vieh. Morgens und abends hielt er sich in der Wärme
der Kühe auf. Er konnte nicht sprechen. Irgendwo abseits,
an der Türschwelle, bekam er zu essen. Dann hockte er da
und aß aus einer Schüssel. Ob er einen Löffel hatte, weiß ich

nicht mehr. Ich ging durch die flache Ebene. Rechts war das Schwemmland. Flussarme, Verzweigungen, wilde Kanäle. Bald verwandelten sich die Sümpfe in Sand. Ich ging für einige Stunden weg, ließ den Trubel des Gehöfts hinter mir. Großmutters Emsigkeit. Sie wuselten wie Bienen, um zu überleben. Großvater wollte den Kommunisten beitreten. Sie hatten Freiheit und Gleichheit gebracht, Dinge, die hier bisher unbekannt waren. Andere fühlten sich vielleicht unterdrückt. Diejenigen, die vorher schon Freiheit erfahren hatten, oder auch Überlegenheit, die sie für Gleichheit hielten. Aber nicht die Leute hier. Von Generation zu Generation – immer nur Sklaven, arme Schlucker. Jetzt aßen sie langsam und wortlos. Ohne die Angst, dass es nicht reichen könnte. Langsam füllten sie ihre Bäuche. Oma ging in den Keller und holte saure Sahne. Vom Fluss brachten sie Fische. Immer gab es Öl, mit dem man braten konnte. Immer war Mehl für Pfannkuchen da, und zweimal in der Woche gab es Brot in dem Laden, wo es nach Zimtplätzchen roch. Es gab Schmalz, Speck, Butter und Zucker. Es gab eine Miete mit Kartoffeln. Schweine und Kühe in den Ställen. Deshalb wollte Großvater den Kommunisten beitreten, aber Großmutter hat es ihm nicht erlaubt. Das war 1946 oder 1947. Die Kommunisten selbst hatten es ihm angeboten, weil er agil, schlau und umtriebig war. Aber Oma wusste, dass sie nicht an Gott glaubten und es bald allen verbieten würden. Und so wurde Großvater nicht Kommunist, sondern nur Dorfschulze. Er brachte an der Holzwand des Hauses ein rotes Schild mit weißer Schrift an. Jetzt musste er mehr trinken als vorher, denn die Beratungen, Versammlungen oder Sitzungen endeten mit einer Flasche Wodka. Unter der amtlichen roten

Tafel hielt er im Haus die Maiandacht ab. Es kamen hauptsächlich Frauen. Sie knieten in der besten Stube, auf dem
frisch gescheuerten Dielenboden. Ein gutes Dutzend Frauen.
Ich erinnere mich an ihre nackten Fersen. Der Altar stand in
der Ecke. Es muss ein Bild oder eine Figur dort gegeben haben und viele Blumen aus Seidenpapier. Aber es gab auch
echte Geranien in mit Krepp umwickelten Töpfen. Großvater kniete zuerst nieder, am Fuße des Altars. Er intonierte
die Lauretanische Litanei. Die Frauen antworteten. Es war
heller Nachmittag, und es roch nach Schweiß und Seife. Die
Stimmen füllten die Stube ganz aus. Die Tür war geschlossen, damit keine Fliegen hereinkamen. Singend rezitierte er
mit seiner rauhen Stimme. In einem weißen Hemd, mit dem
Rücken zu den Gläubigen wie bei der Tridentinischen Messe.
Er war also eine Art religiöser Führer, Dorfpfarrer. Aufgrund
des roten Schildes bekleidete er ein weltliches, aufgrund der
Maiandacht ein geistliches Amt. Vielleicht hatte ihn nur
Großmutters starker Wille davor bewahrt, den Versuchun-
gen des Kommunismus zu erliegen. Ohne Mühe kann ich
mir vorstellen, wie er einen roten Ritus ausübt: »Du reine
Kommune, bitte für uns. Du keusche Kommune, bitte für
uns. Du unversehrte Kommune, bitte für uns.« Und zusammen mit ihm sein seit Jahrhunderten abgearbeitetes, unter-
drücktes und verachtetes Volk. Aus dem sandigen, sumpfigen Ödland. Vor dem Morgengrauen aufstehend, den
ganzen Tag gebeugt, barfuß wie Großmutter. »Du liebens-
würdige Kommune, bitte für uns. Du wunderbare Kommune, bitte für uns.« Im graubraunen Drillich, aus dem
Mist, aus den dunklen Schweineställen, in Gummistiefeln
über den Fußlappen, über den nackten Füßen, in nicht ge-

wechselten Hemden, getränkt mit dem sauren Schweiß von Generationen. »Du Kommune des guten Rates, bitte für uns. Du Kommune des Schöpfers, bitte für uns.« Sie stehen an den Zäunen und schauen auf die Dorfstraße, auf der die Pferde bis zu den Fesseln im Sand versinken, Kuhfladen trocknen, heißer Staub wirbelt. An die Latten gelehnt, recken sie die Hälse, um zu sehen, wer da kommt und dieses seltsam bekannte Lied singt, dieses Rezitativ, für hundert meckernde Stimmen, die nicht zusammenpassen. Im goldenen Glanz des Monats Mai erhebt sich aus den feuchten Feldern, aus den Kiefernwäldchen mit dem deutschen Leichenfleisch, wo glänzende grüne Fliegen schwirren, aus den Beeten der Gehöfte, wo die Geister der in Gefangenschaft Gestorbenen spuken, aus dem schäbigen Abgrund die Stimme: »Du Kommune des Erlösers, bitte für uns. Du weise Kommune, bitte für uns. Du ehrwürdige Kommune, bitte für uns.« Schließlich können sie Großvater sehen, der barfuß, bis zu den Knöcheln im Sand, in weißem Hemd, die Verse singt, und eine große Menge von Frauen und Männern folgt ihm und erwidert: »Bitte für uns, bitte für uns, bitte für uns!« Die Stimmen hallen in der Hitze des Mittags. Hinter ihnen gehen die Tiere. Schwarzweiße Kühe mit Dreckschorf auf dem Hintern. Pferde mit eingefallenen Flanken. Das ganze Volk geht hier, das Armeninventar, vom Sumpf in den Sand, mit Fahnen, mit Geflügel um die Füße, dicht gedrängt, zur Sicherheit, wie eine Herde folgen sie Großvater, der sie in die Zukunft führt, wo sie keine Armut noch Verachtung erfahren, sondern in alle Ewigkeit zur Rechten sitzen werden. »Du lobwürdige Kommune, bitte für uns. Du mächtige Kommune, bitte für uns.« Und so verlassen sie ihre Höfe, treiben das Vieh hinaus, binden die Hunde von den Ketten los, öffnen die Schweineställe, löschen das Feuer unter dem Blech, als würden sie nie mehr zurückkehren, als gingen sie auf eine Arche, die den ganzen Stamm aufnimmt, so folgen sie Großvater, der nicht einen Augenblick verstummt, bis sich auf dem hellen Hemd dunkler Schweiß zeigt und weißes Salz absetzt. »Du gütige Kommune, bitte für uns. Du getreue Kommune, bitte für uns.« Immer wieder schließen sich neue an. Die Schlange aus Menschen und Tieren kriecht über die Ebene und wirbelt Staub zum Himmel auf. Sie quillt, schwillt, wird dicker, aufgebläht von weiteren Familien und Herden schrubbt sie mit breitem Bauch durch Orte und Gemeinden, fegt Hindernisse weg, durchbricht Zäune, zermalmt Gestrüpp, und graue, nackte Erde bleibt zurück. Von weitem sieht man die aufsteigende Staubsäule, die wie eine Windhose, ein großer Wirbel, eine Sandwolke zum Himmel zieht, höher und höher, bis die Sonne erlischt. Du Spiegel der Gerechtigkeit. Du Sitz der Weisheit. Du Ursache unserer Freude.

In Großvaters Haus gab es keine Bücher außer den Gebetbüchern in großer Schrift. Und einigen vergilbten religiösen Broschüren mit moralisierenden Geschichten. Nichts außer diesem einen dicken, schweren Buch in rotem Leineneinband. Es sah fast wie das Buch auf dem Altar aus. Es hieß *Die Pariser Kommune 1871* und war eher ein Album mit vielen Illustrationen und Fotografien. Ich konnte noch nicht lesen, aber ich verbrachte viele Stunden mit ihm. Die Kommunarden verteidigten die Barrikaden. Sie marschierten durch die Straßen von Paris. Die Armee erschoss festgenommene Helden. In einem Haus mit Strohdach betrachtete ich die Paläste der Welthauptstadt. Was machte dieses revolutionäre Messbuch hier? Großvater hatte es als Anerkennung für seine Tätigkeit als Schultheiß bekommen. Das Wort »Kommune« war bedrohlich und anziehend. Aus dem Mund meiner Verwandten aus dem Dorf klang es dumpf, es dröhnte wie aus einem tiefen Brunnen. Ich war fünf oder sechs Jahre alt, und es bedeutete nichts Konkretes für mich. Da war nur der Klang und die Bilder, die nichts mit meinem Leben zu tun hatten, denn da gab es keine vornehmen Fassaden, keine Gärten mit Spalieren, keine Arkaden und hypnotischen städtischen Perspektiven. Allenfalls konnte Großvaters weißes, zerknittertes Hemd an die Hemden der Kommunarden erinnern. Ich wanderte über flache Weiden. Die Kühe tauchten bis zu den Knien ins Wasser ein. Ein sumpfiger, schlammiger Geruch stieg auf. An heißen Tagen vibrierte die erwärmte Luft über der Ebene. Dann konnte man die Prozession sehen und das »Kyrie« hören, das über der Steppe hing. Die Frauen gingen barfuß zwischen harten Gräsern. Das Dorf blieb zurück. In der Ferne tauchten Staubwolken auf. Da kamen andere, um sich anzuschließen. »Du geistliche Kommune, bitte für uns. Kommune Davids, bitte für uns. Du elfenbeinerne Kommune, bitte für uns.« Vom Schwemmland kamen Reiher, Kraniche und Schwäne geflogen und kreisten über dem Zug. Die Menschen gingen auf den Horizont zu. Sie trugen Fahnen aus der Kirche, denn was ist ein Zug, was ist eine Prozession ohne Fahnen. Auch rote Fahnen flatterten, zurückgelassen von russischen Flussmatrosen. Verkündeten doch die einen wie die anderen Erlösung, Auferstehung und Unsterblichkeit. Jetzt sollte das Volk ewig sein, denn jetzt war das Ende der Geschichte eingetreten und damit das Ende der Unterjochung, denn es war ja die Geschichte, die immer wieder die Verdammten unterjochte. »Du goldene Kommune, bitte für uns.« Sie trugen ein hölzernes Zweibein, mit dem die Geometer während der Bodenreform das Land vermessen hatten. Mit Stanniol und Krepp umwickelt und mit bunten Bändern umwunden, erinnerte es an einen Maibaum. Auch die Muttergottes von Tschenstochau trugen sie, ganz an der Spitze. Vier Männer trugen das Heiligenbild auf den Schultern. Es erinnerte an Großvaters Bild vom Hausaltar, aber es war größer, hatte einen vergoldeten Schmuckrahmen und ein silbernes Blechkleid, also war es sicher gegen den Willen des Pfarrers aus einer Kirche entfernt worden, unter Getümmel und Geschrei, das sei Frevel. Aber sie hatten es genommen und hergebracht, vielleicht hätten sie auch Ornate und Monstranzen mitgenommen, wenn die nicht eingeschlossen gewesen wären. Aus allen Richtungen strömten sie herbei. Sie kamen mit Stocherkähnen von der anderen Seite des Flusses oder tauchten aus Seitenkanälen auf. »Kommune des Bundes, bitte für uns. Kommune des Himmels, bitte für uns.« Das dumpfe Wort dröhnte wie aus einem Brunnen, aber ich war sechs Jahre alt, und es lockte finster wie der Eingang zum Keller. Mutter rezitierte manchmal auf Polnisch das Gedicht *Granada moja*, aber den Titelvers sprach sie mit korrekter russischer Betonung aus. Unwillkürlich wiederholte ich diese Worte. Vielleicht waren es überhaupt die ersten fremden Wörter, die ich kennenlernte. Granada, Kommune, Granada, Kommune, Kommune, Granada. Gut möglich, dass ich diese Wörter wie eine Zauberformel aussprach, während ich durch die wüstenartigen Wiesen am Bug irrte. Ich hätte mich der Prozession anschließen können. Hätte mit den anderen Kindern gehen können, die wie Inventar aus den Häusern geholt wurden. Sie liefen zur Seite, umkreisten die Menschenmenge, unermüdlich und glücklich, weil sie nicht in die Schule und nicht aufs Feld mussten. Sie hatten dünne Haut und ahnten die nahende Freiheit. Es wird kein Unkrautrupfen für die Kühe mehr geben, kein Sammeln von Zapfen für den Herd, es wird kein Jäten mehr geben, kein Heumachen, keine Ernte, kein Kartoffelausgraben, es wird keine Hitze im Sommer und keine kalte, erdige Feuchtigkeit im Herbst geben, es wird keine Mühsal unter Geschrei und Schlägen des Vaters mehr geben, nicht ausgeschlossen, dass die Jahreszeiten verschwinden, die Arbeit verschwindet, das Auftragen der Kleider und die Scham verschwinden, das Prügeln, die Flüche, die Angst verschwinden, und alles, was bisher war, wird vergehen. Vielleicht wird sogar die ganze alte Welt verschwinden. Das ahnten sie, und sie liefen um die dahinkriechende Menschenmenge herum. »Du Morgenkommune, bitte für uns. Du Kommune der Kranken, bitte für uns. Du Kommune der Sünder, bitte für uns.« Wie fröhliche Welpen, und ich mit ihnen, aus der Stadt zugelaufen, ein bisschen noch dazugehörig, aber schon ein Verräter, der die stinkende Pritsche des Dorfes verlassen, den Geruch der Tiere abgewaschen hat. Durch den Sand, durch das harte, blutig einschneidende Gras, zwischen trockenen Kuhfladen. Ja, auf den Horizont zu, bis das Tal der Tränen, das Jammertal, die Gefangenschaft endet. »Du Kommune der Betrübten.« Bis an den Rand des Sandes und Sumpfes, hinter Großvater, der das rote Buch mit der frohen Botschaft trägt, dass die Pariser Kommune zwar gefallen sei, die Erlösung aber kommen müsse, denn so stehe es im Plan der Geschichte. »Der Organisator des örtlichen Kolchosaktivs fragt die übergeordnete Organisation: Gibt es nach Kolchos und Kommune etwas weiter Höheres und Lichteres, um dorthin sofort die örtlichen Klein- und Mittelbauermassen in Marsch zu setzen, die unaufhaltsam in die Ferne der Geschichte streben, auf den Gipfel weltumspannender unsichtbarer Zeiten.« Genauso gingen sie, in der Hoffnung, dass sie den Kommunismus überschreiten, die Kolchose hinter sich lassen würden, dass die Kommune im Verein mit der Muttergottes sie aus Ägypten führen werde, aus der Gefangenschaft, aus der schwarzen Zeit der Sklaverei. Sie gingen weiter, als Lenin es vorhergesagt und Stalin es erlaubt hatte. Unter Großvaters Führung gingen sie ans Ende aller Tage. Das sah ich, wenn ich leise hinter den Frauen kniete, die vor dem mit Krepp geschmückten Altar beteten. Seine Stimme war rauh, aber voller Gefühl. Zu anderen Leuten redete er nie so. Er hatte ein großes Stück Land bekommen, er musste nicht mehr an Petroleum sparen, und in der Gemeinde trank er mit den Beamten als Gleicher unter Gleichen. Er buckelte vor niemandem, musste nicht mit der Mütze in der Hand von Tür zu Tür gehen. Gutsherren und Reiche waren verschwunden. Als wären sie in ein Boot oder Floß gestiegen und mit dem Strom den Fluss hinabgetrieben, auf dem russische Kanonenboote standen. Die neuen Machthaber nannten ihn »Herr Klonowski«. Ich sah, wie er die Seiten des Gebetbuchs umblätterte, um keinen Fehler zu machen. Auf einer Seite fanden höchstens zehn Verse Platz, denn die Schrift war groß wie in einer Fibel. Der Schnitt hatte die Farbe von Fuchsschwanz, von Purpur. Ich schämte mich ein bisschen, weil in der Stube nur Frauen waren. Männer kamen nicht. Aber an dem Umzug durch den Sand, auf den niedrigen Horizont zu, müssen sie teilgenommen haben, denn wer sonst hätte die ganzen Fahnen, Bilder und Fetische tragen können? Wer hätte das Vieh getrieben, wer die Herde geführt und wer die Pferde im Zaum gehalten, die die Wagen mit dem Hab und Gut zogen? Die meisten Wagen besaßen schon Gummiräder, aber die alten, die mit Eisenreifen, musste man aus den sandigen Einbuchtungen schieben, man musste sich in den Boden stemmen und die Flanken der Pferde peitschen. Mittags hielten sie am Wasser an, um die Tiere zu tränken. Die Menschen aßen Brot und Sauermilch, aber Großvater drängte, mahnte zur Eile, er selbst begnügte sich mit ein paar Schluck Wasser und schrie diejenigen an, die sich niederließen. Er war wie Moses. »Du Kommune der Engel, du Kommune der Patriarchen, du Kommune der Propheten, bitte für uns.« Sein rotes Buch war wie die Tafeln. In irgendeiner Ecke des Gehöfts saß ich manchmal über diesem Buch. Es roch nach Staub, Brennnesseln und Hühnerkot. Hauptsächlich bestand es aus Illustrationen: »Die Bevölkerung flieht vor dem wütenden Brand«, »Konfiszierung der Waffen durch die Nationalgarde«, »Kinder der heldenhaften Pariser Bevölkerung helfen beim Bau von Barrikaden«, »Sitzung der Kommune«, »Innenraum des Kanonenbootes *La Commune*«. Auch Allegorien kamen vor: »Lyon und Marseille eilen der Pariser Kommune zu Hilfe.« Die drei Gestalten waren Frauen in einfachen Kleidern, die an Nachthemden erinnerten. Außerdem gab es sorgfältig retuschierte Porträts, vor allem von Jarosław Dąbrowski und Walery Wróblewski. Und viele überhaupt nicht witzige Karikaturen des Feindes. Es gab Tage, an denen ich mich nicht von dem Buch trennte. Ich nahm es mit auf den Speicher und in die Scheune. An abgelegene Orte. Ich wusste, dass Paris sehr fern war, unzugänglich und schön. Das Gegenteil des Hofes der Großeltern. Der Kommunismus, der uns umgab, wurde dadurch weniger russisch und mehr pariserisch. Natürlich verstand ich nichts, aber in meinem Geist ging Paris fließend in die Ulica Targowa mit ihrem Lumpenproletariat über. Auf der Wileńska hielten die Lastwagen, Arbeiterautos genannt, die nach Feierabend die Arbeiterklasse in die Städtchen und Dörfer um Warschau brachten. Das waren diese grünen Lublins mit den Planen. In den Kasten stieg man über eine Eisentreppe. Ich kletterte mit Mutter hinauf. Die Männer schauten sie an, und ich spürte Zorn und Angst, die kaum ins Bewusstsein drangen. Ins Dorf brauchte man mehr als eine Stunde. Der Kommunismus fuhr also mit diesen Lastwagen und vergoss Blut in Paris. Er existierte in allen Himmelsrichtungen, wie die Luft. Wir atmeten ihn ein, aber man redete so gut wie nie darüber. Nicht auf dem Land und auch nicht zu Hause in der Stadt. So weit das Gedächtnis reichte – immer war da eine Macht, eine Herrschaft. Die russische, die der Gutsherren, die deutsche, die kommunistische. Die eine verbreitete mehr Hunger und Tod, die andere weniger. Von Freiheit sprach niemand. Alle waren froh, dass die aktuelle Macht nur wenige tötete, außerdem nicht die eigenen Leute, und dass es immer mehr zu essen gab. Ich rufe mir all das in Erinnerung, weil ich ein anderes Leben nicht habe. Weil meine Eltern sich immer weniger erinnern. Es interessiert sie nicht mehr, in welche Ecke der Welt die S3 mich bringt. In gewisser Weise rufe ich mir all das an ihrer Stelle in Erinnerung, aber das werde ich ihnen nicht sagen. Sie würden schließlich nicht an diese Prozession glauben. Sie würden nicht hören wollen, wie in der Ebene Lagerfeuer angezündet wurden in der Dämmerung. Wie sich die Leute niederließen. Wie sie Brot rösteten über dem Feuer, etwas brutzelten, Wasser kochten für Malzkaffee aus einer Packung, auf der der Kopf eines Türken mit rotem Fez abgebildet war. Wie sie sich in der Nähe der Flammen versammelten, dicht hinter ihnen die schwarze Wand der Nacht. In Decken gewickelt, auf ausgebreiteten Federbetten. Wie die Zigeuner, die im Sommer das Dorf aufsuchten. Wie in alten Zeiten, als es noch keine Häuser gab. Aneinandergeschmiegt wie Tiere. Flüsternd erzählten sie Geschichten von Wölfen, von Verbrechen, von Wundern und Schätzen. Nur Großvater und einige ältere Frauen sangen mit geschwächten Stimmen weiter: »Du Kommune der Apostel, du Kommune der Märtyrer, du Kommune der Bekenner.« Die Kinder zogen die heidnischen Geschichten vor. Durch das Feuer hindurch blickten sie in die Finsternis und sahen all die Ereignisse aus fernen Tagen. Die Augen fielen ihnen zu, aber die Geschichten dauerten fort und fort und verließen sie auch nicht im Schlaf, wenn sie zusammengerollt in ihren Decken lagen, an die Körper der Schwestern, Brüder und Mütter geschmiegt. »Du Kommune der Jungfrauen, Du Kommune aller Heiligen, Du Kommune, ohne Makel der Erbsünde empfangen.« Die Funken flogen zum Himmel. Das Vieh, zu einer Herde zusammengetrieben, lag am Rande des Dunkels und keuchte schwer und heiß wie ein uraltes Geschöpf, wie der Leviathan dieser sandigen Erde. Die Pferde standen getrennt. Man hörte das leise Klirren der gelösten Kandaren. Und wenn es ganz still wurde, konnte man sogar den Schauer hören, der durch ihre großen Körper lief. Manchmal lief einer der Hunde aus dem Lichtkreis hinaus und bellte in die Nacht hinein. Sie sahen wirklich aus wie ein Volk auf dem Weg in bessere Zeiten, in ein besseres Land. Die Feuer verglommen. Es blieb nur das eine Lagerfeuer, und Großvater bestimmte die Wache unter den Mitgliedern der Freiwilligen Feuerwehr. Er hatte seinen Paradehelm aus golden schimmerndem Blech mitgenommen. An Karfreitag hielt er mit ihm Wache am Grab des Herrn. Am ersten Mai ging er mit ihm auf die Umzüge der Gemeinde und des Kreises. Jetzt setzte er ihn auf und machte als Erster den Rundgang um das Lager. Rot spiegelte sich das Feuer in dem Messingblech, und es sah aus, als sei sein Kopf von einer strahlenden Aureole umgeben. »Du Kommune, in den Himmel aufgenommen, Du Kommune des heiligen Rosenkranzes, Du Kommune der Familien.« Manchmal blieb er stehen, horchte auf das Gebell der Hunde und versuchte zu erraten, ob sie um des Bellens willen bellten oder ob sie wirklich eine Bedrohung in der Dunkelheit spürten. Aber eigentlich hielt er, obwohl die Nacht erst begann, Ausschau nach dem Sonnenaufgang. Er hielt Ausschau nach dem Morgenrot, nach dem Stern Luzifer, der Roten Madonna. Denn eigentlich wusste er nicht, wohin er gehen sollte, und brauchte einen Führer. Er blickte in die Finsternis und betete leise. Er war ein einfacher Bauer und betete, weil das Gebet ihn noch nie enttäuscht hatte. Ich kniete ganz hinten und betrachtete die rissigen Fersen der alten Frauen. In der niedrigen Stube voller Heiligenbilder und aufgetürmter Federbetten unter bunten Decken. Ich schämte mich ein wenig, aber ich war sein eigen Fleisch und Blut. Ich weiß nicht, ob ich daran glaubte, dass er sein Volk aus der Gefangenschaft führen würde, aber ich konnte es mir vorstellen. Das alles konnte ich mir vorstellen, wenn die heiße Luft über der Ebene wogte. Im Schatten der hohen Pappeln suchte ich Donnerkeile. Manchmal nahm ich den Hund mit. Einen Schäferhund auf zu kurzen Beinen. Als andere Hunde ihn totgebissen hatten, weinte ich die ganze Nacht. Sie hatten ihn irgendwo begraben, aber niemand wollte mir sagen wo. Vielleicht hatten sie ihn einfach hinausgeschleift und den Vögeln überlassen. Vielleicht trug die erwärmte Luft damals ferne Bilder herbei, und ich musste gar nichts erfinden. Wie in der echten Wüste. »Du Kommune des Friedens.« Jenseits des Flusses erhob sich in der Ferne ein Kirchturm aus Backstein. Ich hatte immer den Drang auf die andere Seite, aber es ist mir nie gelungen, ihr so nahe zu kommen, wie ich wollte. Es war keine Frage der Entfernung. Ich stellte mir unterwegs so viele Dinge vor, dass Zeit und Raum sich unendlich vergrößern mussten, um die Phantasmagorien unterzubringen. Bisweilen schien es mir, als riefe man mich, und ich lief zurück, die verzweifelten Schreie im Kopf: »Jesses! Er ist zum Fluss gegangen!« Im Laufschritt bezwang ich die Düne und rannte halbtot in den Hof, der still, leer und warm war. Ich setzte mich in den Schatten der breiten Fliederbüsche und schüttete heißen Sand um. Ich fühlte mich geborgen und war glücklich. Großvaters Buch und Großvaters Litanei behüteten mich. Ich spürte, dass ich in der besten aller Welten lebte. Manchmal war das Brot statt in Wasser in dicke Sahne getunkt und darauf kam dann der Zucker. Mit diesem Proviant ging ich in meine Wüste, und niemand zwang mich zu etwas. Der Horizont lag tief, er war grün und fern. Ich konnte mich tagelang nach ihm sehnen. Ganz so, als hätte die Königin des Seraphinenordens wirklich für mich gebetet. Die Rote Madonna. Ab und zu gab ich dem Hund einen Bissen. Die Kirche auf der anderen Seite des Flusses war der Geburt der Heiligen Jungfrau Maria geweiht. Vielleicht wollte er sie dorthin führen, nur musste die ganze Generation, die sich an die alten Zeiten erinnerte, aussterben? Sollten sie vielleicht nach vierzig Jahren zwischen Czarnów, Stasiopole, Ludwinów und Kowalicha das Wasser überqueren und die Schwarze in die Rote Madonna verwandeln? In die Kommune Königin von Polen?

Immer wenn ich Zeit habe, halte ich hier an. Hinten liegt Sychła, vor mir Czerteż und der Piotruś. Unten sieht man die alte Dorfstraße. Sie verläuft schnurgerade. An der Seite stehen einige erhalten gebliebene Bildstöcke. Wieder einmal stelle ich mir das frühere Leben vor. Die Geräusche am Abend, wenn das Vieh von den Weiden kam. Das Scheppern der Eimer, das goldene Licht der Lampen in den Fenstern. Ruhe. So ist es immer, wenn wir uns an unschuldige, ein für alle Mal zerstörte Dinge erinnern. Sie müssen zur Legende werden, damit das Gedächtnis sie behalten möchte. Von Anfang an habe ich hier angehalten. 1986, wenn ich alle zwei Wochen im LPG-Laden einkaufte und mit dem vollgestopften Rucksack auf den Pass hochstieg. Oder wenn ich vom letzten Bus kam. Dann sah ich statt der Phantasmagorie des Dorfes eine echte Kolchose. Der große, lange Pferdestall erinnerte an ein Schiff in der Nacht. An Bord leuchtete eine Reihe von Lichtern. Auch in den Schafställen brannte Licht. Es war Winter, der Schnee knirschte. So weit das Auge reichte, umgab diese paar Lichter die Dunkelheit. Schiff oder Insel also. Sie mussten sie nicht verlassen. Sie fütterten Schafe und Pferde, gingen wieder zurück, und im Haus war es warm. Die Häuser waren aus Häusern anderer Menschen gebaut, die vertrieben worden waren. Sie hatten jeder ein Stückchen Land bekommen und konnten Kartoffeln anbauen. Aber die meisten hatten keine Lust dazu. Sie konnten ohnehin nicht verhungern. Ihr Schicksal war detailliert geplant. Manchmal saß ich mit ihnen beim Bier vor dem Laden. Ich nahm an der Utopie teil. Ich sah mir das ländliche Leben an, das ich ja kannte, aber es war ganz anders hier. Sie saßen zu fünft oder zu sechst, Traktoristen, Stallarbeiter, Hirten, und redeten über das Land. Über ihr Stückchen Erde. Es war kein gemeinsames Eigentum, aber es verband sie. Genauso wie die Tiere sie verbanden. Manchmal aßen sie ein Schaf und schoben die Schuld auf die Wölfe. Sie lebten in einem engen, fast familiären Kreis. Auf einer Insel, die sie nicht verlassen mussten. Das Essen kam angefahren. Hin und wieder kam auch das Kino. Später erhielten sie sogar einen Projektor, und der Vorsitzende zeigte Filme, im selben Gebäude, in dem der Laden war, nur im Raum daneben. Im Freien stellten sie Bretter auf, es kamen Musiker und Bier in Fünfundzwanzigliterfässern. Sie gingen über die Wiese hinunter an den Fluss und schliefen ein. Im Morgengrauen weckte sie der Tau. Sie lebten wie auf einem Schiff, das sie nicht verlassen mussten. In aller Ruhe konnten sie schauen, wie ferne Ufer vorbeizogen. Jedes halbe Jahr bekamen sie ein Paar Gummistiefel, einmal im Jahr Hemd und Hose und alle zwei Jahre eine wattierte Jacke. Nicht ausgeschlossen, dass sie sich hier zum ersten Mal satt essen konnten. Das Brot kam zweimal die Woche. Es war rund, dunkel, mehr als ein Kilo schwer und schmeckte gut. Ich erinnerte mich an das Leben im Dorf und konnte den Blick nicht wenden von dieser Karikatur oder auch höheren Stufe. Die neben mir sitzenden Männer rauchten, wie mein Onkel und mein Großvater geraucht hatten. Auch die Kleidung war ähnlich. Sie fluchten vielleicht nur etwas öfter, und ihre Filzstiefel mit den umgeschlagenen Schäften und die Baskenmützen mit Antenne hatten einen eher proletarischen Schick. Es war also alles bekannt und zugleich fremd und neu. Oder alt. Schließlich erinnerte es auch an ein Landgut mit Traktoren. Der Vorsitzende hatte feudale Macht. Er verteilte Privilegien und Strafen. Schweigend, mit einem Fingerzeig, wählte er bestimmte Leute in der Schlange aus und verkaufte ihnen etwas außer der Reihe. Oder er lehnte den Verkauf von Bier ab. »Nur Essen«, sagte er. Dieses seltsame Geflecht von Alt und Neu faszinierte mich. Das Vertraute, fast Familiäre, vermischte sich mit dem Fernen, dem Fremden. Mit dem Asiatischen und Wilden, wie manche mit Genugtuung betonten. Ich saß also da und sah mir das an. Dieses Pseudodorf oder auch dieses große gemeinsame Gehöft. Einen echten Dorfplatz gab es nicht, aber die Umgebung des Ladens bildete das Zentrum. Da gingen Tiere und Menschen vorbei, Kinder liefen herum, und es streunten Hunde, von denen keiner so recht wusste, wohin sie gehörten. Die meisten ähnelten meinem Hund aus der Bug-Ebene, meinem Schäferhund mit den Dackelbeinen, nur waren sie etwas kleiner. Ja, ein bisschen sah es aus wie ein aus immobilen menschlichen Behausungen errichtetes Lager. Die langen, in ihrer Einfachheit sehr schönen lemkischen Katen standen seit Jahrhunderten an derselben Stelle. Das aus ihnen gebaute Lager sollte bis zum Ende der Welt bestehen, denn dieses Ende hatte eigentlich schon begonnen. Etwas Vollkommeneres und Gerechteres würden die Menschen nicht erschaffen. Die Lager sollten sich mit der Zeit in feste Siedlungen verwandeln. Sie sollten so fest in die Erde wachsen, wie die zerstörten und abgebrannten Dörfer hineingewachsen waren. Aber im Gegensatz zu ihnen –

für die Ewigkeit. Alle Dörfer der Welt sollten diese Gnade erlangen. Alle Städte ebenfalls. 1986 saß ich vor diesem Laden. Auch 1985 und 1984. Ich betrachtete die Schafe, Pferde und Menschen, und dieser Anblick hatte nichts Umwerfendes oder Revolutionäres, aber auf gewisse Weise zog er mich an. Ich trank Märzenbier aus Grybów, rauchte wie die anderen Typen Popularne aus der weiß-blauen Packung und schwieg. Ich wusste, dass die Endzeit schon voll im Gang war. Aber ich stellte mir vor, wie sie trotz allem weitere entvölkerte und verlassene Täler besiedeln würden. Wie sie Herden von kleinen Pferden treiben, das Dickicht roden und Fundamente ausheben würden für ihre schiefen, lagerähnlichen Siedlungen, in denen sie glücklich werden sollten. Der Vorsitzende, in Gummistiefeln, steckt mit Schritten die Umrisse der nächsten Häuser ab und treibt Holzpfähle in die Ecken. Die anderen kommen mit Schaufeln, Spitzhacken und Spaten und graben die lehmige Erde auf. Monat um Monat, Jahr um Jahr besiedeln sie Nieznajowa, roden Świerzowa, gehen mit dem Lauf der Bäche auf die Karpaten-Wasserscheide zu, buddeln alte Fundamente aus, um an flachen Stein zu kommen. Sie leben in Baracken und Hütten, kochen auf offenem Feuer, ernähren sich von Milch und vom Fleisch ihrer Herden. Genau wie die walachischen Hirten, die vor Jahrhunderten in diese Gegend gezogen sind. Ich trank Märzenbier aus 0,33-Flaschen und stellte mir die neuen Nomaden vor, die Verdammten dieser Erde, die die entvölkerten Niedrigen Beskiden, die Karpaten, die Donauniederung und dann die ganze Welt besiedeln würden. Ich saß mitten in dieser Endzeit und rauchte Popularne aus einem Krakauer Betrieb. Ja, 1986 oder 1987 waren die Packungen wohl schon weiß-blau.

Aber ich kann mich täuschen. Ich saß da und imaginierte, zum Trotz. Weil ich immer für das Volk war, obwohl ich wusste, dass das Volk immer zum Opfer wird. Daher erlaubte ich ihm, wenigstens in Gedanken zu siegen. Mochte es auf einer Insel oder einem Schiff leben, zu denen die Mächtigen dieser Welt keinen Zutritt hatten. Mochte es leben, wie es ihm gefiel. Niemand sollte es zwingen können, weder zur Unterwürfigkeit noch zur Freiheit. Das war meine Utopie.

Manchmal, im Winter, kehrte ich nachts aus der Stadt zurück. Der letzte Bus kam gegen sieben an. Bei der orthodoxen Kirche, die katholisch geworden war, kehrte er um, und ich hatte noch acht Kilometer nach Hause. Zur LPG war die Straße geräumt. Von Zeit zu Zeit kam ein Bulldozer, und zu beiden Seiten türmten sich Schneehaufen. In Mondnächten konnte man schon von weitem die dunklen Umrisse der Gebäude sehen. Hier und da leuchtete etwas. Manchmal bellte ein Hund. Von den Gehöften kam der alte Geruch von Tieren und Heu, der seit Bethlehems Zeit die frohe Botschaft verkündet. Mensch und Vieh atmeten im gleichen ruhigen Rhythmus. Vielleicht sollte so das Leben aussehen? Vielleicht haben wir einen Fehler begangen, als wir ein menschliches Schicksal wählten, das uns in eine unbekannte Richtung trug, und es ist keineswegs ausgeschlossen, dass es uns in die Arme der Niederlage treibt. An warmen Tagen saß ich zwischen ihnen und hörte mir Geschichten aus ihrem Leben an. Ehrlich gesagt, unterschied es sich nicht besonders vom Leben anderer. Sie standen auf, aßen, gingen zur Arbeit, kamen wieder heim, ruhten sich aus, legten sich schlafen. Wie die meisten Menschen. Über Freiheit sprachen sie nicht. Ich kann mich auch nicht erinnern, dass sie sich beklagt hätten. Die Zigaretten hatten keinen Filter. Ein Zentimeter blieb übrig, dann warf man sie weg. Im Übrigen, was hätten sie mit dieser Freiheit angefangen? Was hätten wir alle damit angefangen? Ich schaue mir zu, wie ich vor dem Laden sitze, den es nicht mehr gibt. Einige der Männer, die Zigaretten rauchten und Märzenbier tranken, gibt es auch nicht mehr. Vielleicht sogar die meisten. Jetzt könnte ich ihre Geschichten erzählen. Damals schaute ich nur und stellte mir ihr Leben vor. Einer von ihnen ist in der Kirche bei der Trauung seiner Tochter gestorben. Er hat einfach einen Herzschlag bekommen. Eigentlich ein schöner Tod. Manche sind durch den Alkohol gestorben. Ich schaute sie mir damals an und versuchte, etwas daraus zu lernen. Ein Junge aus der Stadt, der von zu Hause weggelaufen ist. So wie damals, als er dreizehn war und mit dem Nachtzug von Warschau nach Zagórze fuhr, ohne Fahrschein, und am Morgen, mit den frühen Bussen, die kalt und voll schläfriger Menschen waren, weiter nach Lesko und dann zu Fuß nach Uherce, weil er sich vorgestellt hat, er könne alles hinter sich lassen und in den Bergen arbeiten, Holzkohle brennen. Zu Anfang des Frühjahrs oder im Spätherbst, denn an den Bäumen waren keine Blätter, und an manchen Stellen lag Schnee. In Uherce gab es irgendeine Direktion, ein Forstamt, hinter dem Schreibtisch saß eine dicke Frau und sagte, er solle schleunigst zurück in die Schule. Ein Glück, dass sie nicht die Miliz rief. Er schlief in den Ruinen des Karmeliterklosters. Ich sehe, wie er sich in seiner schwarzen Stoffjacke mit Kapuze auf einem Haufen Blättern zusammenrollt (also war Herbst) und in der Dunkelheit und Kälte einzuschlafen versucht. So stellte er sich wahrscheinlich die Freiheit vor, obwohl er dieses Wort wohl nicht gebrauchte: im Freien schlafen, um nicht zu dem zurückzukehren, wovor man geflohen ist. Wahrscheinlich aß er Kekse, süße Waffeln für zwei Zloty die Packung, weil es für was anderes nicht reichte. 1972? 1973? So etwa.

Ich schaue sie mir an. 1973 in Zagórze, 1986 vor dem Laden, den es jetzt nicht mehr gibt. Sooft ich dort vorbeifahre, spüre ich einen Stich – Sehnsucht. Das Gebäude steht noch, aber es ist leer. Das Schild ist verschwunden. In den Häusern leben noch Menschen. Die Häuser sind schöner geworden. Blumen wachsen. Früher gab es keine, oder es gab weniger, und sie gingen in dieser halb gutshof-, halb fabrikartigen Umgebung unter. Jemand hat den ganzen Wirtschaftsbetrieb gekauft und die Gebäude renoviert. Alles sieht sehr anständig aus. Auf eingezäunten Weiden weidet französisches Rindvieh für Steaks. Ich fahre auf den Pass hoch und bleibe wie immer stehen, um mir die wachsenden Zeitschichten anzusehen. Die Walachen, die Ruthenen, die Kommunisten und Kapitalisten. Die Spuren, die sie hinterlassen haben. Als ich hierherzog, kam es mir vor, als sei die Luft voller Geister und Stimmen. So war es wahrscheinlich auch. Es wäre interessant zu erfahren, ob das, was jetzt ist, ebenfalls Geister hinterlassen wird. Die Schatten der Limousinen-Rinder auf den Wiesen der Vergangenheit. Ob jemand an dieser Stelle anhalten wird, um sich anzusehen, was früher gewesen ist. In hundert, in zweihundert Jahren. Und ob die Vergangenheit dann überhaupt noch existieren wird? Ob jemand sie brauchen wird, um etwas von seinem Leben zu begreifen? Es ist gut möglich, dass es dann nur noch die Zukunft geben wird. Das würde mich keineswegs wundern. Wir werden uns nur nach dem Zukünftigen sehnen. Nach dem, was wir uns in unseren Träumen ausmalen. Die Sehnsucht nach der Vergangenheit wird mit der Wurzel ausgerissen werden. Ganz einfach. Die Gehirne werden sich verändern. Wir werden nur daran denken, was wir uns noch kaufen wollen. Was wir uns noch Gutes tun können. Es wird keine Geister, keine Erinnerungen, kein Gedächtnis, keine Geschichte mehr geben. Genau – es wird kein Gedächtnis geben, und man wird jeden Tag von vorne anfangen müssen. Solche Gedanken gehen mir durch den Kopf, wenn ich auf dem Pass zwischen Sychła und Czerteż anhalte. Danach breche ich nach Südosten auf, über den flachen Sattel, auf den der Wind im Winter Schnee treibt und zu meterhohen Wehen türmt. Für eine Weile führt die Straße abwärts, an den überwachsenen Ruinen des früheren Forsthauses vorbei, aus denen ich den Stein zum Bau meines Hauses geholt habe. Einen Moment noch dauert die Abfahrt, dann muss man wieder aufwärts, auf den nächsten Pass hoch. Von dort aus erstreckt sich ein weiter Ausblick bis hinter die Wisłoka und weiter bis ins Karpatenvorland. Man sieht, wie zehn Kilometer weiter der graue Span der Straße hinter dem Bergrücken verschwindet. Jetzt fährt man immer bergab. Abwärts, in die Vergangenheit, in die toten Dörfer hinein, zwischen Namen, die das Nichtexistierende benennen. Tagelang kann man hier durch die Täler wandern und Überreste finden. Verwilderte Obstgärten, Steinkreuze, rechteckige Erhebungen, auf denen Häuser standen, Brunnen, mit flachem Schiefer ausgekleidet. Zwischen den Steinen leben Schlangen und Eidechsen. Kein Holz. Kein Metall. Vielleicht irgendwo unter der Erde. Ein steinerner Brückenpfeiler. Die Strömung der Zawoja hat sich seit jener Zeit um einige Meter verschoben. Ein Brückenpfeiler ins Nirgendwo. Das Grün wird ihn schlucken, sprengen, sich einverleiben. Im Herbst, wenn die Blätter abgefallen sind und das Gras sich gelegt hat, kann man deutlicher sehen, wie es ausgesehen hat. Entziffern. Zum Trotz. Der Vernichtung zum Hohn. Nur das kann man tun.

In der Aralkum ritt ein Junge auf einem weißen Esel die Straße entlang. Der Wind legte Sandwehen auf den Asphalt, und man musste das Tempo drosseln, weil die Räder die Haftung verloren. Alles hatte die Farbe dieses Sandes. Häuser, Zäune, Gehege, Kamele, Menschen. Alles war aus dieser schütteren Materie gemacht, die zur Form einer menschlichen Siedlung erstarrt war. Nur der Esel war etwas heller, und außer der Luft war nur er in Bewegung. Mit kleinen, harten Schritten trabte er, dem Wind zum Trotz, der ununterbrochen und eintönig dahinglitt. Eigentlich stand der Wind auf der Stelle, weil er nie nachließ. Er wehte von Westen, von dem austrocknenden See her. Das Dorf hieß genauso wie die Wüste, die jetzt den Platz des Wassers einnahm. Es war die jüngste Wüste der Welt. Sie war kaum zwanzig Jahre alt. Das Dorf enthielt noch Sand, Salz und Pestizide. Es enthielt auch noch unbekannte Bakterien, denn auf einer nicht mehr existierenden Insel hatte sich in der vorangegangenen Epoche ein geheimes Forschungszentrum für biologische Waffen befunden. Ich machte auch nicht für einen Augenblick Halt. Ich hatte schon genug von der Melancholie dieser Gegend. Vierhundert Kilometer weiter las ich um ein Uhr nachts in einem Hotel an der Straße vor dem Schlafen die Karte. Ich entzifferte die Namen der Wüstensiedlungen, die entlang der M32 verstreut lagen: Iljitsch, Engels, Oktjabr, Leni-

no, Marks, Internazjonal, Awangard, Kommunism, Perwoje
Maja, Kirowo. Ich stellte mir vor, wie der Sand sie verschüttet. Sie lagen tief in der Wüste, ein Stück entfernt von der
M32. Sie hatten es schlechter als Aralkum. Vielleicht lebte
dort schon niemand mehr. In Aralsk hielt ich für eine halbe
Stunde an, weil mir das Geld ausging. Auch dort war überall Sand, und die Luft schmeckte salzig. Halbwüchsige riefen
bei meinem Anblick »hello«. Auf großen Werbetafeln war
hier und da in würdigen Posen der Präsident dargestellt: Er
eröffnete ein Elektrizitätswerk, er setzte Fabriken in Gang,
er strich Kindern über den Kopf, oder er stand einfach da.
Es sah aus, als wollte er sein Volk durch die Wüste führen.
Ich tankte voll, füllte den Kanister und fuhr durch die Ebene. Auf diesen vierhundert Kilometern war praktisch nichts.
Die endlose Erde und der leere, heiße Himmel. Eigentlich
wollte ich sogar die Abfahrt nach Tustubek finden und mir
die Wasserreste ansehen. Aber mein Schwingenbolzen war
kaputt, und schon bei achtzig begann das Lenkrad zu vibrie-
ren. Und es wären zweihundert Kilometer in beide Richtungen gewesen, über unwegsames Gelände. Nach Hause hatte
ich noch etwa viertausend Kilometer durch fremde Länder,
und so winkte ich ab und ließ es. Es ging geradeaus und war
leer. Der Asphalt sah aus wie graues Metall, wie eine Klinge, die jemand zwischen zwei Elemente geschoben hat, um
sie zu trennen, um Platz zu machen für eine neue globale
Zivilisation. Hundert Jahre lang gab es hier keinerlei Straßen, nur Wege für Esel und Kamele. Sogar die Seidenstraße,
eine ihrer Abzweigungen, verlief fünfhundert Kilometer weiter im Westen. Alles musste hergebracht werden. Zement,
Stahl, Asphalt, Penizillin, Zigaretten, Margarine, all die neu-

modischen Dinge, die den Planeten verändern sollten. Die Strömung der Flüsse umkehren. Aus alten Stücken einen neuen Menschen schneidern. Ihm eine bislang unbekannte Variante von synthetischem Blut in die Adern träufeln, damit es sich nicht empörte und nicht schlecht würde. »Nur Safronow blieb ohne Schlaf. Er betrachtete die daliegenden Menschen und sagte bitter: ›Ach, du Masse, du Masse! Es ist schwer, aus dir den Grützbrei des Kommunismus zu organisieren! Und was willst du, so ein Aas? Die ganze Avantgarde hast du Scheusal bis aufs Blut geschunden.‹« Ja, die Kamele, die dalagen, sahen aus wie aus Sand aufgeschüttet. Unter dem blätternden Lehmputz kroch das Stroh hervor. Ich hätte anhalten und mit meinem gebrochenen Russisch nach ihrem Leben fragen sollen. Doch ich wusste, was sie geantwortet hätten: Früher sei es besser gewesen. Das hatte ich hundertmal gehört. Und so fuhr ich weiter unter dem großen Himmel. Auf der Straße wie auf einer Klinge, die die Elemente trennt. Ich spürte die Schläge des Windes. Im Auto setzte sich Staub ab. Sand und Staub. Der gleiche Sand wie in der Wüste der Kindheit am Fluss. Der gleiche Sand, durch den Großvater watete, als er sein Volk zur Erlösung führte, die zur Vertreibung werden sollte.

NACHWEISE

S. 28: Cioran, Emil: Dasein als Versuchung. Aus dem Französischen von Kurt Leonhard. Stuttgart: Klett-Cotta 1983; zit. n. E. M. Cioran: Werke. Frankfurt am Main: Suhrkamp 2008, S. 998.

S. 80: »Belzec Lagergeschichte, Beschreibung des polnischen Arbeiters Stanislaw Kozak«, in: www.deathcamps.org/belzec/belzec_de.html

S. 163/164: *Geheime Geschichte der Mongolen. Herkunft, Aufstieg und Leben Dschingis Khans.* Aus dem Mongolischen übersetzt und kommentiert von Manfred Taube. München: C. H. Beck, 2005. S. 92.

S. 164: Rengarten, Konstanty [Konstantin]: *Pieszo do Chin.* (Zu Fuß nach China.) Warszawa: Wyd. LTW, 2011.

S. 204: Dikötter, Frank: *Maos großer Hunger. Massenmord und Menschenexperiment in China (1958-1962).* Aus dem Englischen von Stephan Gebauer. Stuttgart: Klett-Cotta, 2014. S. 369/370.

Die Zitate aus Andrej Platonows *Die Baugrube* sind der Neuübersetzung von Gabriele Leupold entnommen, die im Herbst 2016 im Suhrkamp Verlag, Berlin, erscheinen wird.

Joanna Bator
Sandberg
Roman
Aus dem Polnischen
und mit einem Nachwort
von Esther Kinsky
st 4404. 492 Seiten
(978-3-518-46404-5)
Auch als eBook erhältlich

Auf dem Sandberg, einer Siedlung am Rande einer polnischen Kleinstadt, regieren die Frauen. Sie träumen von einem
Schwiegersohn aus Castrop-Rauxel, denn wenn sie selbst schon
nicht das große Los gezogen haben, sollen wenigstens ihre
Töchter glücklich werden. Aber die haben eigene Vorstellungen
von Glück …
Joanna Bator erzählt von den Träumen, Ängsten und Hoffnun-
gen einer von Krieg und Flucht traumatisierten Generation und
von der Rebellion und Freiheitssehnsucht ihrer Kinder.

»Ein großes Epos aus den abgelegenen
Provinzen Europas und des Herzens,
ein erstaunliches Lesevergnügen.«
Iris Radisch, Die Zeit

suhrkamp taschenbuch

Thomas Espedal
Wider die Natur
Roman
Aus dem Norwegischen
von Hinrich Schmidt-Henkel
st 4606. 179 Seiten
(978-3-518-46606-3)

Eine aufblitzende Leidenschaft treibt sie in einer Silvesternacht zusammen, den älteren Mann und die junge, schöne Frau. Sie verlieben sich. Sie werden ein Paar. Er ist Ende 40, die Frau ist Anfang 20. Es ist eine Liebe »wider die Natur«. Fünf, sechs Jahre erlebt der Mann in seinem Haus am Meer mit ihr das größte Glück seines Lebens. Eines Tages ist die junge Frau gegangen. Liebeskrank zieht sich der Mann in den Keller seines Hauses zurück, füllt Notizbuch um Notizbuch und erzählt von den drei großen Lieben seines Lebens: der Jugendliebe zu einem Arbeitermädchen, der besessenen Liebe zur Mutter seiner Tochter und dem Glück des älteren Mannes mit der jungen Frau. Radikal, ehrlich, berührend, unversöhnlich: »Du sagst Ende, aber die Liebe wird nicht enden.«

»Ein Liebesroman, wie es noch keinen gegeben hat.« Iris Radisch, Die Zeit

suhrkamp taschenbuch

Weitere Informationen erhalten Sie unter www.suhrkamp.de
oder in Ihrer Buchhandlung.

Maylis de Kerangal
Die Lebenden reparieren
Roman
Aus dem Französischen
von Andrea Spingler
st 4688. 254 Seiten
(978-3-518-46688-9)
Auch als eBook erhältlich

Simon lebt, jedenfalls schlägt sein Herz noch. Doch die Ärzte stellen den klinischen Tod des Neunzehnjährigen fest. Simons Eltern müssen nun entscheiden, ob sie seine Organe zur Spende freigeben wollen, ob ein anderer mit Simons Organen weiterleben darf. In einer rasanten Folge von emotional aufwühlenden Szenen erzählt *Die Lebenden reparieren* von einem Tod mitten im Leben und der vielleicht schwersten Entscheidung, die Eltern treffen müssen. Ein spannender und bewegender Roman, der erschüttert und zugleich tröstet.

> »Ein Roman, der buchstäblich
> unter die Haut geht.«
> Wolfgang Schneider, Deutschlandradio Kultur

suhrkamp taschenbuch

Weitere Informationen erhalten Sie unter www.suhrkamp.de
oder in Ihrer Buchhandlung.

David Vann
Im Schatten des Vaters
Roman
Aus dem amerikanischen Englisch
von Miriam Mandelkow
st 4331. 184 Seiten
(978-3-518-46331-4)
Auch als eBook erhältlich

Eine abgelegene Insel im südlichen Alaska, nichts als undurch-
dringliche Wälder und schroffe Berge. Hier hat Jim eine Holzhütte gekauft, um darin ein Jahr allein mit seinem dreizehnjährigen
Sohn Roy zu leben. Aber Jim ist erschreckend unvorbereitet auf
das Leben in der Wildnis: auf Bären, peitschenden Regen und
Schnee und vor allem auf die Einsamkeit. Nachts muss Roy das
verzweifelte Schluchzen seines Vaters mitanhören. Er will nichts
als fort von der Insel, aber er fürchtet sich vor dem, was passiert,
wenn er geht. Und so bleibt er, bis das Schicksal des Vaters und
sein eigenes mit einem erschütternden Ereignis besiegelt sind.

»Man kommt nicht los von diesem Buch.«
Die Welt

suhrkamp taschenbuch

Adam Johnson
Das geraubte Leben
des Waisen Jun Do
Roman
Aus dem amerikanischen Englisch
von Anke Caroline Burger
st 4522. Etwa 687 Seiten
(978-3-518-46522-6)
Auch als eBook erhältlich

Pak Jun Do hat noch nie einen Film gesehen, kaum je ein Werbe-
plakat, er findet es merkwürdig, dass woanders Leute Tiere im
Haus halten, und wundert sich über Maschinen, die Geld auswer-
fen. Er kennt keine Ironie, keine Kunst, keine Mode und keine Ma-
gazine. Aufgewachsen im nordkoreanischen Waisenhaus *Frohe
Zukunft*, ist er ein winziges Rädchen im großen Getriebe der
absurd-grausamen Herrschaft des »Geliebten Führers« Kim Jong
Il. Schon ein falsches Wort kann jeden sofort ins Lager bringen.
**Doch mit der Zeit beginnt Jun Do an etwas zu glauben, was
stärker ist als Staatstreue: Freundschaft und Liebe. Als er die
Schauspielerin Sun Moon trifft, lernt er das bedingungslose
Vertrauen in einen anderen Menschen kennen. Und nur da-
für lohnt es sich zu überleben.**

»*Ein kühner und bemerkenswerter Roman.*«
Michiko Kakutani, New York Times

suhrkamp taschenbuch

Weitere Informationen erhalten Sie unter www.suhrkamp.de
oder in Ihrer Buchhandlung.